奶奶的灯光

凌翔阅读丛书

张鹏飞 著

中国社会出版社
国家一级出版社·全国百佳图书出版单位

图书在版编目（CIP）数据

奶奶的灯光／张鹏飞著．—北京：中国社会出版社，2018．5

（凌翔阅读丛书／凌翔主编）

ISBN 978-7-5087-5962-3

Ⅰ．①奶…　Ⅱ．①张…　Ⅲ．①长篇小说—中国—当代
Ⅳ．①I247．5

中国版本图书馆 CIP 数据核字（2018）第 090270 号

丛 书 名：凌翔阅读丛书
丛书主编：凌　翔
书　　名：奶奶的灯光
著　　者：张鹏飞

出 版 人：浦善新
终 审 人：王　前
责任编辑：张　迟

出版发行：中国社会出版社　**邮政编码：**100032
通联方式：北京市西城区二龙路甲 33 号
电　　话：编辑室：（010）58124856
销售部：（010）58124848
网　　址：www.shcbs.com.cn
shcbs.mca.gov.cn
经　　销：各地新华书店

中国社会出版社天猫旗舰店

印刷装订：北京楠萍印刷有限公司
开　　本：147mm×210mm　1/32
印　　张：8．25
字　　数：200 千字
版　　次：2018 年 6 月第 1 版
印　　次：2018 年 8 月第 2 次印刷
定　　价：49．80 元

中国社会出版社微信公众号

奶奶的灯光

郭定有鹏飞

著作暨题字

目 录

Contents

上 部

下　部

上　部

第一篇

玉汝于成

第一部分　苦难童年

1. 灯光

在我生命的旅途中一直有一盏明亮的灯照耀着我前行，照亮了我的世界和心灵的天空，这便是奶奶的灯光。

今夜，我从岁月的河流里溯流而上来到了二十二年前，奶奶正盘腿坐在炕头上，看着窗外，看着院子里啄食的母鸡和摇着尾巴的花狗。

奶奶是位小脚老太太，从我记事起奶奶就是一个病人，患有慢性支气管炎，盘坐在炕头上总是在咳嗽。我小的时候还见过奶奶吸手卷的烟，不知何时就不见她吸烟了。可能在我十二岁，爷爷去世以后奶奶就不吸烟了，断了她一生的恩怨纠缠。

奶奶是童养媳，八岁就到了爷爷他们家。爷爷有一个心如蛇蝎的后妈，每天天不亮就让八岁的奶奶给一大家子做饭干活儿。稍有失误，这个地主婆就用木棍打奶奶的头，一打一个青包。幼小的人流着泪水继续站在小板凳上往大铁锅里舀水，准备做饭。小身板颤巍巍晃悠悠！

听奶奶说太爷是位和善的老人，从不打骂她，对这个被买来给二儿子当童养媳的小女孩说话总是轻声细语，总拿热馒头给她吃。

老太爷有四个儿子一个女儿，爷爷是老二，四个儿子没一个省心的。老大老二喜欢吸大烟，老三老四吃喝玩乐不务正业。奶奶就被卖到了这样的家庭中生活。

2. 下午

世上没有幸福和不幸，有的只是境况的比较，唯有经历苦难的人才能感受到无上的幸福。必须经历过死亡才能感受到生的欢乐。活下去并且生活美满……人类全部智慧就包含在两个词中：等待和希望。

——《基督山伯爵》

奶奶永远也不会忘记她的妈妈带着她从黄河南岸坐着划子漂过激流到达对岸的那个九月的下午。九月的风让河水汹涌奔流，幼小的心灵上空布满了乌云。过了黄河就意味着她永远要离开生她养她的家，将走进另一个家，一个自己不熟悉的家庭。她的母亲带着她和哥哥，母亲有病，父亲饿死了。不卖女儿，娘三个都得饿死，没有一个母亲会狠心卖掉自己的女儿，为了有一口饭吃，为了女儿活下去，只好卖给别人家做童养媳。这位孱弱的母亲紧紧抓住两个孩子的手，划子在河水翻腾的激流中漂荡，这是个狂风呼啸的九月的下午。

3. 白马

山抹微云，天连衰草，在这个凄凉的下午，摆渡的人把母子三人送到了对岸。那一刻，这个身体单薄又缺乏营养的孩子，面临严峻生存挑战和无奈的选择时，又能想些什么呢？责怪母亲的残忍，还是抱怨命运的不公？黄河浪涛滚滚，流向苍茫的暮色。

这是民国十八年九月末的下午，奶奶八岁，她的哥哥十二岁。他们在母亲的庇护下惊恐中渡过了黄河。正是：水亭山驿，衰草斜阳，无限行人断肠处。

过了黄河到磴口村还有三十里的路，衣袖单薄，冷风飕飕，一位病歪歪的母亲领着两个孩子走在黄土路上，向着北方大青山的方向走去。突然身后一骑黄尘驶过，骑马的人在他们前面停了下来。一匹高大的白马上跳下一个中年男子，大约五十多岁，面色红润身体微胖。男子问了孩子母亲的去向，就让母子三人骑上了马，女孩骑在前面，母亲一手抱着孩子一手拿着缰绳，男孩坐在后面，两手紧紧搂着母亲的腰。中年男子一拍马屁股，让白马跑了起来，男子跟着马跑，像是拉着马尾，跑出一段路程。母亲回头一看，男子不紧不慢跟在马后，似乎和起程时一样，面色红润透出淡淡的光泽。马又跑了一段路程，母亲再回头看，男子依然不紧不慢地跟在马后。难道他会……一嘶马鸣，响彻在黄河岸边辽阔的大地上。

4. 声音

太爷住在一个大院子里，家里人丁兴盛，四个儿子一个女儿还有四头骡子三匹马，田地一百多亩，算得上磴口村中等以上富裕的家庭。奶奶走进了这样的家庭，做了童养媳，不管她愿意与否，她无从选择。奶奶的哥哥去萨拉齐镇上当了一家烧饼店的学徒工。

磴口村不大，一百多户人家，太爷住在村东，村东十几家都姓张，太爷的爷爷兄弟四人当年担着担子从山西忻州走西口跨过黄河来磴口村定居。他们保留着山西的风俗习惯和这里的村民一起生活。

奶奶到张家两年后奶奶的母亲病逝了，奶奶只剩下唯一的亲人——烧饼店做学徒的哥哥。母亲怀着遗憾走了，到了另一个世界。每当深夜，母亲的灵魂仿佛会回到一个十岁女孩儿孤独的炕边，奶奶耳中总是听到："孩子，你一定要坚强地活着，一定要忍受苦难活下去！"那个声音在黑漆漆的夜里久久回荡，穿越时空，穿越阴阳两界。

5. 鸡叫

在灰暗的日子中，不要让冷酷的命运窃喜；命运既然来凌辱我们，就应该用处之泰然的态度予以报复。

——莎士比亚

讨厌的公鸡又叫了，感觉刚睡下不久就叫了，这是第二次鸡叫，天还未亮。有着一双美丽小脚的女孩摸黑穿衣，这个十岁的小姑娘已成为家里做饭干活的主力了。尽管是小脚但路走得快，慢了不仅挨骂，还挨打。有着一张大脸嘴角长着黑痣的女人不干活儿还用两只斜眼总是盯着她。干好也说，干不好也说，总是说些难听的话。好像她生下来就不会说一句好听的话，从来没见那张脸笑过，比哭丧着还令人生畏。

每天早上要焖好一大锅有土豆的米饭，烧火、舀水、挖米、淘米、焖米、切土豆，奶奶很熟练地操作着，灶台上点着一盏小小的煤油灯，微弱的灯光笼罩着这个干活麻利的女孩。除了这一家九口人外还有三个长工要吃早饭，更别说圈里的三头猪、十几只羊，院里跑的鸡和窝里睡的狗，也张着嘴期盼着她。清晨，太阳从东方升起，第一缕阳光照射在土默川广阔的平原上，照射在寒冬中的磴口村，照射在张家大院里，照射在这个忙碌的女孩身上。

6. 女红

磴口村的冬季，北风凛冽，天寒地冻，夜晚黑黢黢的，风刮着树木的声响让人害怕，羊圈里的羊冻得发出咩咩的叫声，猫跑到热炕上挨着人呼呼而睡，狗儿钻进窝里也不出来。

夜里奶奶给这个家里的几个男人绣花鞋垫、纳鞋底和做布鞋。绣花鞋垫是每个未出阁的女孩必学的女红，无论贫富，女孩儿在出嫁前都得学会这门手艺。这年奶奶十二岁，跟村里媳妇们学会了针线活儿，先把一些废旧的土布或粗布洗干净，一层一层用糨糊粘平整，放在太阳底下晒干，展平铺在平坦的桌子上。厚点的鞋垫通常要粘十几层才够牢。接着设计花样，在纸上画出鞋子大小样子，把花草虫鱼、动物以及民间好的素材描绘出来。然后印花样，剪鞋垫模子，用硬纸壳，依照鞋子剪出来，大小全凭自己估计。为了让做好的鞋垫大小合脚，常常把脚放在纸壳上，用笔把形状描出来后再剪裁。把干了的板子揭下，根据鞋码的大小剪出鞋垫的样子，蒙上一层新的单色布，并用糨糊粘好，这样更结实。鞋样剪出来后，便用白布贴面。最后是缝制。纳鞋垫很费工夫，先在做好的鞋垫上画上小方格，然后依格下针。

一双布鞋的诞生，往往要经过剪底样、包底子、纳鞋底、做鞋帮、绱鞋、绲边口、糊鞋边等十多道工序。桌子上摆满了做鞋的工具，有锥针、助力用的钳子、顶针、剪刀及棉线等做鞋子所需的材料和工具。男人穿的布鞋是小口样式，沿边要细；女人穿的布鞋是方口样式，沿边要宽。这样做出的鞋子才好看。奶奶经常一干就干到了深夜。寒夜漫漫，在光线微弱的煤油灯下流逝了多少青春年华！

第二部分　驱邪祈福

7. 贼

那个嘴角上长黑痣的后妈，总是在吃晚饭时神经兮兮地说近来夜里好像有贼，因为院子里总有响动声，是不是贼寻找着东西。大家也不吱声，太爷说她整天无事瞎寻思。因为院子里牲口和家禽也没少，粮房夜里都上了锁，锁完好无损。

腊月的一个夜晚，奶奶做着针线活儿，为了一家上下过春节时能穿上新衣服，她忙碌着。突然听到院子里有响动，奶奶从窗户向外望去，黑漆漆的什么也看不到，她也不敢吭声。她的心头蹦出一个字：贼！但她又没有见过贼，也不知贼会长什么样子，像老鼠？像狐狸？因为老鼠总是贼眉鼠眼的，地里的狐子也总是躲闪着人。贼肯定是人，是人就会长人样，人干吗要怕贼呢？贼做亏心事才会怕人。奶奶大着胆子推门向外喊道：谁在外面？外面没有回声，一会儿外面的响动声消失了。夜还是那样的冷那样的黑，风声鹤唳，草木皆兵。

又一个深夜，家里人都睡了，奶奶一忙忘了准备好明天早上做饭的米面。她去了粮房，外面的风呼呼作响，寒冷的风吹来了雪，空中飘起大片的雪花，一场大雪来临了。外面有急促的脚步声，“贼？”奶奶心里想，但狗未叫，门未响。当贼真的来了的时候，奶奶有点害怕了，心像揣了兔子一样乱跳。她立马吹灭手中的油灯，并顺手取下墙壁上挂着的镰刀。贼不知道深夜里粮房会有人，见门未上锁，正站在门口奇怪纳闷，站着不动、侧耳听着，看粮房是否有人。过了好一会儿，见粮房里没有动静，轻轻开门进入，就在他进入粮房的刹那间，一把镰刀砍向他的手臂，只听得“啊！”的一声，贼吓得毛骨悚然夺门而逃。人影很快消失了，狗吠了几声夹杂着北方寒冷的季风。屋里的人睡得很沉，显然没有听到外面发生的一切。

雪下大了，地上铺满了厚厚的一层。奶奶看到了雪上鲜红的血迹，但是很快又被落下的雪花覆盖了。奶奶准备好了米面，回到她的房间。她一夜未眠，寻思着贼来的时候为什么悄无声息？狗为什么没有叫？大门上着锁，贼怎么进来的？

第二天黎明时分，鸡叫第二遍的时候，奶奶又开始做饭了。早晨吃饭的时候老三没有来。

8. 花季

幸福的家庭都是相似的，不幸的家庭各有各的不幸。

——《安娜·卡列尼娜》

春天来了，田野里开满了各种小花，奶奶已十四岁，她有花季一般的年龄。每个少女都有美好的梦，但她的梦常常被生活摧残着，太多的不易和艰辛压着她。她明白自己是童养媳，而她看见张家二少爷的那张脸就生厌，他有着粗暴的脾气，好吃懒做的行为，还喜欢吸大烟。她尽量离他远点，但又有什么办法呢？这个家已开始慢慢地走向衰败，因为四个不争气的儿子，说这又有什么用呢？老太爷身体一天不如一天，奶奶活下的另一个理由就是老太爷把她当闺女一样看待，给了她许多温暖和关怀。

奶奶有着坚强的性格和顽强的忍耐性。她没读过书，却从生活中学会了许多做人的道理。十四岁的年龄她还不懂什么是爱情，但她懂得和一个自己不喜欢的人过一辈子是一种痛苦。她思索着未来，考虑着当下，日子要一天天地过下去，无情的时光让她兴奋更让她苦恼。

春天里，遍地的野菜，她每天挖苦菜和蒲公英。春天在吃上是荒凉的季节，菜没下来只有存下的土豆，而男人们又开始耕地播种了。奶奶穿着对襟的上衣，粗布的裤子，头发用一根毛线固定在脑后，一双小脚穿着旧式的布鞋，花一样的年龄却没有花一样的打扮。花蕊吐出芬芳，阳光洒满田野。而人生的路何时才能走向幸福，走向广阔？

9. 钟声

钟表的时针和分针同时指向夜里十二点时，发出十二下的响声。响声结束后，就是一阵凄厉的笑声：“哈哈哈哈……”这是一个老太婆半死不活的声音。随着笑声，一个拄着拐杖的老人出现在有小孩子的村民家里，父母就会产生幻觉无力阻止。老太婆用她苍白的手在孩子脸上一摸就又随着几声凄厉的笑声消失了。第二天孩子就发高烧、哭闹、昏迷，过不了几天孩子就死了。这个传言疯狂地在磴口村和上下邻村间传了开来，越传越远。奶奶不相信这，也不相信有鬼，从小坚强的她胆子就大，每天黎明破晓之前就开始做饭，从八岁起就一个人起来干活，要是怕鬼，她每天也不敢天未亮就起来。

那次她深夜遇到贼，不是被她一镰刀砍跑了吗？遇贼的第二天早上吃饭时老三没来，他胳膊受伤了，奶奶也没和家人说起夜里发生的事，一夜未眠的她想明白了，老三是家贼，家贼难防啊！而今天听的传言却让她震惊不已，村里确实有几个孩子死了，虽然没医没药的年代村里死人早习以为常，但就在奶奶怀疑这个传言的时候，一天夜里自己的小钟也指向十二点，“咚！咚！咚！……”突然她听到了一声凄厉的笑声，仿佛从地狱中传出，奶奶毛骨悚然！难道真的有？她真的听到了，不是幻觉，确确实实听到了笑声。奶奶不敢出门，钻进了被窝，蒙着头，吓出了一身冷汗，不知不觉迷迷糊糊地睡着了。

第二天鸡叫第二遍的时候，奶奶起床看到隔壁老大家的灯亮着，屋里老大和他的老婆围着自己的孩子，一个一岁多的小男孩，孩子发烧了！哭闹着！后来孩子也出现了昏迷，老大的老婆跪在观音像前一会儿烧香拜佛，一会儿跑到门口给孩子叫魂，但孩子始终没有好转，村里的土大夫来了，开了中药，也不见效。一家上下急得像热锅上的蚂蚁，过了一周孩子没了。从此以后老大的老婆盘腿坐在炕上再也不说话，能吃能喝就是不说话，脸上失去了表情，不会哭也不会笑。

村里和邻村都发生了这样的怪事，村长请了一个很有名的阴阳先生，当奶奶见到这个先生时惊呆了，他就是当年骑白马的中年男子，面色依然红润，微胖。

10. 阴阳先生

奶奶见到了这位中年男子，他就是把自己的马让给他们母子三人骑的阴阳先生，那年阴阳先生曾给她母亲三块钱，在最困难的时候提供了帮助。奶奶为了那份恩情，请阴阳先生到家里吃饭，她要亲手做莜面窝窝给恩人。阴阳先生欣然答应。阴阳先生姓李名进，快六十的人了，两鬓有了白发，住在大青山朝阳洞附近。

奶奶叫阴阳先生为李大伯，李大伯在村长请求下作法驱邪祈福平安。在老百姓心中阴阳先生不但懂得观星宿、相人面，还会测方位、知灾异，画符念咒、施行幻术。对于人们看不见的力量，例如命运、灵魂、鬼怪，也都深知其原委，并具有支配这些事物的能力。

为了消除天、地、人、鬼间的矛盾，李大伯身着蓝色的长袍，头戴一顶高高的纸帽子，手拿一把画着日月的扇子，借卦卜和神秘莫测的咒语，去驱邪除魔、斩妖灭怪，看上去很是神奇灵异。炕头上放一张大方桌，桌上摆了六个斟满砖茶水的茶杯，他念动咒语，茶杯开始在桌子上自动转起来，他不停地喝茶，别人不停地倒茶。

他叠了十二个小纸人，小纸人在炕上能跑，后来发现小纸人脚下粘着甲壳类小虫子。原来小虫子在跑。李大伯把两个手指放进嘴里，轻轻一吹悦耳的口哨声，地下就跑出一群老鼠，他给老鼠撒一些豆子吃。他说老鼠是家神，他会口技，能和老鼠、蛇等说话。老鼠这会儿也不怕人，爬到他的身上，他再一吹口哨，老鼠排着队走了。奶奶亲眼目睹，觉得很神奇。

李大伯还会拆字占卜，让死去孩子的家长每人说三个字，并画符念咒，争取孩子下世投一好胎，并判断祥瑞灾异，勘定地相、风水，为死去的孩子举行祭仪等。我问过奶奶这是不是迷信，奶奶说她也不清楚，总之作法后村里平安了，没有再死过孩子。

听人说李大伯每年大年三十晚上一过十二点就走了，不知道去了哪儿，他从来不说。人们猜想他是去了野地坟头，初一回来后就睡一觉，他能预知第二年村里死几个人。听李大伯自己说做阴阳先生会折寿的，对后代子孙不好！

还有神奇的事是村里唱戏有表演变魔术的，人们让李大伯来个更精彩的变戏法，他把魔术师放在大柜里，一会儿打开柜子把魔术师变没了，一会儿又给变回来。魔术师心服口服，人们问魔术师刚才放进柜子，他去哪儿了？魔术师说自己进去就睡着了，真的不知道自己去哪儿了？

奶奶自从那次听到十二点钟声响后就患了偏头痛，李大伯给奶奶吃了几粒自己做的药丸，奶奶的头疼就真的好多了。那时奶奶心情不好，总是紧张，就吸起了旱烟，她有一支长长的木杆旱烟袋，心情不好时就吸几口。在烟雾缭绕中生命在幻化，青春在消磨。

第三部分　天降祥瑞

11. 圆房

十五岁那年，奶奶和爷爷圆了房，正式结婚了。家里和门外都贴了喜字，没有红盖头，没有轿子，没有唢呐声，没有爱情的他们结合了。老太爷用六大碗的席面请了亲朋好友，还有羊肉汤泡油糕（素糕）。所谓的六大碗是肉丸子、烧猪肉（扒肉条）、猪肉勾鸡、炖牛肉、八宝粥、红烧鱼。张家大院里里外外热闹非凡，小脚的奶奶正式成了张家二少爷的媳妇，这年爷爷二十岁，奶奶十五岁。奶奶唯一的亲人——卖烧饼的哥哥和嫂嫂也来了。

我曾问奶奶为什么要裹脚，奶奶说那时候流行小脚，以小脚为美，觉得大脚很丑。长辈们强迫女儿裹脚，裹脚时疼得死去活来，也得流着泪裹。“小脚一双，眼泪一缸。”奶奶说她四岁开始裹脚，八岁才裹成形。奶奶说文化人谈起裹脚还有一段故事呢。据说，古代女人裹脚是因为南唐后主李煜喜欢观看女人在“金制的莲花”上跳舞，由于金制的莲花太小，舞女便将脚用白绸裹起来致脚弯曲立在上面，跳舞时就显得婀娜多姿，轻柔曼妙。本来是一种舞蹈装束，后来慢慢地从后宫向上流社会流传，再以后，民间女子纷纷效仿，逐渐成为一种普遍的社会习俗。这也是三寸金莲来源的传说。

就在奶奶结婚不久，老大要另立家室过自己的小日子，要分家产，爷爷打闹着也要分家产。最终老大、老二另过了。老三、老四没成家整天吃喝玩乐，在家先偷钱，没钱偷粮卖。家已四分五裂。太爷看着自己建起的家一天天衰败下去，伤心欲绝。

就在太阳昏暗的一天下午，那个嘴角长黑痣的后妈哭着跑出屋子喊道："当家的上吊了，当家的上吊了。"

12. 麒麟

在太爷死后的第五天，家里的一头老瘦牛生了"小牛犊"，说是小牛犊却长得不像牛，形状怪异，驼头、鹿角，马身、蛇鳞，牛蹄、马尾浑然一体，像传说中的麒麟。但谁也没有见过麒麟的样子。小怪兽活了几个小时就死了，古人认为，麒麟出没处，必有祥瑞。有什么祥瑞呢？当时是没有看到。不过后来把这头一直不长膘的瘦牛杀了之后，取出一块牛黄，奶奶收藏了起来。老太爷死后不到半年，那个嘴角上长黑痣的女人跟着贩卖骡马牲口的安徽客商跑了。

老太爷曾抱给邻家兄弟一个儿子，因为他生的儿子太多了，而兄弟无子，就过继给了兄弟。这孩子后来考上了重庆一所大学，还和他的美女同学——一个国民党高官的二女儿谈起了恋爱。这是不是所谓的祥瑞显现呢？

后来老三过黄河参加了地方的一个土匪团，几年后混成了小头目，去榆林买弹药时还领了一个陕西女人回来。一次两拨土匪争夺地盘，老三在长发帮和秃头帮的战斗中被打瘸了一条腿。后来一次身上被刺了好几刺刀竟然活了下来，命大没死！这也是不是祥瑞显现呢？

老四在黄河南边的国民党部队做了几年饭，混了一身国民党老兵的军服。一次他去萨县，被驻在这里的日本兵抓了，绑在树上，让他交代问题。他一个伙夫什么也不知道，日本兵就用刀把他的肚皮划开了，肠子都流出来了，他疼得晕死过去。日本人以为他死了，解开绳子扔到外面不管了。深夜醒来后他踩着梯子从日本兵营的高墙跳下去，又摔在墙下晕死过去，后半夜被大雨淋醒，他急忙把流到外面的肠子塞进肚子里，用上衣裹住逃跑了，也没死。活下来后他还从东北铁路上找了一个眼睛有点斜的丰乳肥臀的护士做老婆。这又是不是祥瑞的显现呢?

老太爷的女儿后来嫁到大青山下种满果树的一个村庄，嫁的是好人家，女婿是勤劳善良的小伙子。

奶奶成家后成了家庭主妇，打理起日常的生活，爷爷却是一个没本事又好吃懒做的人，不高兴就对奶奶拳打脚踢，奶奶和他吵和他闹也没用。奶奶怀上了孩子不能再动气，只能忍着。日子过得那么的漫长，岁月蹉跎!

13. 新生

八月的土默川平原呈现出一派欣欣向荣丰收的景象，磴口村这个北靠阴山南依黄河的村庄，在夏日的中午时分一片宁静，人们正在午休。太阳把炙热的光芒照在这片热土上。

随着清脆的啼哭声一个新的生命诞生了，在这个炙热的阳光直射的中午，奶奶做了母亲，产下一个女婴，从此以后有了一个新的完整的小家庭。

女人有天生的母性，小生命的诞生给一个饱受煎熬的心带来希望带来光明也带来欢乐。孩子红扑扑稚嫩的小脸庞，一天一个样。没有比这更能带给母亲更大的幸福。再大的痛苦再多的艰辛在孩子吸吮着母乳的时候都化为乌有。小生命啊！你有那么大的力量，给这个暗淡的家庭带来了新鲜的空气和明媚的阳光。人生在世不称意中添加了新的希望，老张家虽分散了，但奶奶又有了一个自己主持的新家庭。生活中吹来了清风，吹来了新绿，天空洒下了皎洁的月光。

兵荒马乱的年代这里似乎是一块净土，孩子就这样每天变化着长大着。爷爷不会疼爱孩子，但也还是有所改变，变得少了些粗暴，少了点鬼混，少了些吞云吐雾。奶奶勤俭节约把持这个家，家里虽然失去了太爷那时的富裕，也能勉强度日。奶奶的奶水很多，还给别人家没有奶水的孩子喂养，别人也给一点贴补。奶奶没有产后抑郁，她来不及抑郁，也没有时间抑郁，坐月子时爷爷的妹妹过来伺候月子，奶奶即使一天吃一个鸡蛋，吃点荞麦面加小麦面的面条，喝点儿红糖水和谷米粥，也得节约着吃，有时也用黑豆煮些黑豆糊糊。

那时国民党政府军不敢跨过黄河北岸，驻在镇上的日本兵也不敢打过黄河南岸去，所以奶奶生活的这片土地战乱就少多了。过去是太爷给奶奶鼓励，现在是孩子给了她力量，让她更好地生活下去。尽管活着有许多的不容易和苦楚，但活着有许多的美丽。奶奶的生活里没有爱情，爱情也不能用来吃饭，或许爱情给她力量和信心，但比爱情更加伟大的是生存和生活中的坚持与忍耐。坚强地活下去才是最重要的。当女儿会在地上乱跑、牙牙学语时奶奶又怀孕了！

第四部分　烟鬼卖女

14. 梦

奶奶总是梦到母亲带她和哥哥坐在划子上渡河的那个九月的下午，还有那汹涌的波涛、滚滚东逝的河水与流逝而去的岁月。后来又梦到了她母亲带着她躺在棺木中漂浮在黄河决堤的洪水中。

土匪猖獗的时候，夜里常窜到村里抢东西，见啥抢啥，去了谁家，谁也不敢吱声，他们手里拿着家伙什儿。妇女和孩子光着身子裹在被子里吓得发抖，眼看着家里吃的、用的东西被抢光。奶奶的梦里又出现了土匪的身影。

奶奶又生了一个孩子，大脑袋小身子，是个男孩，大概长到三岁就死了。只长脑袋不长身子。这个畸形的孩子死后，奶奶的偏头痛又来了，又开始拿起她那长长的旱烟袋，在短暂的麻醉和烟雾中忘却痛苦。土匪抢走了东西，日子更艰难了。

在艰难中奶奶又怀孕了，十月怀胎后又生了一个女孩，孩子很健康也很漂亮，奶奶特别喜欢这个孩子。孩子长到两岁的时候，一天趁奶奶出门，爷爷偷着把孩子抱走卖了，只是为了那要命的大烟，这个比大烟更可怕的烟鬼还有良心吗？

奶奶离家出走了，去了萨县为别人洗衣做饭，不想与这个没人性的丑恶嘴脸的人生活了。

15. 不幸

女儿被卖了，被她的亲生父亲卖了，卖掉的理由就是为了抽大烟，对于一个烟鬼可以没有女儿却不能没有大烟抽。奶奶痛不欲生，带着大女儿出走了。在镇上为别人洗衣做饭勉强为生，不久奶奶发现自己已怀了身孕，她不想再要这个孩子，又没有办法打掉，孩子还是留了下来。

吃不饱缺乏营养的奶奶一天天消瘦下去，繁重的体力活儿让她这个怀着孩子的小脚妇女吃不消，但也没有办法，坚持、忍耐，忍耐、坚持。终于生下了孩子，是一个男孩，还算健康。奶奶住到哥哥家，她的嫂嫂不知道什么原因患了精神病，总是跑来跑去，胡说八道，哭笑无常。奶奶坚持坐满了月子又到外边租房子住了。十岁的大女儿带着小儿子，奶奶又开始为别人家干活了。

儿子长到四岁的时候后背长了一个瘤子，越长越大，瘤子破了化脓了，没钱看病，孩子开始发烧。奶奶的哥哥用卖烧饼攒下的钱，每天给孩子打一针，打一针要花掉一块钱。过了一段时间孩子好转了，奶奶好久没有笑容的脸开始舒展开来有了一丝笑容。又过了一个月孩子的病复发，打针也不管用，孩子很快就死掉了。这个孩子从生到死没有见过自己的父亲，他父亲也没见过孩子一眼。苦难像大海的波涛不断涌向这个不幸的女人。一位苦命的女人，我的奶奶。

16. 黄河

人们常说苦难和不幸是人生的财富，但谁也不愿意去拥有这笔财富。经历的人是没有办法，不得不接受眼前的生活。对生活的爱和一丝希望温暖了奶奶内心深处的那片无人知晓的苍凉。天下黄河九十九道弯，奶奶人生的河流里有多少道弯呢？黄河每道急流冲击到岸边又急速折回向前冲去，奶奶每次在不幸与灾难面前也迅速折回继续向前走。她的人生蜿蜒曲折，百转千回。但是什么也压不弯小脚女人挺直的腰板。

奶奶出生在黄河边，在黄河边生活了八年，她的祖辈就生活在黄河边，她喜欢黄河磅礴而宏阔的气势，给人以力量。黄河时而险峻，时而壮阔，时而轻盈，时而灵动，黄河在阳刚与温柔之间自然转换，像美丽的乐章。黄河有蛇曲之美，既有温婉轻柔，也有恢宏磅礴。黄河难以捉摸，充满了艺术的震撼和美感。中华民族的秉性和风范，与黄河的精神滋养不可分割。

奶奶喜欢听那艄公的调子，喜欢听《黄河九十九道弯》：

你晓得天下黄河几十几道弯哎？
几十几道弯上，几十几只船哎？
几十几只船上，几十几根竿哎？
几十几个那艄公嗬呦来把船来搬，
我晓得天下黄河九十九道弯哎，
九十九道弯上，九十九只船哎，
九十九只船上，九十九根竿哎，
九十九个那艄公嗬呦来把船来搬。

一曲晋陕民歌将迂回曲折的河道及无数船只和艄公的壮阔景象展现在眼前。

在每个黄昏和清晨，奶奶总是端着她那长长的烟袋，她思索着，她没有做过坏事，她有一颗怜悯善良的心。为什么不幸总是降临在她的身上？

17. 黑风

奶奶在亲戚的劝说下，在爷爷多次上门呼唤下，为了孩子有一个完整的家，在外漂泊了五年后又回到了磴口村。村子没有变化，人们在这里辛勤地劳动，头顶阳婆儿，脚踩黄土。

适逢大旱，颗粒无收，饿死了好多人，人吃糠，甚至树皮、野草都拿来吃，还有人抓住耗子吃。饿，饿，一个笼罩在奶奶心头的阴霾和恐惧。

一个夏天的傍晚，奶奶去外面看看能不能找点能吃的东西，村东头地里有几棵老树，树上黑鸦啊啊而鸣。突然有一个红色的火球从地面飞向远方，奶奶吓了一跳，也不知是什么东西。天色渐渐暗了，奶奶赶紧提着箩头往回走，地面渐渐起风了，这风又不同寻常，天还未黑，但是风吹起的是黑色，黑沉沉，天昏地暗。就在奶奶走到村口井边时，天完全黑了，伸手不见五指，一阵大风吹倒了奶奶，手提的箩头掉到井里，接着人也掉了进去。箩头正好卡在井里，井口上面大下面小，人坐在了箩头上。井里井外都黑乎乎的，黑风吹了一个多小时，吹倒了许多树木。黑风过后天渐渐有了亮光，在奶奶的呼喊下路过的人把奶奶救起。地面上突然出现了各种爬行的虫子，路上草丛里都是，一踩一脚。这是怎么了？又是一阵恐惧袭来。

18. 地震

当奶奶看到地上到处都是爬行的虫子，看到刚才发生的奇异现象。奶奶想，难道又有什么灾难要发生？她吓得赶紧回家。

乌鸦乱叫，老鼠乱跑，天色昏暗，一个小时过去了，没有发生什么，两个小时过去了，也没有发生什么，三个小时过去了，还是什么也没有发生。奶奶先是紧张，后来就迷迷糊糊地睡去，也不知过了多久，听到院子外咕隆咕隆的巨响，像是什么机器在转动，从远而近感觉到大地在上下颠簸，左摇右摆，让人感到眩晕，根本坐不起来。奶奶感觉身体在下沉，被什么压住似的，透不过气来。恐慌、惊吓、无助，不知所措。短暂的惊吓很快就平静下来，奶奶一家人掉进了炕洞里，窗户先倒下压在炕板上，接着西墙也倒了压在窗户上，这样一家人幸运地活了下来，没多久又开始震了，没一会儿又停了。房子塌了，有一面墙裂了大缝，有一面墙倒了，孩子吓得哭，大人也害怕得呜咽，鸦鸣犬吠，狼藉一片。没过多久天空打起了闪电，响起了雷鸣，下起了雨。一家人吓得六神无主，大人紧抱小孩，使劲地刨开压在身上的土块和支撑的窗户架，从杂物和土里爬出来，皮肉伤了，没大碍，总算活了下来。天空下着小雨，黑漆漆的一片，一家人躲在没倒的墙角一直到天亮，雨停了，太阳射出万丈光芒。

村里的人在地震中死伤不少，谁也没有预料到会发生地震，奶奶只是凭着直觉猜想。后来听镇里卖鱼的人说，这几天怪了，鱼特别好打。卖鱼的当时怎么也想不到，一场灾难将要临头。田地里的裂缝“嗤嗤”地向外冒气，只是很少有人注意。那夜老听见猫叫，以为猫饿了，起来给它喂食，猫不吃，依然叫声不绝，并乱窜乱跑。

大旱从春天就开始了，又发生了地震，虽然下了一场雨，也抵不上用。今后日子如何过？奶奶想起了那年存下的一点儿牛黄，卖给了萨县镇里的药铺，用卖来的钱买了点吃的和用的，人不能被活活地饿死。真是祸不单行，一年里发生这么多事，希望灾难不要再来。

第五部分　佛佑天佐

19. 思念

最近一到天黑，奶奶老是听到一个小女孩叫“妈妈”，她细细一听是从院子外面传来的，是她的女儿，被丈夫卖掉了的女儿的声音。难道孩子回来了？奶奶匆忙地跑出院子，一个女孩站在黑暗处喊妈妈，奶奶哭着说妈妈来了，可是走过去却什么也没有，奶奶喊着女儿的乳名，突然又在不远处看到了女儿的身影，孩子说：“妈妈，我想你，你要接我回家。”奶奶跑过去，女儿又不见了。奶奶夜里开始失眠了，半夜老是醒来，总听见女儿的呼唤。同样的事重复地发生了几次，奶奶思念女儿的心思越来越重。

奶奶在煎熬中思念着被烟鬼丈夫卖掉的女儿，在思念中奶奶又怀孕了，十个月后的二月初一的早晨旭日东升时，奶奶生下一个男孩，这个男孩就是我的父亲。新生的儿子代替了奶奶对女儿的思念。这一年奶奶的大女儿，我的大姑十三岁，爷爷开始琢磨着给大姑找一个有钱的人家，主要是为了彩礼。女儿未来的幸福他考虑得不多。奶奶看出了爷爷的心思，就早早地为大姑选好了一个人家，当爷爷想让找好的人上门提亲时，奶奶已把大姑送到她看上的人家那里。爷爷找不到大姑，也不知去了哪里，奶奶也不告诉他，爷爷没办法，只好作罢。

大姑一直到结婚后才回到娘家，爷爷心疼地哀叹当初为什么没有要彩礼。大姑过上了幸福的日子，他却视而不见，充耳不闻。只想着那份让他痴迷的彩礼钱。

20. 大青山游击队

磴口村南三十里是黄河，北十里就是位于土默川平原上的大青山（阴山）。抗战期间大青山地区惨遭日伪蹂躏，兵匪横行，一片混乱。贺龙的部队在平绥路以北沿大青山脉建立抗日游击根据地。

常听奶奶及老人们讲起大青山游击队的故事，八路军大青山游击队剿匪的第一仗，是在萨拉齐以北的水涧沟门一带消灭了十二股土匪，处决了罪大恶极的惯匪“红蚂蚁”，解救了一批被土匪掠走的妇女，缴获大批的枪支弹药和粮食财物。接着，又在毕克齐歼灭了大土匪“三拐子”，缴获六十匹战马。经过这两次战斗，萨拉齐和托县一带的很多小股土匪闻风丧胆，纷纷逃匿或者洗手不干，有的老老实实回家种地。

当时在九峰山一带活动着一股大土匪，匪首名叫萧顺义，由于他恶毒凶残，欺男霸女，当地百姓都叫他“干豌豆”，形容他不是个人，就像吃干豌豆的牲口一样。八路军大青山游击队根据村民们提供的消息，在九峰山的老丈窑子夜袭萧顺义，活捉了二十多名土匪，解救了一百多名年轻妇女，缴获了大批枪支财物。萧顺义受到打击后，率领数百名土匪很快投靠了日本人，被收编为伪军骑兵旅，人称“二日本”，驻扎在陶卜齐东面的什惧窑子。在一个大雪纷飞的夜晚，八路军大青山游击队从碾房窑子急行九十里，包围了什犋窑子，用手榴弹把睡梦中的大部分土匪送上了天，活捉了“干豌豆”萧顺义和二十多个土匪头目，缴获七十多支长短枪和一百多匹战马，为土默川百姓除了一大害。

大青山游击队在土默川的剿匪斗争，让蒙汉百姓们拍手称快。国共合作前，国民党顽军曾进攻大青山地区，八路军随即发起反攻，夺取了最后胜利，顽军被逐回了河套地区。奶奶一家就是在这样的大环境中生活着，奶奶说战火纷飞的年代，日子过得异常艰辛，吃上顿没下顿地过来了。

21. 佛

真正的光明绝不是永没有黑暗的时间，只是永不被黑暗所掩蔽罢了。真正的英雄绝不是永没有卑下的情操，只是永不被卑下的情操所屈服罢了。

——《约翰·克利斯朵夫》

一个小脚的女人拉扯着孩子，尝遍了生活中的酸甜苦辣，迎着风雨，走在坎坷中。那是一双怎样的小脚呀？支撑着她挑着生活的重担，迎日出送日落。在每一次的苦难和不幸面前，奶奶又是咋想的呢？一支旱烟袋伴着她每一个漆黑的夜晚和早醒的清晨。

孩子们给她带来了痛苦也带来欢乐。大女儿出嫁了，儿子也渐渐长大，又异常的懂事，懂得关心妈妈和心疼妈妈，这种力量比任何外界的鼓励和支持都重要。母子连心，儿子能听到母亲心跳的声音，能感受她心跳的节奏和频率。

又过了几年，小女儿诞生了，给这个家庭又增添了几分欢乐，同时给生活也增加了压力。生活的钟摆总是在两极晃动，一边是幸福一边是苦涩，谁也不能让它永远停留在一端。

生活中的磨炼让奶奶越来越安静，越来越平和，她友善地对待生活中交往的每个人，别人也很敬重她。奶奶信佛，初一和十五都要在佛像前烧香拜佛祈祷平安。奶奶心中有佛，希望佛佑全家。虽然自己家境贫寒，但只要有讨吃子（要饭的）上门来，有一把面或一把米也要给。

有人去大青山下朝阳洞烧香拜佛的，她总让人替她上炷香。

佛曰：人生有八苦：生苦、老苦、病苦、死苦、爱别离苦、怨长久苦、求不得苦、放不下苦。

佛曰：人生在世如身处荆棘之中，心不动，人不妄动，不动则不伤；如心动则人妄动，伤其身痛其骨，于是体会到世间诸般痛苦。

佛曰：笑着面对，不去埋怨。悠然，随心，随性，随缘。注定让一生改变的，只在百年后，那一朵花开的时间。

第六部分　命运多舛

22. 逃兵

在解放战争时期，解放军与国民党军队争夺集宁，多次展开激烈战斗，而老虎山是争夺最激烈的地方。老虎山是集宁城区制高点，集宁战役指挥部（洞）遗址位于老虎山西北坡。国民党兵员不够就抓壮丁，爷爷被抓了壮丁，来到集宁附近，发了军服。

一天夜里抓来的壮丁们在军营休息，爷爷趁哨兵半夜打瞌睡时偷偷地跑出来，跑到附近的村庄用身上的新军装换了农民的旧衣服，逃离了国民党部队，当了逃兵。如果真当了兵，爷爷有两种结果，一种是被贺龙的部队打死了，成为国民党的炮灰。另一种是跟着傅作义的部队失败后撤走了，最后跟傅作义一起归顺解放军，最终也是解放军中的一员。爷爷当初没有选择当兵，失去的机会也没有给他留下更多的选择。

问过奶奶为什么爷爷被抓了壮丁？奶奶说他们家里兄弟多，村里其他人有独苗的或兄弟少的去不了。爷爷是在没办法的情况下被指定去的。被抓了壮丁，村里其他人要给奶奶家送粮，因家里没有了主劳力。

其实奶奶才是这个家庭的中流砥柱，没有奶奶这个家早散了。孩子们依靠的永远是奶奶一颗坚强的心，一个小脚妇女支撑起来的天空。

家永远是遮风避雨的港湾，心灵归宿的屋檐，阳光普照的沙滩，梦里漂泊时能唯一抓住的绳索。

23. 饥饿

那年奶奶离家出走带着大女儿在萨县居住的五年，含辛茹苦。她们住在萨县（萨拉齐）南门外羊圈巷子32号，这个房子最后归奶奶了。奶奶后来常带孩子回去住，街坊邻居也很喜欢奶奶。奶奶喜欢带女儿到街上喝茶汤，女儿喜欢喝红糖杏仁茶汤，长嘴大铜壶一冲正好一碗。小镇的街面也只有南北两条街，街铺里有卖牛羊肉的，有卖布料的，有卖烟叶的，卖面点的（烧饼、糖魁、麻花、焙子一类），有卖糖果的、有打烧酒的，有卖烧卖的，有理发剃头的，有中药铺开药的，有打铁的，有叫卖狗皮膏药的。大街上走路的，提笼架鸟的，抬轿子的，赶马车的，推小车的，热闹非凡。日本人走后，市面街景恢复了旧日的繁华。

新中国成立后不久，萨拉齐又兴盛起来，除了县委县政府所在地外，还是绥远省平地泉行政区行政分署和中国人民解放军骑兵第五师驻军的所在地。一九五八年，平地泉行政分署迁往集宁，驻军撤离。一九六〇年，土默特旗迁往察素齐，萨拉齐仅仅是个镇政府的所在地了。

在早年，这里的游牧民族都居住在山清水秀的水涧沟门一带，而把牛、马、羊、骆驼等牲畜放牧在广阔的土默川平原上。为了管理牲畜，他们用土夯筑了围圈，称作“圐圙”。久而久之，这个地方就有了“圐圙”的叫法。随着走西口的人越来越多，居住在这里的人们觉得再叫原来的地名不雅，便改称“萨拉齐”，源于波斯语SARA，意为圣母。蒙古语意为挤牛奶的声音，听起来非常地受听。奶奶说她记得萨拉齐在新中国成立前叫圐圙，新中国成立后叫萨县，随着人口的逐渐增加，萨拉齐逐渐形成了一个繁华的小镇。

正月里街上有扭秧歌、踩高跷、舞狮子、耍把戏的；饭馆有划拳、押宝、出千的；戏台有唱山曲儿、唱漫瀚调的。正月十五观花灯、放礼花，萨县已是土默川平原的繁华闹市，有说不完的老街旧事。

可是随后的几年，艰难的生活又开始了，奶奶一家的日子在坎坷中度过，地里微薄的收成也不够吃，靠天吃饭收成时好时坏。又逢干旱，莜麦、糜黍、玉米、高粱、谷子、荞麦、土豆等收成都不好。

爸爸每天和小伙伴走上七八里路去乡里上学，常常饿得腿软走不动路。通年穿着左补右缝的衣服，冬天常被冻肿了脚，只能用土办法将茄子秆放在热水里泡脚消肿。秋季饿得实在不行，就去地里偷拔几根萝卜吃。接着又是“大跃进”，萨拉齐许多商家店铺都关了门，小镇显得十分冷落。

一九六〇年和爸爸一起上学的一个同村的孩子在下午放学的路上，被一个穿白衣的女人拉走了，再也没回来。孩子的母亲在房顶上晒豆子，夜幕降临的时候一个穿白衣的女人要拉着她走，她无力抗拒，也张不开口喊叫，就掉下了房顶，奄奄一息，差点就被摔死，多处骨折，活了下来。后来人们问她是不是不小心掉下去的？她斩钉截铁地说是一个穿白衣的女人把她拉着下去的。那白衣的女人又是谁？为什么带走了孩子，又过来拉孩子的母亲？是幻觉还是饥饿？还是饥饿后产生的幻觉？在爸爸幼小的心灵里产生了恐惧，就不想去上学了。奶奶不同意，爸爸坚持上到高小毕业。

24. 命运

我不得不向前奔，我不是一生下来就是富贵命。

——《双城记》

命运是什么？难道命运就是不能改变的过去和无法掌控的未来？命是与生俱来的，命如果能改变，又将如何改变？运是变化的，运是人一生的历程，在某些时段或顺或逆、有起有伏。“尧遭洪水，汤遭大旱，命运时然。”难道上天掌握着每个人的命运吗？

奶奶所经历的苦难生活，她能选择吗？在那个特殊的年代里，经历着一道道的坎跨过一条条的沟，又遇上人不得时，利运不通。阴阳先生李大伯给她看过手相，说她老来享福，德降子孙。五十知天命，奶奶那时还不到五十岁，她也不知自己未来的路和命。或许祸兮福之所倚，福兮祸之所伏。

奶奶常记着李大伯说的话：人一生只能走一条路，因此一生总要作出无数的抉择！而人选择的对与错！决定了自己的未来。

不管命运是怎样的，奶奶以她最大的忍耐和坚持生活着，为了孩子，为了自己，为了这个家。不管明天是晴空万里还是风雨交加。

第七部分　母以子贵

25. 民生渠

那是民国十七年（1928 年）的大灾荒。那年奶奶刚八岁，也是这一年秋天九月的一个下午奶奶被卖到爷爷家当童养媳，当年她自己的父亲就是被饿死的。

民国十三年到民国十七年，内蒙古、甘肃、陕西、山西、河南、新疆等地接连遭受旱灾，绥远省土默川平原，连续四年大旱，灾情严重，饥民遍野。据《萨拉齐县志》载："民国十六年因旱减收，十七年点雨未落，荒漠不毛，灾情严重。"爷爷同姓家的一位哥哥就把女人和儿子卖到了山西榆次富农家，不卖就得饿死，卖了能活口命。

"民国十八年，绥远遭年馑。几年无收成，百姓遭劫难。扶老又携幼，啼饥又号寒。卖儿又卖女，爹娘泪涟涟。骨肉两分离，心肝肠欲断。"民国十八年田地荒芜，树木干枯，阳光炙热，人畜共患饥荒。

大旱造成严重的灾情，面对连年大灾，一九二八年七月，绥远特别行政区决定成立救灾赈务委员会，行救灾举措，并决定开挖民生渠以工代赈，两千多个灾民于九月十八日正式开工，至封冻前。

民生渠断断续续挖了好几年，在华洋义赈会的帮助下挖好了。挖好渠后由于渠位高而水位低，黄河水流不到民生渠内，直到一九三三年秋，黄河出现高水位时，黄河水才流入民生渠及部分支渠，使萨拉齐县、托克托县的农田灌溉面积达到约五万亩。民生渠西起包头郊区古城湾乡磴口村的瓦窑口，东至陶思浩南高家野村。继而自北向南经大黑河故道（哈素海退水渠）入黄河，长七十二公里半。渠宽十五米，深两米。每十里就有一支渠，支渠向南通向黄河。

民国十八年，爷爷当时十四岁，和村里其他伙伴一起挖民生渠，用铁锹铲土，用箩头挑土，为了吃饭，为了活下去，夏天光着屁股挑土。当年天灾连连，人祸频发。各处无赖之辈，三五成群，持棍行动，名曰“不浪队”（不浪是内蒙古方言：意为棍棒），明火抢劫，遍地皆是。民国十八年入冬以后，“龙虎五大山”大匪首张耀（号龙飞）、陈得胜（号虎臣）、金宝山（号小金子）、赵半吊子（号青山）、郭秃子（号春山）、徐文标（号松山）、戴海源（号茂山）无恶不作，陈得胜聚集匪徒五六百之众，在归绥、萨拉齐一带肆意抢掠，民众于冰天雪地四处逃奔，冻死者极多。

民国十八年，各县乡间不分贫富，日难一食，麻糁、油渣、粮秕也找不到。全村妇女结伴成群，遍布原野山谷，剥树皮、挖草根，以维持生命。平绥道上，逃荒者牵衣顿足，昼夜有哭声。

几次大灾大难面前，奶奶死里逃生，幸运地活了下来，可能上天遗忘了这个苦命的孩子，不想把她带走，让她经历这沧海桑田，人间苦难。

26. 工分

爸爸高小毕业后回到生产队挣工分，那时农业生产一般由生产队组织，社员以生产队为劳动单位进行劳动并取得报酬。村里是大队，奶奶住在村东那片是生产小队。大集体时，一家少则三四口，多则七八口甚至十来口人，靠的就是在生产队挣的工分养家糊口。孩子上学、穿衣购物、油盐酱醋等一应开支均包含其中。那时，勤劳的人家忙里偷闲，每年饲养一二头猪卖钱贴补家用，除此，工分几乎是每个家庭唯一的经济来源。

爸爸挣的工分是奶奶一家的主要经济支柱。大队的干部班子及民兵，生产小队会计、保管、红五员、军烈属、工属（在外有正式工作的干部、工人的家属）、五保户等，他们有补助工分。奶奶家没有补助工分，只能靠爸爸和爷爷挣工分。公社成立的前几年，一个劳动日为一个整工（十分），折合人民币八分钱。后来好点时，干一天工能折合人民币二至六角。个别好的生产队，一个工能折合人民币一元左右。奶奶一家在大集体时也是勉强度日。

后来爸爸当了生产小队队长，生产队长要根据不同的季节或者是不同的天气安排社员不同的活计，故又称“排工”。譬如春季要拉粪、耕地、播种、介苗、浇水，夏季要铲草、锄地、洒药、浇水，秋季要收割、拉车、打谷、收库，冬季喂牲口、放羊、豁二道坝、打冻水。平时，生产队长还要安排年幼的放牛放羊，年长的养猪养鸡，收割季节看场，灌溉时看水渠，有时还要根据需要组织社员割草还有围井（打井）等。

爸爸说，那时没有化肥，地里产量很低，一亩地打三斗粮（一斗大约三十斤），种的是高粱、糜子、玉米、土豆、胡麻等。那时卖的香烟有绿叶、火炬、骆驼、太阳等。爸爸偶尔买一包几分钱的绿叶。

爸爸当了五六年小队队长，后来又当了五六年的大队队长。随着爸爸成长，奶奶日子好过多了，心情也好多了，不再为生活发愁，因为这是儿子考虑的事了。母以子贵，以子为荣。爸爸勤奋能干，一点儿也没有随了爷爷。

磴口村二十世纪六十年代末通了电，一九七一年有了军管，从包头军分区派来一个连长，姓杜，带着两三个军官和旗里的工作小组来到了磴口村住了两三年，整顿村里的社会秩序，开始拉高压线打井引水，为村里办了不少好事。

一九七四年，知识青年下乡来到磴口村和农民一起下地干农活挣工分，从包头市里来的知识青年在这片土地上干了两三年后返回了城里。一九七六年，爸爸入了党，当上大队队长。

从此以后奶奶开始了平静的生活，再没有受苦受难，也再也不会受苦受难了。因为儿子长大了！

第八部分　改革春风

27. 神医

在漫长的岁月里，苦难没有击垮这个小脚妇女不屈的灵魂，却在她的身体上留下了深深的印记。奶奶的偏头痛总是犯病，吃了许多药不见好转，就在二十世纪七十年代末打听到一位医术高超的中医，中医姓吴，吴中医住在黄河南岸，爸爸请来了吴中医，吴中医望闻问切后说：依据中医经络辨证理论，患者为肝胆郁热或风寒湿等邪气袭入少阳胆经，导致经络不和、不通，引起头部一侧疼痛、抽痛或跳痛等。然后开了方子："土茯苓二百克先煎汤，以其汤煎下列药：辛夷十五克，蔓荆子十五克，生地二十五克，元参十五克，川芎十五克，天麻十五克，双花二十克，茶叶十五克，煎取五百毫升药液，分三次服。"七日为一疗程，先吃两个疗程看看效果。

吴中医然后给奶奶扎针，令奶奶平卧，颈背下垫 一枕头，使颈部后仰，穴区消毒后，以左手食指和中指将胸锁乳突肌前及颈总动脉拉向外侧，右手持三寸毫针自针刺部位循皮肤垂直刺入，当针尖触及横突后，将针提起少许，再向下方徐徐刺入，直抵脊柱，轻度捻转。奶奶即感觉酸麻胀痛，向同侧颜面及上肢内侧放射。又在风池穴或寻得压痛明显处进针，向对侧眼窝内下缘方向，略斜向刺入一寸至一点五寸，反复提插，使针感向头顶、颞部或前额放散。太阳透角孙（针刺太阳、角孙、合谷三穴位）平刺进针约一点五寸至二寸，酸胀感扩散至同侧颞部。合谷取同侧，后来又均留针20分钟至30分钟。每日一次至二次。七日为一疗程。疗程间隔一日至二日。

在吴中医几个疗程治疗后，奶奶的偏头痛再也没犯。几十年的老病治好了，他嘱咐奶奶放松情绪，乐观处世。

吴中医年轻有为，少年时期因做点买卖被认为是投机倒把，关押在监狱。狱中遇到一老者（老囚犯），见其天资聪慧，过目不忘，就把祖传中医医书传给他。手把手讲解其中内容，传其要领。出狱后他考取了从医执照，开始行医卖药，经过几年实践，医术有了很大的提高。吴中医看病不论富贵贫贱都一视同仁，其名声慢慢地在当地传了开来，求医问药的络绎不绝，正是杏林春暖，在世董奉！

28. 黄河鲤鱼

过去黄河就从磴口村旁流过，一夜间向南移了三十里，奶奶和村里的老人们都提起过，什么时候移走的现已无从考据，就当作传说吧！黄河是母亲河，在人们生活最困难的时期，住在黄河边上的人们可以捞鱼补食维持生计，姥姥一家就是这样，而奶奶离黄河边远就没有这么靠山吃山、靠水吃水的好事了。黄河以南当时称为南沙梁，一过黄河就是沙土窝，奶奶出生在沙土窝，小时候也总吃黄河鲤鱼。黄河鲤鱼体侧鳞片金黄色，背部稍暗，腹部色淡而较白。臀鳍、尾柄、尾鳍下叶呈橙红色，胸鳍、腹鳍橘黄色。其体梭形侧扁而腹部圆。头背间呈缓缓上升的弧形，背部稍隆起。头较小。口端位，呈马蹄形。背鳍起点位于腹鳍起点之前。黄河鲤鱼体态丰满，肉质肥厚，细嫩鲜美，营养丰富。

早在春秋战国时代，鲤鱼就被当作贵重的馈赠礼品。据《史记·孔子世家》记载，孔子得子，鲁昭公送鲤鱼作为贺礼。因此，孔子为其子取名曰孔鲤，山东孔府历史上因此有不吃鲤鱼的禁忌。《诗经》中也有“岂其食鱼，必河之鲤”的诗句。

也就是这黄河差一点要了吴中医的命，一次给奶奶看完病，奶奶留吴中医吃了饭，喝了几杯烧酒。眼看天色将晚奶奶要留吴中医住家里，吴中医执意不肯，骑着自行车挎着小药箱回去了。晚冬二月的天还寒冷，黄河结着冰，冰上有撒土的路，弯弯曲曲通向对岸。这是黄河岸边有经验的人根据冰的薄厚踩出来的，撒沙土的路是冰厚处，走上去比较安全。吴中医心急过去，加上喝点酒，就想直接走过去。他也是黄河边长大的人，用双脚也能踩出冰薄厚的程度。当他快到对岸的时候，发现脚下出现了薄冰，冰层发出响声，从近而远。吴中医发觉不妙，赶紧要跑，但已来不及了。冰缝由远到近崩裂到他的脚下，随即他掉进塌陷的冰水里，他立刻酒醒了。幸好生在黄河边的人会水，而且会立水，能在水里踏水而行，这是黄河边上的人独特的本领。他游到未塌陷的冰层处爬上来，捡了一条命，自行车沉入河底，药箱漂走了。有人说吴中医行医积德，一条大的黄河鲤鱼托他上岸，让他为更多的黎民百姓看病，奶奶也这么认为。这是我听到的关于黄河鲤鱼最动听的传说。

29. 家训

家门和顺，虽饔飧不继，亦有余欢；国课早完，即囊橐无余，自得至乐。

——《朱子家训》

磴口村在二十世纪七十年代后期许多原来祖上是地主的人家，在拆老房子时发现了藏在墙里的现洋（银圆）或是罐子里封存的洋烟（鸦片）。还有的老人们留下银手镯，困难时卖了，后来才知道外层是银子里层全是金子。还有的留下旧瓷盆拿去当狗食的盆，被路过的外地人几块钱买走了，后来才知道那是古董很值钱。还有更邪乎的是院子圐圙里树下发现藏着的金子。我问奶奶太爷没留点儿什么宝贝？奶奶说太爷死前家里的钱财被四个儿子早挥霍完了。

奶奶说老太爷当年去过一次朝阳洞，看到一条大蟒蛇在喝水，他看到长长的尾巴，而头伸在山沟的水边。神龙见尾不见首就会家境走败。奶奶认为太爷虽然善良却不会治家。人应该守分安命，顺时听天。

奶奶说家里人要安分守己，不败家。男人要不吸毒不赌博，女人贤淑不贪恋钱财，家庭要珍惜每一粒粮食和衣服的半根丝或半条线，知道来之不易。奶奶没读过书，却知道很多道理。而且这些道理简单又深刻。

奶奶常说家庭里的和睦不是靠钱财能解决的，要靠体谅和关怀。但是所有家庭与家庭的纠纷、人与人之间的矛盾几乎都是由钱而起的。看待钱财的态度也是决定你成为一个什么样的人。

不经历尖锐痛苦的人，不会有深厚博大的同情心，不会理解一个小脚妇女的家训家规。多少年后我读了《曾国藩家书》“家勤则兴，人勤则健”“戒傲戒惰，保家之道也”，明白了奶奶持家的不易。

30. 春风

二十世纪七十年代磴口村大集体时，除挣工分外给每户村民分了一点儿自留地，日子较以前稍好了些，但还是很苦。大集体时，太爷四个儿子的日子都不好过：老大有一个儿子，自己吃不饱在饲养院看管骡马时偷吃烤玉米得了肠梗阻死了；老三有一儿一女日子过得也是紧巴巴的；老四有四个儿子过得也很紧张，有一顿没一顿的。奶奶家条件稍好一点，基本能糊口。

党的十一届三中全会以后，农村实行家庭联产承包责任制，包产到户，日子开始扭转了。农民的温饱问题基本解决，突破了吃大锅饭的旧体制。而且，随着承包制的推行，个人付出与收入挂钩，农民生产的积极性大增，农民可以将多余的粮食出售，形成了自由市场，农民手上的现金大增，农村经济大为好转。农民可以选择种收益较高的经济作物，收入因而提升，部分农户更跃升为万元户。农村出现了一番新景象。

爸爸能干，是种地好手，还是大队的队长，奶奶家较早成为万元户，是村里第二个买电视的家庭。爸爸花了四百五十块钱买了一台日立牌十二英寸的黑白电视机。爷爷那代人成了社会没落的一代，看到社会的新变化也不知如何改变自己的思想，买电视机时还不让买，觉得花那么多钱才买一个

“大收音机”，还是穿旧式的衣服，头裹白毛巾，干活时腰里还系根绳子。当看到电视里不仅出现了声音还出现了图像，一边骂一边偷偷瞧一眼。

改革的春风吹遍了大江南北，吹绿了土默川平原，也吹醒了磴口村。奶奶，一个小脚的老太太跌跌撞撞地走进了新时代。

第九部分　生死轮回

31. 儿媳

奶奶的家庭里不能不提的是她的儿媳，我的母亲。奶奶家和姥姥家是沾亲的，所以两家结亲，知根知底。一九七一年一个冬天的上午，寒风吹着冰冻的黄土地，爸爸赶着骡子车过了黄河娶回了我的母亲。那年新郎官二十二岁，新媳妇十七岁。父亲穿的新棉袄虽是借来的，但也为这个喜庆的日子增添了一丝温暖的阳光的色彩。

奶奶做了婆婆，母亲做了媳妇，奶奶从小深受婆婆的气，她不会让儿媳妇再受婆婆的气。母亲又是一个性格温顺与世无争的人，对待婆婆很孝顺。两好合一好，婆媳相处和谐，从未有过争吵，奶奶从不背后说儿媳妇的不是，母亲从不顶撞奶奶。虽然奶奶当家，但是大小事情让儿媳去做主，母亲又是一个不爱做主的人，所以实际上是父亲在做主。母亲和小姑子也相处融洽，家里互相尊重互相谦让，家庭和睦幸福。

那个年代的父母结婚时有没有爱情？也许他们不懂爱情这个听起来很文化的词，但是他们彼此合得来，彼此关心，彼此支持，彼此忍让，发生争吵或不快很快就过去了，从不隔夜。为了家庭共同尽心尽力，孝顺老人爱护子女。

母亲十八岁生了我，两年后有了妹妹，每次母亲回娘家，父亲骑着自行车前面放着我，后面坐着母亲抱着妹妹，父亲戴着帽子，母亲围着头巾。妹妹被裹在小被子里，自行车颠颠簸簸地行驶在秋收结束后通往黄河的黄土地上。

爷爷粗暴的脾气对谁都看不顺眼，但他对母亲还可以，从没说过母亲的不是。真是不是一家人 ，不进一家门。

32. 把式

我问过奶奶一生中有什么遗憾的事？奶奶说其他事无法改变，但有件事让她内心很愧疚。奶奶在那个动荡的困难年代把一本书丢了。

奶奶住在萨县羊圈巷子 32 号的时候，隔壁有一个邻居姓卢，住久了邻居间你来我往很熟悉。奶奶早上起来得早，总能看到卢师傅起来打把式（那时候当地人称武术为把式）。奶奶也不懂他练的什么把式，见他在院子里练到满头大汗才回屋。

卢师傅约五十岁上下，红光满面，走路带风很有精神。据卢师傅说他老家是河北沧州的，地处“九河下梢”，土地瘠薄，常有旱、涝、虫灾发生。正常年景，许多人家糠菜半年粮。重灾之年，流浪乞讨，卖儿鬻女很常见。当时流传的民谣有：“抛弃黄口儿，一乳恩情尽；但恨生不辰，莫怨父母忍。”许多壮丁，以贩盐为生，但官府不让卖，许多人出走外省，卢师傅带着老婆孩子来到张家口住了几年，又去集宁住了几年，最后又来了萨县，在集宁的时候孩子病死了。

奶奶见过卢师傅练把式，动静结合、舒展大方、协调优美、神形兼备。奶奶的大女儿也喜欢看卢师傅练把式，常听他说："八极拳，吴钟传；枪中王，庆云县；庄科村，树教范。师张公，礼超凡……"卢师傅自己没了孩子，特别喜欢邻居街坊家的孩子，常给孩子们讲故事。他说："文有太极安天下，武有八极定乾坤。"

卢师傅给孩子们讲八极拳大师吴钟的故事，吴钟只身三进南少林寺，机关暗器无一沾身，且一杆大枪横挑南七北六十三省，打遍天下无敌手，被誉为"南京到北京，神枪数吴钟"。还有"神枪李"的故事：神枪手李书文室内排掌击空，离窗五尺，窗纸振荡有声。李书文以枪刺树上枣，一枪一只。刺墙壁上的苍蝇，苍蝇落而壁无痕。铁锥钉入壁，很难拔出，他以枪搅铁锥，铁锥很快就出来了。李书文的大弟子霍殿阁做过末代皇帝溥仪的武术教师和警卫官。李书文的最后一个弟子刘云樵，在国民党政府警备队服役，当过侍卫队教官和蒋介石的警卫。

后来卢师傅的老婆死了，卢师傅也病了，吃不下东西，渐渐消瘦。他痛苦异常，一个人孤苦伶仃不想再活了，偷偷找了些砒霜吃，想死了算了，谁知没死成，他觉得可能量少，又多吃了点儿，还是没有死，吃了几回以后竟然能吃得下饭，身体感觉好多了，慢慢地好了。后来他想回老家沧州看看，临走前让奶奶替他保存一本书，等他返回后再归还。一本黑油布包裹的书。卢师傅说他的师傅是八极拳大师马凤图，让他保存的《八极拳谱》一直随身携带。过去的武术基本上都是师父口述心授，很少写成书。所以这本书特别珍贵。后来卢师傅没有回来，失去联系。在几次搬家中不知道什么时候把这本书丢了，奶奶一想到这儿，内心深处充满了愧疚感，觉得没有替卢师傅保存好这本书。

33. 春日

磴口村土地承包到户后人们开始为自己干活了，数着挣到手的钱没事偷着乐，人们戴上“西铁城”手表，骑上“飞鸽”牌自行车，买了缝纫机自己做衣服，穿的戴的也丰富多样了。好多的人家不满足原来的一间土坯房子开始盖砖瓦房。

爸爸把想盖新房的想法和奶奶说了，奶奶很赞同。爸爸就开始筹划，每年地里除了种口粮小麦外，还种经济作物，一部分种糖菜，一部分种葵花。这样每年收入增加，今年把木料买了，明年买砖，后年准备一些其他的就可以盖了。

村里出现了养猪专业户，养羊专业户，还有开油房的，开豆腐房的，生活得红红火火。人们开始放磁带听流行歌曲，那时人们喜欢听《小城故事》《回娘家》《我的中国心》，电影《少林寺》、日本电视剧《血疑》热播。

就在好日子刚刚开始的时候，奶奶病了，积劳成疾。躺在炕上，由于常年吸烟患上了慢性支气管炎，身体虚弱，全身无力，瘫痪在床，当时眼看病势很重，家里人把寿衣和棺材都为奶奶准备好了。这次又去请了吴中医来家给奶奶看病，吴中医给开了钙片和鱼肝油，并且每周打两次强骨针，还开了止咳祛痰、缓解气短的中药。奶奶在炕上一躺就是四年。在坚持治疗和吃药下，在儿子儿媳的精心照料下，四年后奶奶病情好转了，开始下地活动。后来还能为家里做饭，烩烩菜蒸花卷。小脚老太太在一个春天的早晨又一次奇迹般地站了起来，并且一站就是十年。

磴口村头的太阳在这个春意盎然的早晨又一次升起，照在了有许多鸟儿飞翔的田野上。

34. 死亡

死是宇宙秩序的一部分，是世界生命的一部分。

——《随笔集》

一天上午正当我在小学的课堂上听课时，老师把我叫出了教室，等在外面的父亲对我说快回家去，爷爷不行了。

一个硬朗的老头儿怎么突然就不行了呢？以为是一场小病，只记得腿浮肿，尿不出来，也找了村里大夫看了，并输了液。一家人围在爷爷的身旁，他的两个女儿也在。他环视了每个人，也没有留下遗嘱就闭上了双眼。死亡或许是在上帝面前的又一次重生。一个每天清晨就开始挑水，挑完水后开始叫骂的老头儿，“×你祖宗的，鸡叫三遍还不起床，看爷死后你们怎么办？”

爷爷对于家庭来说一半是罪人一半是功臣。爷爷的死意味着他生命的终结，在生理学的意义上无疑是一种毁灭，一种终结；死又似乎是生命的延伸，无论哪种方式的死亡，都能够启迪围坐在他身边的亲人选择更好的生存方式。爷爷就这样走完了他六十八岁的人生，奶奶家少了一口人。

死亡，看似很遥远，其实不然。在世界上，死亡每时每刻都在发生，不过有的距离你很遥远，有的就在你身边。谁都无法预料自己何时死，谁都惧怕死亡。爷爷死时是否充满恐惧？是否无奈地被死亡的黑暗吞噬？死亡，任何人都无法逃避的。死亡仿佛是一颗果实成熟后的自然坠落。死亡也应是生命的赏赐，我们静静地迎接它，就像玫瑰谢落的最后一片花瓣。

第十部分　家有一宝

35. 搬家

经过前后几个月的施工，我们家的新瓦房盖好了 。方正的四合院，每天清晨第一缕阳光从大门筒子照射到院子里，全是金闪闪的光芒。狗在墙角吐着舌头，小羊羔在院子里咩咩叫着，两只喜鹊站在李子树的枝头望着春光明媚而遐想无限。奶奶却不肯搬到新家住，她说自己老了，就让老房子陪伴她度过不久的余生。奶奶说这里有她的故事，这里有她的惦念，这里有她忘不掉的过去。习惯了生活在这间老房子，这个灰暗的土坯房，这个有着好风水的小院。习惯了坐在自己的热炕头上拿起长长的旱烟袋，在烟雾缭绕中看穿明与暗的时空，看清夜与昼的长度，看透生与死的界限。

奶奶说一个老人离了自己的窝到了新住处睡不着，这个窝是当年地震后自己亲手搭建的，有着不一般的情怀，有着依依不舍的眷恋，有着从苦难中挣扎的力量，有着独特的别人无法触碰的心结。她要死在自己搭建的窝里，死在自己的热炕头上。全家人无法改变奶奶的想法，又不能把她一个多病的老人独自留在老院，后来还是大姑的一句话让奶奶搬到了新瓦房里。也不知大姑说了什么。

36. 福分

奶奶搬到新家住了，爸爸开了一间小卖部，奶奶成了小卖部第一任“部长”兼会计和出纳。奶奶又焕发了朝气，眼不花耳不聋计算清楚。一斤醋、两包烟、一袋盐、二斤鸡蛋、一块豆腐多少钱？她稍稍一计算就出来，买东西的人说老太太算账比计算器快，其实奶奶都不会打算盘。今天一天卖出多少货，收了多少钱，挣了多少钱算得一清二楚，小脚老太太又活跃在小卖部这个令她兴奋的舞台。因为她觉得自己还有用，能帮娃娃们做些事。

当初大姑的一句话让她搬到这里，大姑对奶奶说你住在老房子把好风水占尽了，娃娃们搬到了新房子就没有了。奶奶一点即通，她要把好风水带到新房子去。一句话就让奶奶义无反顾地搬到了新房子。新房子宽大明亮，装修得整洁舒适，一个小脚老太太很快适应了，她常对串门的老人说：咱们过去没有那条件住上好房，今天娃娃们住上了，也是咱们这些老人的福分。

奶奶说孩子们要好好读书将来才会有好前程，不要像她俩眼瞎白丁（文盲）。她小时候没有条件读书，吃了一辈子的苦，会认字有知识能看得远想得清，个人选择的机会大，不读书一生不变，只能做一个庄户人（庄稼人）。

奶奶对我说就拿你本家一个爷爷说起吧，因为小时候是地主家庭，能读得起书，读到重庆的大学毕业，只是政治路线没有选对留在重庆参加了国民党，而一些同学去延安抗大最后参加革命了。“大跃进”后反右倾，这位爷爷又因为地主家庭出身被打成右派，落实政策后被安排在伊旗教育局，就因为有知识是大学生才被安排铁饭碗吃公家饭。

知识青年下乡那会儿，内蒙古大学的一位教师住在我们家，三年回去又成了教师。那是一位有知识的青年人，懂的就是多。奶奶很羡慕读书人，也很敬重读书人。

37. 智抓偷羊贼

一天早晨起来，家人发现大花狗躺在墙角不动，叫它也没反应，过去一看狗死了。狗怎么会死？昨天晚上还好好的，仔细观察后发现狗是吃了带毒的东西，嘴角有白色的泡沫，没有血，身上也没有被打的痕迹。谁下的毒？

在羊圈的西墙角发现了两个脖子带血的羊头，羊圈里少了两只羊。这不难推断贼偷羊前把狗毒死了。接着，又在靠羊圈的墙外发现脚印和有血凝固在泥土上。

前几天夜里狗总是叫，叫声很凶，出去看了看没有发现异常。贼偷羊想探道，被狗发现下不了手，于是他们想到用涂毒的肉喂狗。但是院墙很高，墙上又有玻璃尖片。他们把肉扔进院里，听不到了狗叫，在院墙外搭了梯子跳进羊圈把羊杀了，背着羊从梯子上了墙，把梯子又搭到墙外神不知鬼不觉地跑了。

爸爸要报警，奶奶不让，也不让爸爸对外说羊被偷的事，和没发生一样。一天过去和往常一样，两天过去也和往常一样，三天过去依然如是。第四天夜里十二点过后奶奶让爸爸和两个叔叔躲在墙外不易被发现的角落，如果看到院子里灯亮就立刻到靠羊圈的墙外处等着，家里人在屋里等着。在将近夜里一点的时候，情况出现了，有了轻微的脚步声，奶奶不让开院里的灯。过了十分钟奶奶把院子的灯开了一下就又关了。贼见灯亮了，躲在羊圈里不动，羊也不出声，一会儿见灯熄了，等待了十几分钟开始动手，他们用麻袋包着羊头，羊发出很低的声音。他们杀了羊用麻袋背着上了墙，就在此刻几道光同时照向这两个贼，院子的灯也亮了，贼曝光于灯光之下。他们吓呆了，愣在墙上不敢动，两贼被抓。

奶奶猜到贼是邻村的人，否则不可能背两只羊又提着梯子走太远。贼第一次偷走羊后肯定去村里听听反应，是否报警，第一天他们没有听到任何消息，第二天村里也没有任何人提起，第三天也有没有听到羊被偷的事。他们蓄谋已久，不可能仅仅偷两只羊，先偷两只看看反应，他们发现我家不敢声张，就又来了，谁知落在了一个小脚老太太的手里。

奶奶让放了他们，他们承认了错误，赔了损失。给别人改过的机会，不要一棍子打死，让邻村上下都知道了就无法做人，他们偷羊毕竟也是一时鬼迷心窍。

第十一部分　乡村文娱

38. 结巴女人

每天来小卖部买东西的人断断续续，但也不少。有一段时间一个人每天来，不是为了买东西，是为了和奶奶聊天。她就是村里那位抗美援朝退伍老兵老武占的女人，她靠政府给老兵的每月几十块钱的补助来小卖部买醋打酱油。她是一个严重结巴的女人，说一句话可能说半天。但就是这样的人还特别爱聊，别人不喜欢听她讲，她就找奶奶聊家长里短，奶奶也不厌烦，所以她常来。一件小事说一上午或再加上一个下午也说不完。

这个女人生了六个儿子一个女儿。孩子多吃饭的人也多，家里生活就拮据。大儿子在当地不好找媳妇，就娶了一个榆林媳妇。榆林媳妇又把娘家带到蹬口村，他媳妇的父亲从榆林带来了四个儿子和一个小女儿。像这样的人家磴口村不少，陕西榆林的人来了好多，他们也成了磴口村民的一部分，陕西、山西、内蒙古几地的文化习俗也开始了交融。

39. 村志

磴口村到二十世纪八十年代中期已有一百多年的历史了。在清朝年间姓狄的人家第一个搬到此处居住，随后有了郭、王、张、乔、宋姓等人家也来此定居。一首《走西口》唱出了山西人逃难到此的心酸，也唱出走西口人的艰辛和悲凉。

磴口村是当年通往水路的渡口，因此得名“磴口”，据说姓郭的祖辈上就是这里的艄公。最初才四百多口人，到了二十世纪八十年代中期已发展到一千六百多人。奶奶一直生活在磴口村，看着磴口村由小发展到大。奶奶一生的经历就是磴口村近几十年来的发展史。

磴口村离黄河近，漫瀚调早早传入土默川平原。人人都能喊几嗓子。漫瀚调的“漫瀚”二字，是蒙古语“芒赫”的译音，意为“沙丘”“沙梁”“沙漠”。漫瀚调发祥地准格尔旗正是沙丘、沙梁、沙漠遍布的地区。漫瀚调是以蒙古族短调民歌为基础、以汉族唱法为风格，精妙糅合而成的一个独特的鄂尔多斯歌种。漫瀚调腔调热情豪放，旋律朴实新颖，语言朴素无华，再加上句法整齐，节奏明快，又融合了准格尔乡音土语，散发着浓郁的乡土气息和山野风味，形成了独特的艺术风格，流行于蒙古、汉杂居的伊克昭盟准格尔旗、达拉特旗和包头市土默特右旗，呼和浩特市土默特左旗等地。

“漫瀚调调脆个铮铮音，蒙汉兄弟越唱越惹亲。漫瀚调是那盘根根柳，笑声声唱出个手拉手。黄河水绕着准格尔旗流，流进蒙汉人民心里头。天又长来地又久，蒙汉人民的情谊万辈留……”人们喜欢唱《王爱召》《栽柳树》《阿拉坦岱日》《扫帚花日》等。在事宴上在酒桌上在聚会时在劳动之余，男女对唱漫瀚调，除了漫瀚调还有山曲儿、二人台。

二人台是内蒙古的地方戏，主要流行于内蒙古中西部农区、半农牧区。其传统艺术形式多以生、旦二人同台表演，同腔同调。其表演形式有民歌对唱、硬码戏（以唱功见长，如《走西口》《小尼姑思凡》等）、带鞭戏（载歌载舞，如《挂红灯》《打金钱》等）。有以笛、四胡、扬琴为主的出场伴奏乐器和鼓、锣镲为主的武场伴奏乐器。二人台同时流行于晋北、陕北、冀北（张家口地区）、银北（银川北部）等地区，二人台深受老百姓的喜爱。常记得秋天农闲时跟随奶奶坐着小板凳在戏场看二人台。戏场除了二人台也唱晋剧。这也是磴口村在二十世纪八十年代最重要的文化生活。

一首山曲儿《想亲亲》，唱响在土默川平原，唱响在磴口村，唱响在那个不远的记忆里。

第十二部分　感铭肺腑

40. 内心

人生不能设计，你只能面对。

——冯仑

奶奶经历了不平凡的岁月，经历过苦难与不幸，经历过生死的考验。一个旧社会走过来的小脚老太太有一个什么样的内心世界？是什么力量让她坚强地活下去，让她不屈服于命运，谁又在意和关心过她内心的那片天空？

奶奶一生不善言谈，也不善表达，她也很少提及自己的过去，有时问到她过去的一些事，她才说起。她同辈的老人总提起她的过去，说她不易。子女们也和我们这些晚辈时而讲讲老人过去的故事。当我听到一些事后，我就去问奶奶，奶奶就娓娓道来，有时讲着讲着就仿佛回到了过去一样。我可以感受到奶奶内心有一种深深的痛，又有一种神奇的力量。这种力量能突破时空给我以强烈的震撼和感动。

奶奶一生很少抱怨生活很少埋怨别人，即使在那极端困难的年代。奶奶说她没有可以倾诉的对象，没有时间考虑那些对过日子没有用的东西，因为活着不易，说了没用。难道她的内心是冰山世界？其实奶奶内心深处有一缕明亮的光，奶奶说开始为了活着，后来为了子女，再后来盼着有一天能过上好日子。多么朴素的愿望，又多么实际的真诚的想法。难道能期望一个无依无靠的孤儿去改变旧世界创造新世界吗？

我们可以想象一个人的内心世界，却永远无法进入这个世界。因为经历是无法复制的，只有经历过苦难的人才能体会那种苦难带给一个人的感受。有的人被苦难击垮了，脆弱不堪；有的人被苦难激活了，坚强而不能摧毁。奶奶可能是后者，也许就是后者。

一个人一生中除了自己去争取和努力地活着，还要有运气。运气是好是坏也不由人。奶奶多少次的大难不死除了她有活着的勇气外也和运气有关，这点不能否认！

奶奶一生中每次在苦难中挣扎和纠结的心理我无法去揣度。因为我没有经历过，想象永远是无法替代真实的。

奶奶和每个平凡的人一样有过痛苦，有过伤心，有过徘徊，有过后退，有过失眠，有过眼泪，有过逃避，有过绝望。但所有这一切都没有击垮她，她最后又回到了现实的生活继续向前走。人生就是一条没有尽头的路直到死亡。

正如人们常说的：未曾哭过长夜的人，不足以语人生。

41. 变化

在这新的时代里奶奶看着生活中繁华缭乱的变化觉得不可思议。一面感叹没有早些时候赶上这好日子，一面又意识到积劳成疾的身体如一盏油灯，随时会被风吹灭。奶奶不怕死但她也不想死，看着儿孙满堂享受天伦是多么幸福的事。

奶奶喜欢看电视，坐在炕头看电视一边看一边嘀咕。那时播放日本的《姿三四郎》《排球女将》，她说现在日本人比过去的日本鬼子好多了，我们说人当然和鬼子不一样。在奶奶那代人眼中痛恨死日本鬼子了。

奶奶看到录音机在录音，播放出自己的声音，她说这个好，人即使死了，也能把声音留下来。想谁了听听声音，她不知道现如今除了声音外整个人的样子和动作也能留下来。

奶奶看到谁浪费粮食就很生气，“这是造孽！”奶奶说。没有饿过的人体会不了老太太说的话。

奶奶一生去的最大的城镇就是萨县，最远的地方也是萨县。没有坐过火车，没有打过电话，那时候如果实现这些也不是太难的事。但是她知足常乐，满足于现状，她觉得比起过去的生活不知好多少倍。

虽然上了年纪，但奶奶不顽固，通情达理，看着年轻人的做法完全不同于传统，她就说一代人有一代人的做法，随娃娃们自己去做吧！我们已是被淘汰的人了。

奶奶最重孝道，子辈孝顺，也要求孙辈们孝顺父母。她总说：“孝顺父母天降福。”

42. 八十年代

二十世纪八十年代的磴口村天是那么的蓝，空气是那么的清新，夜里繁星满天，村里隔几天在大队门前放电影。夏天孩子们早早地拿着小板凳去占地方，奶奶早早地煮好玉米棒子和毛豆，一手提两个玉米一手提着小板凳走了。那时放的电影有《少林寺》《火烧圆明园》《高山下的花环》《日出》《大阅兵》……那时老是停电，电影刚放一半就停电，又舍不得离开，站在那儿等着来电。

对于那时的孩子们来说，吃到爆米花是件很开心的事。那时农村的孩子都帮家里干活儿，拔草、锄地、撒化肥、割麦子、打葵花、掰玉米……跟着大人晒粮。那时候学校很破，桌椅很旧，但是就在这样的环境下，教室里常常传出琅琅读书声。孩子上初中以后就要骑自行车去七八里地的中学上课。

八十年代，在农村最壮观的景象莫过于农民们拉着一车自家种的粮食去粮站交公粮。

八十年代，磴口村响应国家号召已经开始实施计划生育了，但是那时候的人还是喜欢甚至可以说是习惯多生孩子，那些传统的旧观念，并没有因为社会的发展而有所大的改变，出现了许多“超生游击队”。

那时萨拉齐赶交流（赶集），除了卖小商品和衣服的小贩和摊位，还有各种组织抽奖的、演马戏的、变魔术的、爆米花的、开饭馆的……震耳欲聋的高音喇叭吸引着人们快到这里来看热闹。

那时地里种大量的小麦和葵花，父母都很忙很辛苦，奶奶看在眼里疼在心里。奶奶帮着做饭，做的饭很可口，全家都喜欢吃。八十年代磴口村的人们就是在喜悦与兴奋中，在勤劳的耕作中度过的。那时候奶奶这一代人不再挨饿受冻，很满足眼前的生活，像父亲一样年青一代解决了温饱后还想追求更好的生活，追求更美好的未来。生活像波澜壮阔的大海展示在人们面前，老水手和年轻的水手都有不同的思考，他们是不同时代的人，对风浪和前景有不同的想法。但大海总是给人以力量给人以向往。

第十三部分　我家的佛

43. 《红楼梦》

弱水三千只取一瓢饮，沧海万顷唯系一江潮。

——《红楼梦》

奶奶特别喜欢看电视连续剧《红楼梦》，她说林黛玉不算命苦，她父母死了她还能去姥姥家，有人疼没人敢欺负她，还有一个喜欢她的宝玉哥哥。奶奶是和自己的身世作对比了。看着一个个死去的丫头们一边抹泪一边说："苦命的孩子们。"我问奶奶最喜欢《红楼梦》里的哪个人物？奶奶说最喜欢刘姥姥，刘姥姥好人有好报；她也喜欢王熙凤，奶奶说这个女娃娃有本事，管理一大家的杂事不容易，最主要的是史老太太也给放权。

荣国府最终走向衰败，财散人空。奶奶说那是命，也是人为的，三分天灾七分人祸。奶奶说你太爷当初日子过得也不错，后来衰败了，就是人祸呀！

《红楼梦》奶奶是看懂了，还有自己的见解。经历过时世、经历过苦难的人，对人世的冷暖和人世的沧桑与人世的无常都会有深刻的感受和理解。奶奶说受过苦的人才能写出这样的书来，一部《红楼梦》"满纸荒唐言，一把辛酸泪，都云作者痴，谁解其中味”。

44. 曼陀罗宝花

随着岁月的流逝，奶奶身体也慢慢地变弱了，总患病。我就问奶奶，你会死吗？奶奶摸着我的头笑笑说：人都会死的。但是每个人死后去的地方不一样。我问奶奶你会去哪儿呢？奶奶说积德行善一辈子了，我会去一个好地方。那里昼夜不停地从天空飘落曼陀罗宝花，宝花一着地，不须洒扫，自动消失。那里七宝为地，那里弥漫着香气，处处散发着芬芳。那里是一个光明的世界，不但人有光，连七宝、宫殿、楼阁、宝池、色树、莲花等都放光。我说那是天堂吧？奶奶说不是。那是什么地方呢？奶奶说是阿弥陀佛居住的地方。

奶奶说许多念佛有成就的人，都能在现生见到阿弥陀佛，有的在定中见，有的在梦中见，更多的是在临终时见佛亲自来接引。奶奶说阿弥陀佛会在临终时来接引她。

奶奶信佛多年，自从听了一个出家人讲解佛经后，从此深信不疑。

我多么希望奶奶去的就是这样的地方，一个昼夜不停地从天空飘落曼陀罗宝花的世界。

45. 除夕

除夕夜晚当零点的钟声敲响的时候，要把旺火点着，开始接神了。爸爸就嘱咐我把奶奶的新衣拿出来，围着旺火左转三圈右转三圈烤热了给奶奶穿上，祝愿奶奶长命百岁。一过阳历年奶奶就是七十岁，进入了一个新的年代——二十世纪九十年代。

午夜十二点，鞭炮齐鸣之时将旺火点燃。点火时，先点引火柴，然后人力扇风，使里面的劈柴着火，由劈柴再点燃炭块，这时候整个旺火塔就熊熊烧起来了，火光照亮整个院子。“点旺火”又叫“发旺火”，取“发财”“发达”之义。民俗中有谁家的“旺火”旺，谁家的福气旺之说。“逢九”的人（指年龄中有九的倍数的人），要把红色的内衣拿在火上烤一烤再穿，据说可以辟邪。宋代《岁时广记》记载：“除夜积柴于庭，燎火避灾。”这是磴口村甚至内蒙古西部地区农村过年必不可少的一件事——垒旺火。

熊熊燃烧的火焰照亮了奶奶的脸，一张慈祥平和的脸，岁月在她的额角留下了深深的沧桑的痕迹。有佛驻在她波澜不惊的心间，而我们全家的佛就是这个饱经磨难和坎坷生活坐在炕头上有着小脚的老太太——我的奶奶。

46. 夏夜

时光匆匆，岁月的年轮里，江声浩荡。一个小脚的老太太颤巍巍地来到这个日新月异的新时代。太阳依旧是当年的太阳，月亮依然明亮，星星还是那星星。但是新时代有新时代的标志，磴口村的标志是人们吃着拿糕、莜面囤囤、酸粥、烩菜、焖面……在自己家办的舞场里年青的一代一边跳着慢四一边开始谋划新生活，有的人开始养车，有的开始做买卖……人们已不满足于两亩地一头牛老婆娃娃热炕头了。黄土地已经拴不住他们要飞翔的翅膀。

奶奶每天坐在小卖部的炕上帮爸爸照看小店，附近的老太太没事就来找奶奶聊天话家常。外面的消息就不断地带进这个小店，奶奶不出门便知外面事。谁家儿子不孝敬父母了；谁家孩子出去做买卖下海了；谁家买了汽车开始养车了；谁家孩子考上名牌大学了；谁家养的奶牛开始下牛犊了；谁家的孩子参军了……

夏夜的晚风轻轻吹过碧油油的西瓜地，一轮明月照在磴口村长势丰饶的土地上，蝈蝈儿在院子里鸣叫，空气中弥漫着乡村浓浓的泥土和地里庄稼混合的味道。在这样的夜晚我写完作业后喜欢和奶奶待在家里，听她讲一些过去的事，隔代的老少跋涉在时光的沙坡上走进过去的记忆。奶奶问我她死后会想她吗？我说肯定会想，奶奶说她生命的这盏油灯油已快到底了，记得死后每年给奶奶上坟烧纸，奶奶一定会知道的。

第十四部分　感恩惜福

47. 感恩

老太爷的四儿子也已进入了老年，他来小卖部买烟的时候向奶奶唠叨，说他的儿子们不孝顺，他老了还得种地干活儿。奶奶就问他："你对你老子孝顺吗？"老头儿红着酱紫色的脸蔫蔫地走了。脚下踩起的尘土被吹来的风扬在空中飘荡着，又慢慢落下，落在杂草和碎石的路边。

奶奶到张家时老四才两三岁，奶奶屎一把尿一把地把他拉扯大，即使这样他也觉得应该，没一颗感恩的心。人就是这样：习惯了得到，便忘记了感恩。奶奶病的时候他从未过来问问，反而村里一个奶奶当年奶过的孩子还记得那口奶的恩情，时常看望奶奶，他总说过去要不是吃奶奶的乳水早饿死了。奶奶也从不计较个人得失。因为佛家对爱的定义是希望众生能够找到快乐，以及快乐的因。佛教所讲的慈悲就是解除所有痛苦的愿望，尤其是要挑战痛苦的因——无知、憎恨、欲望等。奶奶是信佛的人，晚年也是幸福的人。

48. 孝

后来张家老四病了又摔断了腿，冬天躺在一个南房的土炕上，钻进跑出一堆棉絮的破被子里，露出一个枯发蓬乱的头和面色萎黄又胡子拉碴的脸，地下堆着半地的柴火。太爷的四个儿子就剩他一个了，与奶奶同辈的人已走了大半多了。

四个儿子谁也不愿意把这个老人接回家，老大每天给送些饭菜过来，最初每个儿子一年给老人六百元养老费，后来渐渐地以各种理由都不给了。在一个寒流过后的早晨，张家老四就再也没有从破棉絮中露出他的头，他病死在了冰冷的土炕上。四个儿子为他办理了隆重的丧礼，请了三班吹鼓手匠。老头儿死后家里又“热闹”了一阵子，老头儿留下的五亩地四个儿子开始争抢。最后是谁种了地还是平分了，这已不是人们关心的事了。

张家老四一死，张家他这一代的男人全从磴口村的生活中消失了，老坟里又多了一个位置。坟头的老树在春天来临时依旧苍绿茂盛了。

49. 无常

太爷大儿子在孩子早年夭折后，过继了本家的一个孩子。这个孩子天性聪明，在二十世纪八十年代是一个很有名的电工，又能修理浇水用的电泵。自己改造了许多农具，开着他的手扶拖拉机在田间小路上所向披靡。但是人很固执，村里人都劝说他不要在老庙处盖房子，不让他侵占公共的地盘，他不听。最后他在三十五岁患了肝硬化，三十六岁发展成肝癌死了。在患病期间他也不去接受正规的治疗，自己在家里翻医书下药方。一次我看到他用偏方治疗他的病，蹲在树下吃一碗蝌蚪。他一边吃一边表现出很好吃的样子，看他吃的人当场就吐了。最终蝌蚪也没有救了他的命，即使是青蛙也只能补充一些营养罢了。他死后一位所谓“阴阳先生”在一本书上翻他的生辰八字，书上写着“一只孤雁早回归”。

这位叔叔是父辈里第一个进祖坟的人。人生无常，奶奶说白发人送黑发人对许多人来说是人生的悲哀，但死何尝不是另一种生。苦难给了奶奶坚强的意志，她以平常心看待生死了。

50. 故人

长脖颈骆驼，细毛绳绳拴，哥哥这一走，妹妹我好心酸。

——《拉骆驼》

人老了就想见到一些故人和亲人，奶奶的侄子来看望她了。姑侄聊得可亲热了，别人也插不进话。侄子是退伍的老兵，现已是两儿一女的父亲了。当兵前就和一位民办教师谈对象，两地书信飞来飞去。“长脖颈骆驼，细毛绳绳拴，哥哥这一走，妹妹我好心酸。”这妹妹后来去部队探亲，就在军营里结婚了，是一个班的战友张罗着办的，贴两个大红喜字，发些糖，在食堂聚个餐就办了特色的婚礼。

奶奶的哥哥也来看望奶奶，兄妹俩的感情很深，都是那个年代过来的人，两人话语不多，他们的交流已不仅仅是用语言来表达了，已是同声相应，同气相求了。

人就是这样在没有意识中自己就老了，还有许多的事没做，许多的心愿未了，人就是在一刹那间突然发现自己老了。他们开始念旧怀古了，他们开始孤独了。

51. 福报

“积善之家，必有余庆；积不善之家，必有余殃。”

——《周易》第二卦：坤卦

奶奶常说的一句话：吃大亏享大福。她总说人不能太精了，人有十分伶俐使七分留下三分给儿孙。奶奶在坎坷曲折的人生道路中领悟到人生的真谛。要求子女们做好事做善事，不要害人不要算计人。奶奶知道积累善行善德的家族，这个家族的福报不会断绝，家族的后代也会承受福报。常常做不善之事的家族，这个家族会经常发生灾祸，甚至连累后代。

村里就有这样的人家，事事抢先不吃亏，事事想压人一等，个个精得似鬼，可是子女后代里出现了傻子，出现了家庭分裂，出现了许多灾祸。

一个人离开这个世界，离开芸芸众生之前总会为子孙后代留下点什么，钱财或是房子，还是留给子孙的是光辉灿烂的思想？让朴素的道理和愿望照亮他们未来的路。

第十五部分　儿孙绕膝

52. 风水

在磴口村甚至整个土默川地区人们盖房子要请风水先生看地基，土葬也要看日子。在老百姓生活中一直没有离开过风水两个字。风水学提倡在有生气的地方修建城镇房屋，这叫作顺乘生气。只有得到滚滚的生气，植物才会欣欣向荣，人类才会健康长寿。风水是一种人世间无形的学问，就像人的灵魂一样，看不见摸不着却依然存在，而看相、算命、卜卦、测字却是民间流传的一种道术。但风水的核心思想是人与大自然的和谐。

所谓天有三宝：日、月、辰；地有三宝：风、水、火；人有三宝：精、气、神。风和水合之为气，则脉气，归之为灵气，得之可行昌运也，失之停滞不前，不管风水学是否科学，磴口村的老百姓就相信它从古至今没有改变。时代变了，但是盖房子请风水先生看地基的做法没有变。人们对居住或者埋葬环境进行的选择和天地变化规律的处理，以达到趋吉避凶的目的没有变。

奶奶说咱们家盖房子选的这块地基就请风水先生看了，房子面南坐北，大门向东开，让太阳的光线从早晨就照进院子。就在这个院子里奶奶比医生的预期多活了十年。路过的外地人看到这个院子都会打量一番，院子前面就是绿油油的麦田，八月就是一片金色的麦浪，奶奶就是麦田的守望者。没有南房就显得视野开阔没有阻挡，屋子里一整天都能照进阳光，奶奶就在温暖的阳光里，在岁月的长河里慢慢走着，慢慢地变老。奶奶又梦到了那个遥远的和母亲乘舟渡河的九月的下午。

53. 欣慰

人能够凝练成一颗石子，潜伏见底，让时光像水一般在身上湍急而过，自己只知身在水中，不觉水流。

——杨绛

奶奶每天早晨起来喝一斤牛奶，泡点儿馍，吃完早饭就开始打扫屋子，然后开始烧香拜佛。上午不断有人来小卖部买东西，奶奶也照应着。下午就有左右邻里老人们来和奶奶聊天唠嗑。晚上看完电视后睡觉，睡不着就一个人盘腿坐在炕头。奶奶的身体也萎缩得像一只瘦骨嶙峋的老山羊。她像等待着什么。人老了就能听到两种声音，一种活着的声音，一种是死亡的声音。

风烛残年的老人似乎早已忘记了经历的苦难，忘记了孩子病死和女儿被卖时的痛苦，那种剜心之痛，那种掉进无底深渊、游不上岸的痛楚。心轻轻一碰就会千万碎片散落。

子女的孝顺，孙子们围绕在身边给晚年的奶奶带来无比的开心和欣慰。人老了就变得像一个小孩，孩子一般的开心，孩子一般的心态，孩子一般地喜欢有人陪着，又像孩子一般喜欢被重视。奶奶老了，我们也长大了。

54. 半吊子和老光棍

有两个人通晓磴口村的历史并对村里发生的事情有一个不夸大的真实的描述。一个是每天坐在桥头看着人们出入磴口村的半吊子王二，一个是五保户老光棍张喜。奶奶说这两个人常来小卖部买东西，一般不赊账，即使赊下了说哪天还就哪天还，很讲信用，即使下雨也要来还账，比有些聪明的人好多了。

王二从小就傻，四十多岁了还是一个人，饿了回家吃饭，吃饱了全村上下转悠，两眼总是盯着村里那些大大小小的事，他没有什么目的，就是一个天生的好奇心，所以他看到村里发生的事或听到老人讲过去的事都是原本的样子，也不会夸大添油加醋。傻子大脑的世界里都是纯真。

张喜就是一个倔强的干瘦老头儿，即使他老子不好，他也从不对外说好。他不会粉饰太平，也不会胡说八道。一个老光棍在一个黑暗的小土坯房子里过了一辈子。但他是一个善良的人，看到困难的家庭他会主动帮助干农活。而王二就不会帮别人干活儿。张喜年龄大经历的事情多记忆力又好。他记的磴口村及土默川历史事件的时间甚至比县志都准确。

王二在村里遇上张喜，两人互相看不上对方，总是抬杠。磴口村的历史就应该由这些毫无目的人去书写，可惜王二与张喜都不识字。

奶奶说磴口村就是由这些形形色色的人组成的，也许不完美，但这是活生生的现实。

55. 麻衣相

“他婶子大善人晚年享福！时来运转呀!”说话的是来小卖部买东西的一个又矮又黑的老头儿，未见其人先闻其声，门还没打开他的声音就已传进来。每次来都要看看奶奶的手相，听说他会麻衣相。老头儿爱念叨一句“学会麻衣相，敢把人来量”。可是老头儿没有给自己看看手相，他一个人与一个大脑发育不成熟的侄子住一起，侄子娶了一个哑巴，哑巴生了一个女儿。这下老头儿忙了，带起了孩子。

看相的人能看出别人双手过膝、两耳垂肩有当天子的命，却看不出自己一生穷困潦倒。铁拐李的葫芦里不是也没装着治腿的药吗？

生活中你来我往，秋来暑去，在平凡的日子里奶奶看着世界悄无声息地变化和一些永远不变的东西。人老了能洞察世间的一切事物。历史变迁了，人性中的一些东西没有变，如贪婪和欲望，自私和冷漠，嫉妒和怨恨。还有对生的渴望和对死的恐惧。人性中的一些同情、悲怜、友爱、帮助也没有变。人性中两个轮子驱赶着一匹马奔向未来，掀起了滚滚红尘。

第十六部分　驾鹤仙去

56. 上善若水

上善若水，水善利万物而不争。处众人之所恶，故几于道。居善地，心善渊，与善仁，言善信，政善治，事善能，动善时。夫唯不争，故无尤。

——老子《道德经》

奶奶的晚年在静静的时光里如一条细流从高山上流下，早年一路崎岖蜿蜒曲折坎坷，现在已流进了平静的深潭，一轮明月照在潭水中，水波不兴亮如明镜。她宅心仁厚心素如简，与人无争友善地对待每一个人。

过年贴对联时，我问奶奶今年大门的对联写什么？奶奶对我说你读书多，你想一联吧。我想了想上联就写“居善地心善渊”，下联写“与善仁言善信”，横批就写“上善若水”。奶奶说只要行善就行，是不是一联她不懂。

春节一过，春风开始吹拂大地，万物开始苏醒，草木开始萌动，燕子回归，河流解冻。即将迎来一个春暖花开的世界。在冬去春来的季节里奶奶又挺过了一年，看着人们开始耕地播种，看着春天阳光照耀的地方升起了缕缕炊烟。

57. 参军

七月到来的时候我参加了高考，但失利了。整个夏天和秋天我都在地里干农活，心里很失落。我不想和祖辈一样在这块土地上辛勤劳作，我想走一条自己的路，我想参军。每当我看到发小永军从部队寄来的信，就心潮澎湃，我向往军队火热的场景和激情的生活，看到永军穿着军装飒爽英姿，我心中的羡慕之情油然而生。我要参军，我要穿军装。但是父亲不同意，他说奶奶这个年龄了不能让她舍不得我。

我就悄悄地把我的想法告诉了奶奶，奶奶不仅没有反对，反而很支持。奶奶说：我老了但心里不糊涂，娃娃的前程为重。

冬季征兵时我就报了名，十二月的寒天我陪伴在奶奶的身旁。奶奶没有显出让我放心不下的神情。我被通知通过各种审查和体检，即将成为一名新兵。奶奶听后也和我一样地高兴。

在我穿着军装戴着红花登上列车前的那个夜晚，我和奶奶待在一起，奶奶和我聊了好多。奶奶让我常写信回家，多照些相片寄回家。

寒风中火车缓缓地离开我熟悉的土地，离开了我最亲的亲人——我的奶奶。

列车驶向了暮色中的远方，我分明看到坐在炕头上的奶奶流下混浊的眼泪。

58. 军营

每周总有两到三封信从北京牛栏山的军营寄到磴口村。

奶奶最高兴的就是收到我的来信，她让人读了一遍又一遍。我的照片从早晨起床就拿在手里直到夜里睡觉，她把相册从头翻到尾，又从尾翻到头，她从此多了一件事——翻相册。

我把部队里新兵的生活都告诉奶奶，早操、洗漱、早餐、训练、午餐、午休、跑五公里、晚餐、俯卧撑和仰卧起坐训练……夜里还有紧急集合，还有我们吃饭时要唱革命歌曲等。

三个月新兵训练后我被分到总政当起了勤务兵。当兵的生活丰富多彩，条件也不错，没有野战部队艰苦。信就又从位于北京白石桥的军营飞快地寄到磴口村，奶奶看着我的变化很高兴，对我的思念越来越浓。我也想念奶奶，得知奶奶的身体还可以我也放心了。

每个孤独的夜晚奶奶把思念化为眺望窗外点点繁星的眼神，眼神里有期许，有眼泪，有那飞向远方的爱和无尽的思念。

59. 没有名字的女人

一年后我被部队派往长春学习汽修。在三月还飞雪的东北我每周都要给奶奶写两封信汇报我的生活和学习情况。

五月的时候家里寄来信说奶奶病了，后来又收到信说奶奶的病好多了。其实奶奶病故了，家里人怕我担心没有告诉我，奶奶是手里握着我的照片闭上眼睛的。

奶奶姓张，叫什么名字？爷爷不知道，爸爸不知道，我也不知道（户口本写着张老女，意思是一个老的女人）。我最亲的人走了，一个没有名字的小脚女人、一个苦命的女人——我的奶奶。那一天是一九九六年五月十五日凌晨五时。这也是奶奶的出生之时，一轮太阳即将升起的时刻，奶奶走完了她七十五年的人生之路。

那年冬天我探亲回家，跪在奶奶的坟前，寒风吹着坟前枯黄的杂草，我泪如雨下：“奶奶，孙子来看您来了！”北风呜咽，大地苍凉。

下　部

第二篇

我的童年和少年

四十多年前农历癸丑年（天干为癸，地支为丑，癸五行属水，丑为生肖牛，五行纳音桑松木，故为水牛之命）十一月初三羊出坡的上午，我出生在磴口村一个普通的土坯房里。冬日上午的阳光明亮而温暖，气温还不算太低，水面虽然结冰却未冰冻三尺，农村杀猪日子还未到，土默川的第一场雪却是下了，大雪纷飞让磴口村素颜而洁净。我刚出生不仅感到母体的温暖，也感到了太阳的明亮，更清楚地听到了欢喜的羊叫声。所以我和羊有缘，从小就喜欢羊，可能和出生时羊叫声有关，羊的叫声唤醒了我对世界朦胧的认识，对宇宙的原始认知。

那时候家里穷，母亲吃不上有营养的食物，生下我后没有奶水，是奶奶用小米糊糊一口一口把我喂养大的。

“大哥二哥吃饭了，饭哪了，猫吃了，猫哪了，上树了，树哪了，水刮了，水哪了，抹墙了，墙哪了，猪囮了，猪哪了，上山了，山哪了，爆炸了，我的故事讲完了！”奶奶一边喂我一边说唱道。我闻着小米的香味，听着奶奶唱的歌谣忘记了母乳的味道，或许根本就不知道母乳是什么味道。

我从小就瘦小，瘦得比圈里站不稳的羊羔还单薄，没奶吃的孩子大脑总是发育差点，从小我理解事物的能力就差一点，上学了学习也很一般，记忆力比较差，总是记不住背诵的课文。

小时候喜欢跟小伙伴说串话：“豁牙牙，露齿齿，跟上娘娘吃屎屎，娘娘屙了个窟掠掠，你咬了个个尖尖！”“过大年，响大炮，爷爷把接奶奶尿，奶奶尿得唰唰唰，爷爷笑得哈哈哈！”“羞羞不识羞，头上扒的个粪巴牛！”“一吃一喝一吸溜，南墙底下一圪蹴！”但我说串话却记住了，想记的记不住，不想记的却记住了。

小时候喜欢听老人讲鬼故事，喜欢读故事类杂志和武侠小说，很早就喜欢《水浒传》里的好汉和《西游记》里的猴头，还有《聊斋志异》里的狐仙，这些却被母亲认为是闲书，不让看。不喜欢上体育课却迷恋武术，偷偷在早晨打过沙袋，拿一本《武林》杂志在打谷场学着上面的招式练过一段时间，觉得没什么进展。我也想过离家出走，去少林寺拜师学艺。也可能没胆量走，也可能不知怎样才能找到少林寺，也或许暗恋班里叫什么豆豆的女生没舍得离开。总之小小年纪总是瞎想一顿或叫作遐想无限。如果真要学会了少林武术，现在可能也是一代“大虾”了。

人们都希望自己出生在皇家贵族的家庭或出生在有名的大城市。我从不因出生在小村庄而感到遗憾，我觉得磴口村是一块风水宝地。即使孔子这样的伟人也是出生在穷乡僻壤之地（“孔子生鲁昌平乡陬邑。”——《史记》）。更何况像我这样宇宙之中的一粒尘埃之人呢！我上的小学是磴口小学，记得学校十几个老师也就有一两个正式教师，其他都是民办教师，一边种地一边教书，我们上小学就开始帮老师在地里干活了，打瓜子儿、挖糖菜、掰玉米等。上课的教室是老式的土坯房，冬天生火炉都是学生从自己家里抱来的柴火。有时在火炉下烤点土豆吃。记得上下课敲钟的王二小，是个留着小胡子，个子矮小，皮肤黝黑的光棍，他喜欢喝几口小酒。学生们下课渴了就到他的小屋里拿铁瓢舀半瓢凉水喝。他总是开玩笑逗我们乐："小气鬼，喝凉水，找上老婆一条腿！"娃娃们一笑便把半瓢水就洒到了地上。

课间休息男孩子喜欢玩扇四角儿，弹玻璃弹儿，骑毛棍……女孩子跳皮筋、抓齿齿、挑线线钩绳。放学后，大一点儿的孩子有打篮球的，有玩乒乓球的。夜里，有时大队门口放电影，人们早早搬着小板凳去占位置。电视不是每家都有，村里有几家买得早的。

夏天，孩子们喜欢到民生渠里耍水，大人们怕出事不让去，中午趁父母睡熟就偷着跑到大渠耍水，如被大人逮着了，一顿大巴掌，只要用指甲在你大腿一刮一道白印，就知道你又去耍水了。每次挨打奶奶总是护着我，所以我挨骂的时候更多。

记得上小学时有一次教室的门坏了，我们把门虚掩上，门顶上放了许多粉笔末，本来打算戏弄晚进教室的同学，谁知刚一上课，数学杨老师早早进来，咣当一声，杨老师趴在门板上跌倒在地上，头上身上撒满了白色的粉末，像从下雪天走来。学生们又想笑又害怕，杨老师爬起来拍拍身上的粉末说道："真是出其不意，攻其不备。"他没有责怪淘气恶搞的娃娃们，接着就上课了。

一次上语文课，白老师让一名女同学读红军过大渡河的课文，当读道："望着水流湍急的大渡河，令人心惊胆寒。"这名同学读成："大渡河令人心，惊胆寒。"老师帮她纠正了好几次她依然坚持地读："大渡河令人心，惊胆寒。"大家哄堂大笑。

我八岁时奶奶就一直在炕上坐着或躺着下不了地，我每晚给她铺床，在褥子上面用小手铺平一个装有荞麦皮的大垫子，奶奶很瘦，身子下面铺得少了，她就感觉硌得很。从小到大我一直和奶奶住在一个屋。冬天每天清晨起来给奶奶倒尿盆，冬天生火炉。下午放学，去村里养牛的人家打牛奶，在炕上躺了四年后，我十二岁时，奶奶才能下地走了，一天比一天硬朗起来。这四年内一直吃着鱼肝油和钙片，打着硬骨针。

小时候真的很穷，五分钱的一根冰棍，也没钱买，从鸡窝偷一个鸡蛋换两根冰棍。家里来人了吃一回炒鸡蛋烙油饼，就觉得这是世界上最好吃的饭。

我记得，小时候一直很好奇奶奶的大红柜子里一直压着的一把大红油漆伞。下雨的时候总想拿出打着在雨中走走。直到长大了，奶奶才让我拿出这把让我充满好奇神秘的油漆伞。一把竹子做的布上刷了红油漆的伞。我问奶奶什么时候买的伞？奶奶说是她年轻时一位亲戚送的。上五年级了，才第一次穿我表哥小时穿的皮夹克，觉得那个美。

小学的时候，孩子们都在上课之余帮家里干活，放学挖苦菜或给家里牲口割草。暑假帮大人下地干活，帮忙添把手。小时候虽然穷，但是很快乐，玩的也不少，看小人书、听评书、捉迷藏、放风筝、做冰车、自制木式的刀枪棍棒等、放牲口，偷西瓜、耍水、捞鱼、套麻雀、逮兔子、掏雀儿、打鸟，放鸽子、磨辣姑（一种虫）。

小时候在野地里能挖点儿辣麻麻，摘点羊乃乃，树上摘榆钱钱，还有啥来着？高粱、玉米的黑霉霉、醋柳柳、羊夹夹、茭棒棒、甜根根。

那时候地里种了许多经济作物，如糖菜、葵花、玉米、西瓜、小麦等，家里特别忙，还雇了保定的小伙子打长工，这个小伙子姓李，和我玩得挺投缘，他唱的《碧血丹心》和《万水千山总是情》可以跟电视中的原唱相媲美。有时我会偷偷看他压在席子下面他女朋友写给他的信。

他听内蒙古人说过："萨、托二县是出土匪的地方。"可他觉得萨县人挺好的。后来问了奶奶才知道，为什么说萨、托二县是出土匪的地方。

"萨、托二县出土匪"这句话流传了几十年，至今，仍有人当和萨拉齐人发生口角时会说这句话。追究起来，这句话应当流传于民国时期的混乱年代。

萨拉齐、托克托县所在的绥远境内出现土匪之始当在清末，盛于民国。

民国十四年夏，奉军和国民军（冯玉祥部）开战，匪股乘机啸聚，大肆抢掠。冯玉祥在直奉大战中失败，西撤时路经萨、托二县，十余万众，整整过了一秋一冬近半年时间，当地老百姓俗称"过大兵"，一些老者至今记忆犹新。退兵开小差的、四野流散的、就地为匪的、枪械随地抛弃或变卖的比比皆是，这正好大大武装了已经为匪的，打动了准备为匪的人员。于是，游民蜂起，抢枪、买枪或捡枪为匪的轰动一时，也是"萨、托二县出土匪"这句俗语的真正缘由。当时，萨、托二县附近盘踞的土匪之多可谓历史之最。

抗日战争时期，土匪再次蜂起。有的纯粹是土匪，有的是国民党收编的地方武装，他们一面为害百姓，一面打击日伪军，也和共产党抗日武装经常发生摩擦，老百姓称他们为"官土匪"。

新中国成立初期，盘踞在萨拉齐县境的土匪出名的有15

股。从一九五〇年年末“剿、肃、反、废”斗争开始到一九五三年年初土改复查结束，历时两年零两个月，组织发动四次战役，县大队、工作团、公安局、民兵、驻军等全力出击。作乱近百年的土匪恶势力，至此彻底被消灭，此后全境匪情绝迹。

上初中后，我每天骑自行车去七八里外的海子中学上学。春天沙尘滚滚，冬天白雪皑皑。冬天早上起得早，骑自行车走在下雪结冰的公路上，有一次对面来了一辆拉糖菜的大卡车，大灯一晃就骑到路旁沟里了。

那时学英语记不住读音就在英语单词后面标注汉字，例如：偷猫肉（tomorrow），饭没来（family），单脚拉屎（dangerous），爱（老）婆（Apple），因这也闹出不少笑话。英语老师叫我站起来读黑板上写的：“hands、hands two hands？I have two hands。”我就读标注好的汉语：“汉子，汉子，偷汉子，俺还来偷汉子。”老师和同学们都捧腹大笑。当时我还不知道他们为什么要笑。

我的童年时光是美好的，快乐的，充满丰富多彩的颜色。夏天放鸽子，蓝天下云朵一般的鸽子，响亮的哨声在天际划过。春天浇地时会有许多美丽的小鸟在田边捉虫，我们发明了捉鸟夹子，把鸟抓住又夹不死，捉鸟的小武器叫夹脑子。把长着漂亮羽翅的圆溜溜脑袋的小鸟抓到手里的感觉是快乐的，童年的乐趣太美好了！冬天下雪下网捉麻雀更是手到擒来的事。那时淘气，爬墙上树样样精通。最快乐和潇洒的是骑在马背上，几匹不同颜色的马驰骋在乡间小道上，伸手就想够到星星，抬头就想顶着月亮。童年的心像放飞在蓝天白云下的白鸽自由自在。

冬天在大渠上滑冰，自制的冰车在冰面上穿梭往来。还有一种叫“单腿驴”的冰车，那叫一个牛，冰叉子一挑满世界滑冰去。想起小时候过年了，鞭炮是要拆开一个一个地放。两把铁锹都可以当高跷踩着走，想想都是幸福。最喜欢玩鞭子，冰上抽“毛猴”。小时候的日子最快乐，可惜回不去了。其实全世界最美好的童话，不过是在甜美的农村一起度过柴米油盐的岁月。多年以后的早晨，我回想着小时候：下弦月像一顶帽子挂在云端，东边就升起了红彤彤的太阳。蓝色的天幕上云朵像棉絮一样飘移，秋风乍起，秋凉已至。墙上的两只壁虎贼溜溜地凝视着秋天的景象，秋空辽阔。我回想着过去了的，一去不返的童年景象，我像回到童年背着书包走在路上，脑子充满了期待和憧憬。前方的大树底下，秋叶静美，小花灿烂。小鸟披着金色的阳光飞出磴口村，飞向远方的秋色，飞向蓝色的梦幻的未来。

小伙伴们一起上学一起玩耍，旺才、洪亮、永永、三虎虎、所所、军军、永军等一大帮子愣头小子们聚在所所家打扑克。直到多年以后我们坐在一起都像亲兄弟一样，直呼小名或外号。小伙伴的身影和夏季的金色的麦浪时时涌现在多年以后我的梦境。童年时光和少年的梦想再大也走不出奶奶的视野，在老人的关爱下，我自由地成长，人生历程就像一列火车开往春天，但它一去不回。

上了初中，我们每天一起骑单车奔波在学校和村里的土路上，起早贪黑不觉得苦。早上用饭盒带饭，中午在学校热饭，大家一起吃，欢快的场面令我至今难忘。

那时候，人们生活水平不高，吃个糖油饼就算好的，看到小卖部玻璃柜里摆满了巴掌大小焦黄香酥的锅盔，我就馋得流哈喇子。

上个街，看到闪着金光的龙嘴大铜壶和热气腾腾的茶汤摊就非得喝上一碗再走。卖者肩上搭块白毛巾，左手拿碗，右手执壶，角度一斜，龙嘴里的沸水极准射入碗里，搅一匙糖稀，米香糖香。

叫卖“大卷粉皮”的声音飘来了，一卷卷绿豆粉皮晶莹透亮，放在掌心，找出了头，用竹板划成窄窄几段，扯住头一提一抖，满满一海碗，撒上黄瓜丝、葱花、芫荽、盐，浇上芥末油、蒜糊糊、炝红的辣椒，色美味香。

荞麦生糊碗饦极有名气。单听那吆喝声就让人口水欲滴。“碗饦，自撩儿。”只有当地人才能弄懂叫卖的含义。荞麦生糊碗饦，二寸大小，两块银圆薄厚，放在吃碟里，给你一根竹签，横竖划四五道，根据自己的口味浇各种调料，才有自撩一说。

卖羊杂碎的吆喝声更具诱惑力。“喝油油来，喝油油来！”“尽油没血，上头飘的辣椒！”“碗大舀得稠，上头飘的油！”羊杂碎的香味让人驻足、流连忘返。

还有挎着竹篮卖麻糖的，麻糖里灌着黄豆炒面，叫“灌馅儿麻糖”，咬起来嘎嘣脆。

萨拉齐的大街上录音机播放的是二人台《想亲亲》《拉骆驼》……“大红公鸡窗台上卧，不为喝酒为红火”；“烧酒本是五谷水，先软胳膊后软腿”；“黄河流凌凌碰凌，甚时候留遗下个人想人”……路边的居民拿起胡胡哨起枚，小酒一咯抿，会的不会的，唱腔好的差的都要字正腔圆或圪丢半沓、七声二气地唱上几声。

小学都是男生在一起玩，上了初中，我们就和同村的外村的女同学一起交流起来。初中时，我看到别人手中拿着的一份《语文报》，从此便喜欢上了这份报纸，喜欢里面的文章。班里有个同村的女生高娜，每次语文课上学习写作文，老师总读她的文章。我就想什么时候我也写出一篇好作文能被张老师当范文在全班同学面前读。初中二年级下学期我写的一篇《快乐童年》的作文被老师读了，激动得几晚上没睡好觉。

沙枣树飘香的季节，青春期的少男少女们朦胧地懂得了谈恋爱。

青春是一首美丽的歌，它永远在生命的长河中闪亮。初中的三年我在海子中学上学，三年中从一个小娃娃变成一个高个子的少年。海子乡中学位于海子村西南端，并排着几排青色的砖瓦房，教室的北面是一个大操场。这是一所普通的中学，但却是我们欢乐的天堂，我在这里度过了最美好的时光。

那时，男生女生穿的衣服都很单调，不是军绿色就是蓝色。从初一我们开始学英语，除了英语，还有语文、政治、数学、物理、化学，另外是一些副科。学习也不紧张，大家都很贪玩。我最怕的是被老师叫到讲台在黑板上背写单词，怕一紧张写不出来，在那么多同学面前被罚站多丢人。英语老师张培新又是很厉害的老师，不像政治老师那么和善，对学生总是笑嘻嘻的。他总爱用两根手指在学生的脑门上弹几下，弹得特别响又特别疼。估计他的弹响指（弹脑门）技术就在那些不好好背单词的学生脑门上练出来的。《神雕侠侣》东邪黄药师的“弹指神功”，也不一定比得上张老师的功力。

初一初二的语文老师是张志爱，语文教得不错，但他总偏爱女生，尤其那个写作文好的女生。羡慕和嫉妒也激发了我对写作的兴趣。初三时语文老师换成了戴眼镜的梁老师，他上课爱叫学生回答问题，尤其是我。下午上课总爱打瞌睡，不管老师讲得好坏总是点头，表现出老师讲得有道理。当梁老师叫我站起来回答问题时，我正梦见我妈给我煮饺子。有一次梁老师留了一篇作文《我的父亲》，白庙子村的一名同学写作文时抄了朱自清《背影》中的一句话“父亲举箸不便，大去之期不远亦”。老师问他，你大病得很重吗？他说，他大（方言，爸）在地里干活了。多少年后我想起这都忍俊不禁！

物理老师张瑞讲课细致，但他很少看讲台下的学生，讲课声音不大，更像自言自语，自我享受，但张老师极其认真。数学于老师上课爱抄教案，不抄估计也能讲，这可能是多年教书养成的习惯。

化学老师是校长孟刚，他声音洪亮，震山倒海，用粉笔写的板书与他身体一样的肥胖，与他的脑门一样的光亮。

政治杨老师和蔼可亲，备课认真，把枯燥的政治课讲得不枯燥。他女儿杨俊鲜和我一个班的。那时的老师不容易，一边代课一边家里还种着地，农忙时还得下地干活儿。秋收时我们学生就帮老师打葵花片、起糖菜、掰玉米。初中老师管得严抓得紧的科就学得好，管得松的科就不自觉了。学生分为两极：一心一意学习的、特别捣蛋顽皮的。唯有我属于中间，不用功也不捣蛋。

初中生开始懂得臭美了，理个发也要理个不同寻常的发型，穿衣服也要选择搭配合适。许多同学就是初中时学会了吸烟，也有的学生学会了打架。还有的初三学生也谈起恋爱。尽管如此，那个年代的人很单纯，一九八六年到一九八八年，社会处于极速的变化中，但是农村的一所普通中学还是风平浪静的。

我从小学就喜欢画画，一是没有天分，二是没有人教，只是存在心里的喜欢了。虽然我五音不全，但是走在大路上，几个小后生喊唱着《黄土高坡》：“我家住在黄土高坡，大风从坡上刮过……”唱完后，身后真的有一片黄沙土吹来，眼睛里嘴里都跑进了黄沙土。

虽然胆子小也悄悄地给女同学写过小纸条，纸条上无非抄一句名言。那时不知道宋词中优美的关于爱情的词句，也不懂抄写一首席慕蓉的爱情诗，这些是后来上了高中才慢慢接触到喜欢上的。青春期朦胧的性意识开始觉醒，男性荷尔蒙在青春期后开始大量分泌，它主导男性性器官的发育与成熟，夜里有女同学出现在梦中，有了梦遗，又羞于启齿。

那时候女生大都比男生学习好，小平、慧霞、刘英、俊鲜、高娜……这么多学习好的女生，但男生只有五娃一个学习好。后来学习好的考上重点中学，再后来又考上大学。捣蛋的男生就多了，有××，××，××（这里就不方便说了，哈哈），也有一些条件好的去了包头和萨拉齐上中学。

几年后我读到了一首诗才真真切切地感受到青春的易逝，当时却觉得青春有大把的时间挥霍。

遂翻开那发黄的扉页，
命运将它装订得极为拙劣。
含着泪我一读再读，
却不得不承认，

青春是一本太仓促的书。

人的一生中走得最急的都是最美的时光。可是我们都懂得太晚。

下午放学了，我们十几个磴口村的男女学生骑着自行车行进在海子到磴口村的公路上。长长的队伍像是游走在公路上的长龙，有的用劲地蹬着自行车从中间冲到前面去。调皮捣蛋的男生不时吹几声响亮的口哨，有时大声唱着费翔《冬天里的一把火》，头顶蓝天脚踏车蹬，那时年少轻狂，岁月悠悠。

磴口村的女生在海子中学是最漂亮的，别村的男生有打主意的，胆小的暗恋，胆大的有小动作。但他们也顾忌磴口村的男生，我们可不是好惹的。我们班长祁爱飞就暗恋美俊，多少年后他自己说的，当时没发现。白庙子村的男生像猎犬一样贪婪的黑眼睛总是贼溜溜地盯着我们村的女生，盯归盯也没得逞。磴口村的学生后来上高中的最多，人多比例也大，但也得承认磴口村的人聪明，五娃是我们磴口村的骄傲，后来成了大博士。

当时四毛豆唱的《一剪梅》、小平唱的《大约在冬季》让多少男生倾倒，尤其是暗恋她们的外村男生。青春一路而歌一路如花绽放。

那时插班的人特别多，初三毕业后插到初二班重新读，为了能考上小中专和中师。小中专和中师很吃香，分数线也高，人们连续几年地考，为了毕业后能分配到一个工作，脱离农村种地的生活。这样现实的想法，导致当哥哥姐姐的几年后又和弟弟妹妹一个班，所以班里大龄的同学和小龄的同学有时相差七八岁。

中午吃完饭了有时不自觉地嘴里叨唠着：

氢（H）氦（He）锂（Li）铍（Be）硼（B）
碳（C）氮（N）氧（O）氟（F）氖（Ne）
钠（Na）镁（Mg）铝（Al）硅（Si）磷（P）
硫（S）氯（Cl）氩（Ar）钾（K）钙（Ca）……

那时候上学也挺好玩的，快乐大于辛苦。有时上课还偷偷看小说，不是金庸的就是琼瑶的。琼瑶是那个年代青少年心中的女神和偶像。学生们梦想着神秘的忧伤的爱情，被她的小说深深打动。也可以这么说，金庸小说让男生学会了打架，琼瑶小说让女生学会了早恋。当时也有一些同学逃课，但不太多，有的学生中途实在不想读书了，就回家和父母种地干活了。农村的父母也不是特别强求读书。那时候父母的认识水平也不高，也不懂得如何教育子女，这也让许多孩子在初中时就失学了。

我们在不知不觉中告别了初中，离开了海子中学，后来很少回去。花季的年龄雨季的青春我们一路走来，有欢乐也有迷惘，而更多的是成长。在人生道路的必经阶段，我们一起在阳光灿烂的路上越走越长越走越远，海子中学成为我青春记忆的最美殿堂。

第三篇

我的青春我的梦

一九八九年我初中毕业，考上了土右旗美中。五娃、慧霞、高娜考上了萨一中，小平、俊鲜、刘英考上了萨二中。萨一中的文科好，萨二中理科好，当时美中学习成绩最差，我不愿意去美中只好去了萨三中的三加一班，复读一年。那时参加三加一班的同学很多，祁爱飞、张军在萨拉齐教师进修学校复读，我和李所、周翠、二毛都在三中复读，俊俊她们几个八份子村在明中复读，刘永永、永军、三瑞等他们几个在海子中学读初三。

我住在我二姑家每天和表弟一起去上学，表弟的小学和三中紧挨着。每周双休我回磴口村看奶奶和父母，奶奶那时身体还不错，就是老病慢性支气管炎，秋冬之交开始发作，咳嗽吐痰。奶奶已戒了烟。爸爸的一个姑舅弟弟手中有一个呼市警校的内部指标，打算让我复读完一年后去警校读书。

我在三中就知道了认真学习，觉得学习好的同学上了一中和二中，很令人羡慕。我和二毛在三中一起复读一起交流探讨学习中遇到的问题和困难，我们相处得比较好，每周五放学后一起回磴口村。一年很快过去了，警校的指标还没下来。我和二毛、周翠、永军、任春艳、乔炳光考进了二中，刘永永考上了一中，李所考上了小中专。其他没考上或不愿意上高中的就回家了。

上了二中进了王俊卿班主任的 65 班，从此开始了我的高中生活。当时的二中几栋砖瓦房，房前是菜地，房后是操场。我们学生宿舍在西北角，女生宿舍偏南，男生宿舍偏北。住的大通铺，东西相对，一个宿舍住十四个人。刚去不久，夜里我就去菜地偷西红柿吃，拿着手电筒趴在菜地里，前方也有动静，以为是看园的人，听到说话声才知道是同伙，是别的宿舍的。女生宿舍南边就是食堂，每天白菜加土豆和一些粉条烩的汤菜，一出锅上面飘着红红的辣油，一吃就是一股浓浓的说不上好的味道，吃一顿行，吃两顿就不想吃，没办法只能尽量把手中的馒头吃掉。一组六七个人端一个铁盆放在一个空地上大家蹲在那儿围着铁盆吃，条件比较差。一次管理食堂的老师从身边走过，被一个同学用馒头打了脑袋。“谁干的？谁干的？”没人承认，他也不知道是为什么被打。学生也不知道去哪里反映关于伙食的情况。或许有人反映了，学校条件有限也解决不了。

刚去学校一周后，高一年级四个班全部开始军训，从消防武警部队请来有带兵经验的教官。以队列训练为主，夏末的骄阳下，学生们认真地训练，没有经过严格训练的学生，尤其是女生觉得很苦，有的坚持不下来。在训练中，我们班有一个女同学总是偷偷抿嘴笑，教官也不敢特别训斥女生，尤其是漂亮点儿的女生。我记住那个偷笑的女生名字：兰晓燕。那个年轻的教官穿着绿军装，帅气英俊，从那之后我心里对军装产生了浓厚的兴趣，对于军人的形象产生了发自内心的羡慕和崇拜。

在队列会操表演比赛中，我们班取得了优异成绩。军训结束后开始了正规的学习生活，我们的班主任王老师个子不高，态度谦和，对待学生如子弟，爱护有加，责备很少。语文教得特别好，我们都喜欢听王老师的课。学校伙食不好，吃不饱，王老师就叫我们几个小伙子去他家吃，开始的时候王老师也住宿舍，后来爱人来了就搬到家属房，他就请我们去家里，又像老师又像父亲一样关照我们几个从农村里来的住校学生。

王老师鼓励我们多阅读课外书，那时候我第一次走进了萨拉齐图书馆，开始借书，读了《雷雨》《家》《春》《秋》《雷》《雨》《电》……在图书馆发现了席慕蓉的《七里香》，从此喜欢上了诗。从小学和初中一直买的《山西民间文学》《故事会》《故事大王》换成了《少年文艺》和《星星诗刊》等。后来放假补课，另外一位语文老师教我们，就不习惯了。不喜欢那位老师的开篇语："红花绿草铺满地，祖国山河多美丽，两个情人窃窃私语……"

政治老师穿着拖鞋就来上政治课，虽然不修边幅，但此人很有才，读过许多书，我让他帮我修改诗，他向我推荐一本书《人间词话》。作者王国维先生写道："古今之成大事业、大学问者，必经过三种之境界：'昨夜西风凋碧树。独上高楼，望尽天涯路。'此第一境也。'衣带渐宽终不悔，为伊消得人憔悴。'此第二境也。'众里寻他千百度，蓦然回首，那人却在灯火阑珊处。'此第三境也。此等语皆非大词人不能道。然遽以此意解释诸词，恐为晏欧诸公所不许也。"这本书我直到高中毕业参军时才买到，买了被人拿走，共买过三次。

历史老师白静是二中最漂亮的女老师，普通话说得最好，历史课讲得好，但是上课看着她经常忘记了讲课的内容。高源老师数学讲得很认真，但口才不好，为人忠厚老实。那时学生年龄小，不懂事，总拿高老师开玩笑，高老师被气得哭了几次。师金老师代教物理课，总把右手做成兰花指样，讲话又像女老师。但他很有水平，当年是因学习好被保送到内蒙古师范大学的。他的“牛顿惯性定律的故事”至今记忆犹新。“一个年轻小伙子，一次在一辆公共汽车上，停车时，不小心撞到了一位少妇的怀里，只见少妇杏目圆睁，柳眉倒挑，勃然大怒，小伙子马上说了一句话，少妇立即喜笑颜开。‘该死的牛顿定律。’小伙子说。”

我们的英语老师是苗校长的女儿苗小凤，苗校长的儿子苗大兵是我们的体育老师。苗小凤老师对我们英语要求很严格，总让背课文，我曾经当过一段时间英语课代表。

化学老师邢老师是一位老教师，当时可能快六十岁了。开学上化学课时，他给我们讲摩尔，学生私下叫他“老摩尔”。他说他曾经对一个学生特别好，带他回家辅导化学，并给他亲手擀面条吃，但是这个学生考上了大学后，回到学校，在路上碰到他连个招呼都不打。他告诉我们一定要学会做人，做一个懂得感恩的人。

教地理的候高师能说会道，复印了许多试卷，总爱搞题海战术。

后来的政治贾老师头发稀疏，牙齿发黄，面色晦暗，却是天南地北国内国际历史当今都能讲的人，讲话有激情，写字潇洒不羁风格独特。

高中时的卷子都是老师亲手印的。那个时候白静老师每天晚上在家里刻蜡纸，第二天去办公室印卷子，组里只跟学生收工本费，教师都是无偿劳动，这大概也是师生关系融洽亲近的主要原因。

高中上课比初中辛苦多了，有早自习有晚自习，班主任王老师总是跟随着学生。当时在学校吃不饱，饿得不行，后来我和刘飞、苗月称（老猫儿）、徐利平在二中南边的小区租了一间西房，几个人一起做饭吃。房东是一个爱占小便宜的人，刚住进来就对我们四个小伙子说：以前租这间小平房的学生都考上了大学。她说这个房子风水好，应该多收点儿房租，当时没感觉到，后来验证了。我们几个，不管日后道路多坎坷，辗转几年后都考上了大学。我们在一起住了近一年结下了深厚的友谊。其中有一次小摩擦，我和老猫儿不知什么原因干了起来，两人厮打在一起，别人都拉不开，后来又好得似亲兄弟一样。老猫儿抱着我哭了，哭得很伤心，这是他第一次打架。老猫儿小时候父亲去世了，哥哥又出事走了。他和母亲相依为命，生在很穷的小村庄。刘飞小时候是母亲去世了，两个哥哥供养他上学，都是来自农村苦命的孩子。

高二开始分文理班，我们 65 班成为文科班，还是王俊卿老师为班主任。63 班、64 班、66 班为理科班。文科班学生有原 65 班的人，又有 63 班、64 班、66 班的一部分人加入。我们四个人中徐利平去了理科班，我和老猫儿、刘飞去了文科班。为了学习方便我们又重新组合在外租房，我和贾琛、刘智、岳军厚在二中西边租了一间小南房，这次是房东的儿媳妇给我们做饭，不用我们自己做了。岳军厚年龄大，对我们关照有加，他交往的同学多，属于“大哥”型人物，贾琛学习最用功，我和刘智学习不是特别上心。刘智平时喜欢读书，读书速度快，对历史事件知道得比较多，胆子比较小，暗恋我们班县城里的漂亮女同学赵晓波。赵晓波多年以后也不知道有一个暗恋他的腼腆的戴眼镜的小男孩。二十年后去了青岛，儿子已上初三的刘智和我、贾琛、赵晓波、岳军厚坐到一起时才说起曾经忧伤的暗恋。

苦的日子是一点点儿过去的，回想起来多么不容易，年少时一步一步走过来。

对于多年前的回忆，一字一句一点一滴感动着我，让我继续提笔，为青春留下一页记录和美好的回忆。住在二中南面的东房时，冬天生火炉炭烧完了，冻得不行，我们想法爬墙翻进二中的学校炭房，像雪山飞狐一样的敏捷，像燕子李三一样的轻盈，在寒风凛冽的冬夜里由徐利平协助，刘飞（小名三彪）放哨去偷炭。要不是二中的炭，估计第二天就被冻成内蒙古特制的冰棍了。

几个要好的同学在我们的小屋聚餐。说是聚餐，大多是刀削面加一些凉拌菜，一次杨永升哥哥结婚，他从家拿的事宴上的碗面儿，在小屋用锅一蒸，几个同学在租的小屋喝起了小酒。郭敏能说会道要滑头把一个实在的杨永升喝多了，我们都晕了，青春能有几回醉！

租的小屋虽然小，但故事颇多，像每一个小屋一样总有年少时的故事产生，比起学校的大通铺好多了。我住的大通铺的西床是高一的学生，东铺却是初一的几个学生。二十六年过去了至今我仍能记得那几个初一小不点儿的名字：孙国强、杨国英……我的思维能从时光的隧道回到从前，那时候发生的事记得清清楚楚。

高一的时候，我们 65 班班长是大高个子留着小胡子的李新亮，在学校运动会上带领 65 班取得较好成绩，但还是高年级的学生厉害，我们也心服口服。到了冬天晚上，学校还上晚自习，十点结束后黑洞洞的夜晚，女同学就不敢回家了，我还当过几次护花使者，护的当然是冬季的兰花，兰花沁入心田，也让青春的心摇曳生姿。

上了高二，我们班长是黄河二处的胖子常永峰，胖子平时爱看报纸和足球比赛，谈起足球来总是激动得红起脸来，有着少白头的脸显得更加胖了，平日里笑眯眯的眼睛透露着关心国家大事的眼神。我只记得他每天是我班的新闻联播，65 班的班主任不容易，65 班的班长也不容易。四个班混杂捣蛋的人不少，不易管理。以岳军厚（外号阿 Q）为首的一帮兄弟在班甚至学校里也有一定的“势力”。当然不是黑老大，是为人仗义，号召力强，又好打抱不平。

晚上睡觉前，老猫儿就笑哈哈地开始分析班里大事，能从他前桌女同学薄薄的连衣裙透出胸罩内衣就推断出意想不到的新闻；能从上课女同学突然上厕所又能推断惊奇的发现；能从夜晚操场两个黑色背影中也推断出美丽的故事。仿佛他的两只猫眼就是为了发现常人发现不了事情而长的。

他万分肯定地说哪个女同学漂亮就得认同他的看法，否则他用一千个动听的理由说服你。但是徐利平就只认定 66 班跳到 64 班的吕永梅最漂亮，老猫儿的一万个理由也丝毫说服不了他。三彪只是一个劲儿地笑，也不知道他是赞同还是反对，反正笑得很认真，仿佛女同学中有一位是他认可的，但他不会轻易说出来。

我们班的温小清长得小小的，我们叫她豆豆，豆豆的眼睛就是摄影机，从摄影机里她发现一个秘密，赵四上课用色眯眯眼睛总是打量着一个女生，这个女生就是二万，二万和大万一个桌，都是来自老挝铺的，形影不离。豆豆说每朵花总会开放，每片风景都有人观赏。

分了文理班后，从63班分到65班一个大名鼎鼎的学生杨日旭，他作文写得好，第一次听到屈原的诗句：“路漫漫其修远兮，吾将上下而求索。”就是他在作文中引用的，他写的《一个历史人物给我感想》一文，将唐明皇与杨贵妃爱情故事中得到的启示展现给我们。神童一样的学生来到我们中间，用他那行云流水一般的硬笔书法征服了很多同学，尤其是女同学。学习特别好，但平日也看不到他如何用功，平时也不爱多说话，说话口音和萨拉齐人的口音不同。开始我俩不熟悉，但我总是听到老师和同学夸他。

我的同桌是漂亮的总让我叫她姐的田青，从她那儿第一次听到李煜的代表作《虞美人》：“春花秋月何时了？往事知多少。小楼昨夜又东风，故国不堪回首月明中。雕栏玉砌应犹在，只是朱颜改。问君能有几多愁？恰似一江春水向东流。”从此以后我喜欢上词，慢慢开始读宋词了。

我有过敏性鼻炎，一到秋天清鼻涕长流。田青把甩鼻涕称为玩七星，可能像七星阵。这个人爱给别人起外号，她觉得我长得像奶油小生，总当着同学面叫我奶油，让我难堪。她虽然恶作剧不断却是多才多艺，不仅歌唱得好，画儿画得也好，和这样的人同桌倒也其乐无穷。

青春被我们折腾得五彩缤纷，早熟没有摧毁前程，学习没有耽误未来，真实的存在就有它的合理性。歌德说得好：“哪个少年不钟情，哪个少女不怀春。”在年轻的天空下吸一口含氧量丰富的新鲜空气再吐出含二氧化碳高的废气说一声：年轻真好！

过去的时光乍现轻盈地像一朵朵缤纷的小花，漫天飘飞最后落在属于我们的心田上。二十六年后重现当时的心情和状态只通过“猫眼看青春”了，猫当然是老猫儿苗月称了。老猫儿看书很认真，两个小时历史课本还一直停留在第二十六页不动。但他的思绪却从四十多个同学中溜溜达达转过几圈，将校园里发现的大小事件扫描了一遍，将班里男女同学间的私密活动分析了一遍。所有我所知道的信息都是先从老猫儿那儿得知的，再通过观察验证确信真实。如老徐追杨日旭，赵四给二万递纸条，王建暗恋大万，郭敏追求赵晓波，阿Q喜欢哪个女生？关雷画谁最像本人？贾琛也有活动，三彩为什么理个小子头？张外英为什么只爱学英语？刘满贵一个月为什么能吃一百碗拉面？小豆豆为什么转学？牛晓勇为什么总是那么瘦？上课闻屁味就能辨别出男生放的还是女生放的，并能推断出昨天吃什么菜了。还能预测三年后的高考录取率达百分之六十五，想象出未来学校食堂的壮观场面。还能测算出刘智尿尿如高出一米二以上尿液下落到地面的时间。文科班的未来真正的前五名学习好的同学是谁？理科成绩前三名的是谁？未来文科生和理科生谁走入社会吃香？还推算出二中哪一年会建起新楼，二中毕业的学生当的最大官是什么级别？年级里的教师谁将来能当校长？

猫眼看世界继续着，我们的高中生活也继续着，我们四个人：我和贾琛、刘智、阿Q岳军厚住在一起后，条件大为改善。首先不用自己做饭了节省了时间。一天房东家里来一个算命先生，算一次五元，我们穷学生没钱不算。算命先生就不要钱也给我们几个人说几句。算命先生说我会最先考出去，有贵人相助等。阿Q不信，他觉得贾琛学习最好，他的未来应该最好。其实一个人的命与学习好坏无关，和什么有关当时没研究过，现在还是没有研究过。但是我知道老猫儿的命前面不太顺，后面越来越好这可是真的。

高二夏天的时候，街上流行唱卡拉 OK，学习之余牛晓勇还有王慧几个出去听贾琛唱童安格的《明天你是否依然爱我》，牛晓勇唱《水手》。那时候牛晓勇和我、贾琛、王慧、赵晓波、刘慧娟我们玩得挺好的，阿 Q、王建、常永峰、三彩、张红燕……一帮子同学玩得也挺好。同学们相处融洽，总是一帮帮组合在一起玩。那年夏天我们一起爬山去了老挝铺，手拉手一起穿过那黑压压的山洞，在大山里放声大笑放声歌唱，山里宁静宜人，空气清新。我们唱着：

让青春吹动了你的长发
让它牵引你的梦
不知不觉这城市的历史
已记取了你的笑容
红红心中蓝蓝的天
是个生命的开始……

大山深处回荡着我们欢乐的笑声，我们仿佛走进王维的诗中："空山新雨后，天气晚来秋。明月松间照，清泉石上流。"依然能从记忆里清楚想起晓波唱的《潇洒走一回》。

"让青春娇艳的花朵，绽开了深藏的红颜。飞去飞来的满天的飞絮，是幻想你的笑脸……"美好的时光总是那么的短暂，转眼高二结束了，暑假我们在二中补课，王俊卿老师开始给我们讲"中国古代文学简史"，二十六年后我依然能把王老师讲课的笔记倒背如流。

王老师所讲的"中国古代文学简史"，为我们打开了一扇窗，指引我们日后能更好地阅读古代文学，并为我们的文学写作打下坚实的基础。王老师让我们抽时间一定把《红楼梦》读完，他说人生中一定要读两遍《红楼梦》。那时对文学是那么痴迷，文学对我的吸引力大于等于漂亮女生对我的吸引力。话是这么说，但当我沉浸在文学汪洋的美丽的大海中时，我收到人生中第一份情书，打破了我的文学梦，把我拉到早恋的绿草地。(此处省略700字!)

当时我们班有两个小豆豆，女小豆豆温小清像哪吒三太子，男小豆豆关雷像红孩儿。关雷爱在女生堆里打闹，人小鬼大。他暗恋赵晓波，这不是老猫儿说的，是他的情敌刘智感觉到的。暗恋的人了解暗恋人的心理，就像间谍懂得间谍的心理一样。

老猫儿在一次语文课上注意力不集中，王老师提问，“呦呦鹿鸣，食野之苹。我有嘉宾，鼓瑟吹笙。”和“蒹葭苍苍，白露为霜。所谓伊人，在水一方。”出自哪儿？站起来的老猫儿不知道老师提问的是什么？后面赵慧勇悄悄说：“月称：《诗经》。”老猫立刻回答：“出自‘月经’。”全班同学哄堂大笑，久久不能平息。

夏季的夜晚发生的故事就特别多，一天夜里，我回去得迟，房东把大门关了，我只好悄悄地翻铁栅子进院。十二点了我想阿Q、贾琛、刘智睡了。刚一进屋，阿Q问我：这么晚干什么去了？快说和谁约会了？夏季的夜晚星星不说话，月亮也无语。

二十五年前的夜晚，一个有月亮的晚上……班里同学也许没人注意到二十五年前的月亮。同学们有人想着二十五年前的月亮该是少女眼睛的大小带着青春粉红的湿晕，像清晨玫瑰花瓣上落了一滴露珠，羞涩而明亮。我记忆中的二十五年前的月亮是欢愉的，比眼前的月亮清晰、明亮；然而隔着二十多年的人生之路往回看，再好的月色也不免带着青涩和幼稚。

二十多年前的月亮早已落了下去，二十多年前的人也渐渐变老，然而二十多年前的故事还没有讲完。

青春就是一场骚动与喧哗，一场登场与谢幕。田青说记忆最深刻的就是我摆七星阵，把鼻涕都抹在书桌里，像刷油漆。这是我“奶油七星”称号的由来。从医学角度说完全不尊重一个过敏性鼻炎患者的心理。田青与我从此划分界线，楚汉之线，井水不犯河水。她说:“还有不知道为啥我和你打了一架，后来让Q哥把我数落一顿!”你看她从小就开始犯“大脑痴呆症”，欺负人还以为自己吃了大亏。这些只有青春年华才能遇见的最美回忆！哪个是年货（傻子）？都想奔一个好前程，天生的智力和后天的努力，还有一个重要的机遇。哪个人不想出人头地。

那时候我还写过许多珍惜青春的诗，现在连一首也记不起了。但记得起一个女孩帮我把诗订装成册，我就喜欢上了这个女同学。我看见她身穿小黄衣，骑着一辆小单车飞奔的身影。我就突然觉得这就是我梦中的女孩，是我诗中想要描写又未下笔的诗意形象。

学习的紧张和无法把握的未来，还有自卑心理和无法自拔的情感又不敢表白的心理，造成一种忧郁的心情。这也是青春特有的特征和规律，许多人都走过这条熟悉的又不敢承认的道路。

为什么人的一生中有许多重要的事又要躲避？不敢承认

呢？反而那些无关紧要的事却被津津乐道？

小学的时候就有两个模糊而又清晰的身影出现在梦境中。初中的时候就只有一个人让我觉得这个世界上有一种让人惦念的东西，虽然不知道这是一种什么样的情感，朦胧而又模糊，幼稚而又单纯。到了高中就是一种清晰的自然流淌在血液中的情感，虽然不成熟却很真挚，虽然无望却很温暖，虽然明亮却又无法把握。人生中第一次的相遇，人生中的第一次心动，人生中第一次失眠，人生中第一次冲动，人生中第一次冒险，人生中的第一次失败都由此开始。没有第一次就没有青春，没有第一次就没有成熟，没有第一次就不能长大。所以苏格拉底说：暗恋是最美的爱情。若干年后，偶然遇见那个人，心潮却平静得泛不起一丝涟漪，原以为会有的千言万语也只剩云淡风轻的一句：曾经，我喜欢过你呢。看对方错愕的样子，在微笑背后一声轻叹。

如果世界上曾经有那个人出现过，其他人都会变成将就！而我不愿意将就。

——《何以笙箫默》

是不是所有暗恋的人们都这么想？张爱玲在《只道是年少》中写道："于千万人之中遇见你所遇见的人，于千万年之中，时间的无涯的荒野里，没有早一步，也没有晚一步，刚好赶上了，那也没有什么别的可说，唯有轻轻地问一声：噢，你也在这里吗？"暗恋挺好的，别人永远不会知道你有没有失恋。我们很多时候，爱上的不是初恋的对象，而是初恋童话一样的感觉啊。

我希望我和沈从文一样。“我走过许多地方的路，行过许多地方的桥，看过许多次数的云，喝过许多种类的酒，却只爱过一个正当最好年龄的人。”但是人生就是这样，你喜欢的人不一定喜欢你，喜欢你的人你不一定喜欢。就像我收到润霞姐第一份情书时，我还以为她是让我转交给杨日旭的。

初中三年我都有写日记的习惯，高中一年级还写了一年日记，以后断断续续地写过一些，过去的日记早已遗失，否则能准确地找到那时的心境和一些生活的细节。二十多年过去了，许多事情记不起来了，随着时光而流逝。或许一天又会从记忆的长河中浮现。我像一个天真的孩子在大海边拾起曾经留下的美丽贝壳，两颗珍珠在贝壳中悄悄地私语，熠熠生辉。

你只是大海音谱上的
一个音符
我知道
你跳跃了很久很久
当你的棱角
被海水磨光
你不得不抚摸沙滩
潸然地
把自己的故事
写成诗篇
无奈地交给沙滩发表
每一个字
都让人发出惊叹

我对晓波说："回顾过去的照片还是你最漂亮，所以有那么多暗恋你的男生也就不足为奇！"正所谓："关关雎鸠，在河之洲。窈窕淑女，君子好逑。"

年少时的事我们要善待，年少时的情不要耻笑。那时年少单纯而善良，美好而纯真。在人生最美的风景中，在最好的时光里我们快乐地自然成长像一棵小树。多年后才明白人生比你想象的要短。又是多年以后晓波开玩笑地对我说：你没暗恋过我吧？我说你前有狼后有虎根本轮不到我。现在想想人生短短几十年，不要给自己留下了什么遗憾，想笑就笑，想哭就哭，该爱的时候就去爱，不要压抑自己。我们在十八岁的时候没能结婚，因为我们太年轻；到了八十岁，我们还是没能结婚，因为我们太老。多年以后面对当初喜欢的对象，我又回想起王老师带我们一起上课的那个遥远的下午。接着又想起蔷薇花开的校园和校园里一起走过的芬芳时光。

我每天早晨看着黄衫少女如风而至，晚上又如烟而去。她像天空中的一朵白云投影在我的心底，把我青春的一潭碧水搅得波澜四起，思绪荡漾，甚至水底游上几条吐着早恋芬芳的冒泡泡的小鱼。我突然想到那时写下的一句诗：青春，因你而冰清玉洁；因我而晶莹剔透。这句诗漂浮在记忆的海面，闪闪发光，像二月阳光中的尘埃随风飘动随风摇曳随风而去。在青春道路深深浅浅的印迹中，映影的是我那时写诗时的孑孓独影。一个多情的少年寄情于无头无尾的诗行。他把诗句写在上课的历史书页上，写在宿舍的墙壁上，写在褪色的课桌上，写在自己的手臂上，而所有的诗句都有黄衫少女幻化的身影。黄衫少女在下午两点令人昏昏欲睡的空气中，黄衫少女在牵牛花无声的呼吸中，黄衫少女在无尽长夜的醉梦中，黄衫少女在清晨馒头的热气中，黄衫少女无所不在，黄衫少女不可或缺。

忧伤而甜蜜的暗恋下我写过一份情书给她，忘了是怎样的开头，忘了是怎样的结尾，忘了用过什么样的修辞，忘了用的是什么样的字体，忘了分几段，忘了是怀着怎样激动的心情写下的。只记住了是两页有红道的信纸，但肯定的是不如润霞姐写给我的信字体潇洒。等了几天后黄衫少女回信了，我也忘了回信是怎样的开头，忘了是怎样的结尾，忘了用过什么样的修辞，忘了用的是什么样的字体，忘了分几段。多少年后隐隐约约地从记忆的长河中漂浮过黄衫少女信中的一句话："愿我们一起走过的青春无怨无悔。"

那时候流行读汪国真，汪国真的诗代表了那时候我们的心情。

热爱生命

我不去想是否能够成功
既然选择了远方
便只顾风雨兼程
我不去想能否赢得爱情
既然钟情于玫瑰
就勇敢地吐露真诚
我不去想身后会不会袭来寒风冷雨
既然目标是地平线
留给世界的只能是背影
我不去想未来是平坦还是泥泞

只要热爱生命
一切，都在意料之中

剪不断的情愫

原想这一次远游
就能忘记你秀美的双眸
就能剪断
丝丝缕缕的情愫
和秋风也吹不落的忧愁
谁曾想
到头来
山河依旧
爱也依旧
你的身影
刚在身后
又到前头

那时候老师肯定也知道有的学生早恋，但不鼓励也不打击，谁不是从那个年龄阶段走过来的？聪明的老师用的都是大禹治水的办法：疏而不堵。如果当初堵的话，赵四和二万，老外和老徐就可能不是一家人了。或许赵四找了团支书刘丽君，二万找了班长常永峰了。

那时候上学最快乐的活动一个是学校的运动会，一个是新年的联欢会。运动会我们班有优秀的运动健将：赵树军的长跑，郭永明的短跑，关殿明的跳远……，女将有张红燕、王艳芳、胡彩艳等。联欢会由常永峰做总导演，赵晓光和赵晓波主持，布置会场的是兰晓燕、刘慧娟、刘丽君……岳军厚的山曲儿《拉骆驼》，牛晓勇的小品和唱歌，还有孙震的相声，赵慧勇的要猴……都是经典节目。黑板上杨日旭写的大书：新年快乐。下面是小字：65 班新年联欢会。把桌凳靠墙摆在四周，中间空出来的地方做舞台。那时的岁月如此的简单，那时的年华如此美丽，那时的爱恋如此的脆弱。每次想到那时就想到了——席慕蓉《无怨的青春》：

在年轻的时候，
如果你爱上了一个人，
请你，请你一定要温柔地对待他。
不管你们相爱的时间有多长或多短，
若你们能始终温柔地相待，那么，
所有的时刻都将是一种无瑕的美丽。
若不得不分离，也要好好地说声再见，
也要在心里存着感谢，感谢他给了你一份记忆。
长大了以后，你才会知道，在蓦然回首的刹那，
没有怨恨的青春才会了无遗憾，
如山冈上那轮静静的满月。

谁没有青春谁就没有人生，青春独一无二。青春所载一切自永远至永远不会再重复，因为注定要消失的青春岁月不会有第二次机会在自己的生命中出现。

三年的高中生活将很快过去，正如莎士比亚在《暴风雨》里写道的：凡是过去，皆为序章。眼下经历的却要一步

步地走，高三我又重新租房，和贾琛、牛晓勇住在二中东边的一小间平房。我们三个人相处得不错，另外再加上王慧、赵晓波、刘慧娟自称“塞北六侠”。

刘丽霞和张红燕总请我们三个去她们家里吃饭，给我们改善伙食。人是铁饭是钢，一顿不吃饿得慌。学习负担重，吃又跟不上，所以几个人都很瘦。考上了大学皆大欢喜，考不上以后的出路在哪里？这是农村出来的孩子都切身面临的问题。没有一个人想再回村里种地，也没有人确信一定能考上大学。

当年学校考试总在年级里排名，这种“畸形的思维”教育把学生分化为两极，排名高的自负，排名低的失去信心。不是一种平等的心理教育，在高考升学率的指挥棒下让许多老师急功近利，让学生望而止步（差生就没有奋斗的必要了，高考那扇门只为优等生开的）。能否考上大学似乎成了评判人生成败的唯一标准。

现在遇到当初的同学有的当初学习挺好的，现在却混得挺差的。有的说我当年学习不好，后来只能更勤奋，现在过得还可以。成功的标准是什么？幸福的含义是什么？教育是一个很重要的问题，影响一个人的一生。树立正确的人生观远比考上大学更重要。

二十多年后我们和教我们的老师相处得挺好。一日为师终身为父！不是说当年老师教得不好，是当年教育体制的问题。不是老师个人能左右得了的大事。

时光如梭，当夏季校园中的蔷薇花开的时候，高三毕业班也进入模拟考试阶段。高中学习是主流，其他的都是插曲。朦胧而纯美的情感也只能在那棵会开红花的山楂树下悄悄地迎风抒发。

大多数同学是村里来的，善良坚强、努力上进、自尊自爱、自强自律。虽然年少有时放纵一下，浪费了一些时光。但都是想着自己的前程的，当年上大学还是精英教育，高考是选拔大赛。所以大多数人面临的是失败，明知是失败，也要把剩下的路程坚持走好。正如尼采说的："纵使人生是一场悲剧，我们也要快乐地将它演完。"我想考不上大不了回去修地球：建设美丽乡村、幸福家园、灵性人生。"五亩地两头牛，老婆娃娃热炕头。"再诗意点儿说："采菊东篱下，悠然见南山。"

这青春的大路上感觉没蹦跶几下就要走完了，回望来时的云，回望来时的风，回望来时的操场，回望来时的教室，回望美丽的女孩……那时花开。

回望是一条没有尽头的路，一切以往的春天都不复存在，就连那最忧伤而甜蜜的暗恋归根结底也不过是一种转瞬即逝的现实。生命中真正重要的不是你经历了什么，而是你记住了哪些事，又是如何铭记的。

此时微风初起，风中充盈着过往的欢快笑声，旧日清晨背英语单词的朗朗声音，无法排遣的怀念来临前的失望叹息。多年以后路过学校的时候，我还会想起那个王老师带领他们上语文课的遥远的下午。二月下午的空气是如此从容而透明。尘埃落进了石头缝里，只剩寂静的阳光在树梢上闪烁了。满教室同学的笑脸和身影都汇聚在我广阔的心空上。我十分担心他们和时光一起流走了，心中竟然涌上了惜别的忧伤。我透过窗户的玻璃看着教室外面开着的牵牛花、野百合，它们开得那么美好和忘我，我担心它们不久会花瓣枯萎和掉落，因为夏天结束了，我们的离别就到了。

风在很高的空中调皮地打着呼哨，它不在意我的心情。几只红尾巴绿嘴的鸟从眼前飞向蓝天飞向远方飞向太阳的光明里，飞向青春的彼岸。

那个山楂树开花的夜晚我读着泰戈尔的诗，读着飞鸟与鱼的故事：

有一条鱼生活在一片海域里，它每天就是不停地游来游去。一天，有一只迷途的鸟儿飞过这片海域的上空，它很疲倦，低下头寻找海中的一片陆地，水里的鱼觉得水面的光线变得有些昏暗，就抬头望向天空，这样，鱼和鸟的视线交织到了一起。孤独的鱼和迷途的飞鸟深深地彼此吸引着对方。

飞鸟给鱼讲辽阔的天空，讲广袤的大地；……鱼给飞鸟讲深邃的海洋。……它们为彼此打开了一扇未知的却又丰富多彩的窗。它们还有好多共同的话题：每个早晨的朝霞，每个傍晚的落日，每个夜晚的星空，每分钟空气里的味道，树木的，土地的，海水的，春天的，夏天的，秋天的，冬天的……它们彼此深深爱慕着对方。这样就过了好久，它们以为此生就这样厮守，飞鸟可以忘却飞翔的天空，鱼可以忘却深潜过的海底。谁说鱼和飞鸟就不能在一起？一天，飞鸟看见别的鸟飞过，它想起了天空，它问鱼是否愿意和它一起感受风从身边掠过的自由，鱼看看自己的鳍没有说话；又有一天，鱼为了躲避暴风雨，深深潜入水中，在太阳重现的时候，它兴奋地问飞鸟是否能看到水中珊瑚的灿烂，飞鸟只能看着波光粼粼的水面苦笑。它们知道了，飞鸟与鱼是不可以在一起的，虽然彼此相爱，但是鱼终归是水里的鱼，飞鸟终于飞离了那片海域，再也没有回来，它并不知道，鱼亦再没有游回这片海域，它们都在小心翼翼地躲避那段往事，那段飞鸟与鱼的故事。

第四篇

绿色的军营绿色的梦

我是一个兵

绿色的梦

春夏之际绿色的麦芒像一束束耀眼的光穿透我的眼底，我从此铭记于心的是梦一样的绿。从小我在绿色中成长，麦地、青草、树木、蔬菜、西瓜……我对绿不陌生，我对绿太熟悉了，绿像我的影子一样跟着我。我从小在农村长大，知道为了绿色人们付出的辛苦。上高中时我向往大城市，高中毕业没有考上大学，我开始一年的复读路。我去了蒙中复读，同去的还有贾琛、杨日旭、常永峰、徐利平。包一中复读的有郭敏、杨永升、刘慧娟。二机三中复读的有徐瑞清、刘满贵等，包钢一中复读的有刘飞，赵慧勇和郭永明在包头医学院复读，萨一中复读的有老猫儿和王建等。从此以后不会再有猫叫三春的故事，从此以后不会再有宿舍中青春荷尔蒙散发出的芳香味道，从此以后不再有老猫儿发现同学身上新闻的慧眼和传奇，从此以后不再有猫眼看青春、猫眼看世界了。65 班离开了我们的视线，如眼中小河静静地向远处流去，注定要成为一处风景，注定要成为一片记忆，注定要成为一条远去的河流。

处在包头昆都仑区的蒙中成为我将踏入军营的必经渡口，船已停泊在黑夜灯火阑珊的港湾。上课之余爬在宿舍的床上，读着影响我一生的、在关键时刻启蒙我思想的《平凡的世界》，我仿佛就是那孙少平，走向大亚湾煤矿。我也一样和他有着求学、成长、奋斗、成熟的经历；和他一样有着纷繁的生活环境，艰辛的奋斗过程，坎坷的心路历程。坐着5路车，一路芬芳一路闪亮，终点站就是能见到黄衫少女的地方。

我知道你要来，我就在这里等你。青春就是一个箭步，人生就是一次短跑。“瞧，又是春天了，复苏的万物就是生命的写照。从矿区望出去，山野里到处都是盛开的桃花、杏花、梨花；一片如霞的绯红，一片如玉的洁白。小河边泛出了淡淡的浅绿。”孙少平眼中的景色和我望着蒙中前面有着花开的树林似乎是一样的。少平的形象无疑将在我心中闪耀着鼓励的光芒，在每个黑暗的长夜里给我点燃前进的火炬，照亮我孤独的坚忍的灵魂。

我利用课余时间读了《平凡的世界》《穆斯林的葬礼》《废都》《泰戈尔诗选》《毛泽东诗词》……还从另一位没钱花的同学手中十块钱买了至今留在身边的《古文观止》。上学清苦度日，一袋五毛钱的方便面都舍不得多吃，但是读一本喜欢的书却如吃饕餮大餐。

我课余也练习钢笔行书，觉得写一手好字比穿一件漂亮的外套更令人羡慕。青春是个易伤感和冲动的季节，也是个拼搏和进取的阶段，记录着一个人如何走向成熟的时期，有着对理想生活和理想自我的执着追求，有着性格的变化和完善，有着个性的追求和渴望完美的心理。那个年代和孙少平一样渴望穿一身体面的衣服站在女生的面前，渴望自己能永远躲开别人可怕的鄙夷的目光，心敏感而羞涩，过分地在乎别人对自己的评价，自我封闭，甚至是对自己没有，别人却拥有的东西有一种莫名的鄙视和恐惧。事实上，凡是经历过贫困痛苦体验的人都知道，特别是农村出来的孩子，在成长的过程之中总会有一段岁月莫名的自卑和敏感，对于自己、对于家人都有可怜的不自信，形成心理上永远也抹不掉的阴影，哪怕是今后生活条件变得再优越，那段心灵多雨的岁月也挥之不去，只是，那段忆苦思甜的记忆已成为幸福和感慨而已。

那个时候我也有对爱情纯真而美好的向往和追求。“在青山绿水之间，我想牵着你的手，走过这座桥，桥上是绿叶红花，桥下是流水人家，桥的那头是青丝，桥的这头是白发。”不管是青春还是生活的环境那个时候都是绿色的，我住在天空之城，想一夜之间就会变成白龙马，奔驰在春天的大道上，身后是一阵青草和阳光夹杂着的淡淡的清香。而前方突然闪现的是黄衫少女的曼妙身姿和无所不在的倩影。

生活有时会是一种意外，我也不知道为什么要参军，不仅仅是因为高考的失败，还有一种无法形容的推动力，我向往一种绿，波澜壮阔成就我的梦。凡事都有偶然的巧合，结果却又如宿命般的必然。

参军入伍就是从眼前轻盈飘逸的绿色投入另外一片汪洋神秘的绿色，那是一片梦想的天空。

复读

一九九四年的鹿城大街小巷传唱着周华建的《花心》，从昆都仑区的钢铁大街到青山区一宫门口再到东河区包一中的校园。

歌声中迷散着伤感而忧郁的情绪，还夹杂着春天里包头城中特有的烧卖的香气，还有羊杂碎上辣椒诱人的味道。鹿城的大街飘下春天第一场雪也是最后一场雪，大街的两旁熙熙攘攘，人来人往，不会因春天的一场雪而停止了脚步。

不伪装的青春才是精彩的青春，在青春的路上走着，路旁杨柳依依，鸟语花香。黄衫少女在回信里写道："走过去的青春无怨无悔，别试图挽留昨日的钟声而错过今天的风铃。人在年轻的时候总是懵懵懂懂，老也不能从从容容，思考留给未来。"黄衫少女还说："人很多时候往往难随自己的心愿，生活中的沟沟坎坎或许正是一道十分美丽的风景，日后回忆起来总是让人有所思，有所想，值得欣赏，经过了沧桑才算真正活过了，才能在自己的心里装进永远的故事，永远的希望。我们还年轻，还需要我们自己去拼搏去努力。"黄衫少女又说："山不转水转，一切东西都不是一成不变的，人生的路并不是只有一条，走对走错以后才能看出来，但在选择后就一定要为之付出努力，然后寻找时机去获得最后的成功。"看到她的话，此时的她在我心中从天空落在了结实的大地上，幻象已成为真实的存在。我又看到5路车站，又看到飘雪的大街和青春的上午，看到《花心》唱响在我心中那刻的天空。

时间过得有多快？蒙中的看门老头儿年三十喝酒后睡着了，醒来后已是初六的上午。老头儿说你们大年初一就开学了？春天已悄悄地走在路上，春天要来了。谁也挡不住春天的脚步，谁也挡不住春天的气息，谁也挡不住春天的芳姿。绿色将像河流一样地流过我的心田，让我想到了远方。

高锰酸钾加热才能产生氧气，我的青春不加热就冒着多巴胺的芳香。

蒙中上学期间，老胖常永峰二百多斤体重掉了六十斤，贾琛早晚服上三粒红色清脑胶囊缓解脑神经衰弱的症状。我一米七六的个子体重还不够一百一十斤，风大时我就紧紧地抱住路边的树。如果路过副食品商店，我就多站三分钟，一定让肉的香味充满我的鼻孔。为了有精力学习，我每天早上起来围着蒙中前面的树林跑两圈，跑步带来的后果就是早餐三个馒头一进喉咙就不翼而飞。肚子永远扁扁的，从上到下呈 U 形弧度。晚上实在饿得不行就多喝点儿白开水，在宿舍走廊灯下看书的同学看到我来回去厕所的身影很好奇，从灯下都跑到厕所看看有什么东西，满足一双双好奇的眼睛。

我就在厕所一边撒尿一边背诵着李白的诗。

尿毕大声喊道："李白伟大！"

一轮满月挂在空中。在尿液排尽的作用下睡意来袭，宿舍走廊的灯变得如梦似幻，好像浮在一个水底世界。一只只罩着的灯仿似一个个熟睡的幽灵，沐浴在校园新开的沙枣花散发出的暖香里。

收麦

走过的青春无法修改，宛如一幅完整的山水画挂在了记忆的墙壁上，笔法有点仓促，技巧有点稚嫩，但是热情饱满。

蒙中补习完后我回家帮着父母收麦，也开始了一段我人生的思索。思索总是孤独的，没有人与我交流。我每天在玫瑰色的清晨中醒来，在几只花鸡的叫声中醒来，在淡淡的麦子成熟散发的馨香中醒来。吃上几口饭一抹嘴就下地割麦子，大花狗总是跟在我身后，用尾巴摇动着早晨明媚的阳光，用脚踏着青草上的晶莹透亮的雨露，用鼻子闻着田地里野花野草散发着迷人的花香，用两只半耷拉着的耳朵听着枝头叽叽喳喳的鸟语，用深情的眼神注视着渠水里跃出水面的小鱼。金黄的麦浪在眼前涌动奔流，镰刀在阳光下闪亮，噌噌的割麦声在耳朵里回响。一朵云从我头顶的天空飘过，我的头脑里思索着前途和未来，命运和机会，青春和爱情，梦想与现实。我不知不觉地想到远方的绿色，想到绿色军营绿色的梦。梦总是那么的美好，让我的心开始不安分地幻想和憧憬。它吸引着我，似乎从遥远的地方向我招手，向我呼唤。而十二年后要离开部队走在北京青年湖公园的小道上时，回望十二年前参军前站在麦地的幻想和憧憬有无限的感慨和喟叹。入伍十二年后回望十二年前的心情是清晰的，入伍前想不到十二年后退伍时的心情。十二年前是迷惘的，十二年后是隐痛的。十二年前惧怕未来，十二年后惧怕孤独。而二十二年后的今天回望过去一切都是风轻云淡的过往。每一次重要的选择都会有痛苦和不安，而选择后又是一次人生新的起程，最后是人生的一次飞跃。

麦地的上空几只喜鹊飞过头顶，几小坨灰白色的鸟屎落在我的右肩上敲醒了我的梦。从麦地顶头的树林里吹来一阵风，在麦穗上轻轻拂过，吹来阵阵麦香与凉意。汗水从额头向两边顺着脸颊流过下颌到了脖子上停留三秒后流到胸膛和后背。蝈蝈在葵花叶子上欢快地歌唱，而蚯蚓在地里沉睡。人生颇富机会和变化。人最得意的时候，有最大的不幸光临。而人最不幸的时候又蕴含着深刻的成功机会。

炎热的夏季，磴口村的人们正处在繁忙挥汗如雨的麦收中，中午地里金色的麦浪翻滚着像燃烧的火焰。在麦浪滚滚的大地上人们弯腰割麦。割下的麦被捆成捆又堆了起来，赶着马车的人们把麦捆拉回到脱麦场。脱了扬了晒干装袋后拉回家放进粮房。

站在麦地里抬头望着北面的大青山，我心中的马开始奔驰。“山，快马加鞭未下鞍，惊回首，离天三尺三。”我逐渐从迷茫中坚定了我的信心，我要打马而过，跃过麦浪，跃过大青山，跃过草地，跃过河流，跃过山峦，跃过田野按照梦想中的途径直奔远方的那片神秘而迷人的有着绿色风景的地方——军营。任何一样东西，你渴望拥有它，它就盛开。岁月流逝，所有的东西都会消失殆尽，唯有那年麦地飘荡的麦香的气味还恋恋不散，让往事历历在目。

多少年后当我看到—普鲁斯特的《追忆似水年华》中一句话：“我们记忆最精华的部分保存在我们的外在世界，在雨日潮湿的空气里、在幽闭空间的气味里、在刚生起火的壁炉的芬芳里，也就是说，在每一个地方，只要我们的理智视为无用而加以摒弃的事物又重新被发现的话。那是过去岁月最后的保留地，是它的精粹，在我们的眼泪流干以后，又让我们重新潸然泪下。”我在金河翻腾的麦地里，在繁星闪烁的天空下，在西瓜闪着绿光的村边，在母牛配种场的门口又想起黄衫少女的倩影。磴口村的那个夏天，顿时涌现在多年后我的意识中，像河水一样涌入我的记忆，连同那些夏天美好的早晨，一一再现了。岁岁年年，日月星辰，有序地排列在我的眼前。

记忆有时是模糊的，有时是清晰的，有时是断片的，有时是连续的。我仿佛坐在电影院在电影镜头中看到一匹奔驰的马，我无法把奔马的连续动作一个个单独分开。青春岁月觉得不可以少一个人，没有她就没有完整的世界。青春岁月的爱情最纯真的是从不用给爱情找靠山，牵手就可到天涯，心想就可事成。那时就明白了除了幻想的爱情其实更重要的是追求自己想要的生活，尽管不清晰，觉得事业或许比爱情更长久更牢靠。在更广阔的天空下飞得更高，看得更远，觉得自己还小，不应该就此结束奋斗，放弃自己的追求。就躺在麦秸垛上望着祥云飘过蓝天，躺在瓜棚里望着星星跳上蓝色的天幕，躺在想象的沙滩中望着自己穿上绿军装。在一个阳光斜射的午后，我寄向了军营两封信。

离别

一封信寄去空军，一封信寄去武警。我的初中同学陈文艺在长春第二航空学院上军校，我的发小部永军在宣化当武警。我向他俩了解部队的情况，并征求他俩对我想当兵的意见。他俩大力支持，我就开始为参军入伍做准备了。首先说服了家里人，再就找关系。

经过报名、政审、体检我被总政来接兵的干部选中。磴口村成了我想离开又牵挂着的村庄，村庄里有我年迈的奶奶。走兵的前夜我和奶奶住了一晚，第二天上午就去了武装部，这一别竟是永别。多年以后我总想起离开磴口村的那一幕：我眼含泪水是以一种什么样的心情告别奶奶的？炕头上的奶奶已是满头白发。一条黄土的小路通向公路，不到一公里的土路上，我回望着这个生我养我的小村庄。多年以后我写下了：

小时候的记忆
儿时的家
梦境中常常出现的画面
炊烟袅袅
牛羊归圈的叫声
父母喊孩子回家吃饭的声音

一座老房子
犹如白发苍苍的老人
走过了艰辛的岁月
经历过难忘的故事
院子里的花芬芳了空气
清风的光辉涌进眼睛

麻雀在电线杆上鸣叫
燕子在屋檐下搭窝垒巢
母山羊牵拉着大奶袋在院里转悠
门口的老树看着孩子长大
看着老人离去
壁虎漫步在斑驳的光影里
粮房墙角的蜘蛛听着
岁月沧桑的歌

奶奶的烟袋锅里冒出了幽蓝的烟
墙壁上挂着爷爷生锈的镰刀
门前的石磨碾平过饥饿的肚皮

驴子蒙眼走过黑暗的夜
老房子沉睡在梦里
等待着后人敲门
在不是雨季的早晨
老房子流下了
纵横交织的
眼泪

我清晰地记着离开家的那天是十二月十四日，离别的钟声敲响时，我黯然神伤。已是冬季的土默川平原吹着寒冷的风。我似乎听到奶奶的声音从风中传来：“孩子前程为大！”亲情是如此的厚重和浓郁，离别是如此的伤心和难过，京城是如此的遥远和陌生。

萨拉齐夜晚的火车站里熙熙攘攘的人群，排好队的新兵佩戴着红花穿上了没有肩章的绿军装。旁边挤满了送别的亲人和朋友。赵慧勇、郭永明、岳军厚、刘智、贾琛、牛晓勇、王建……都来送我。同学们为我点的歌在喇叭中播放。依然记得那首《九十九朵玫瑰》：

往事如风 痴心只是难懂
借酒相送 送不走身影蒙蒙
烛光投影 映不出你颜容
仍只见你独自照片中

夜风已冷 回想前尘如梦
心似冰冻 怎堪相识不相逢

难舍心痛 难舍情已如风
难舍你在我心中的放纵

我早已为你种下
九百九十九朵玫瑰
从分手的那一天
九百九十九朵玫瑰
花到凋谢人已憔悴
千盟万誓已随花事湮灭
……

我依然记得同学们为我买的一皮箱世界文学名著，依然记得刘智把自己的手表从手腕上摘下送我。同学情深同学厚谊永远难忘。郭永明双手举着装满世界文学名著的皮箱追着火车从窗口塞了进来，一幕幕的场景像放电影一样在我眼前播放。

我登上了开往北京的军用火车，在离别的挥手间，火车缓缓启动，一声长鸣打破夜空，火车驶向远方的暮色。

初识军营

离别的记忆仿佛是没有终点没有起点的列车，消失在岁月的河里。而生活在这个小城中，人们头顶的星空却永远的存在。每天晨光会跳上正要沉没的月亮，每天旭日东升在土默川平原，每天阴山山脉主峰会吹过来自蒙古高原的季风。而我头顶吹来的是列车上空调的暖气，暖气游走在我的身上脸上和十个脚趾上。第一次的失眠发生在了火车上，我想着家人、同学，还有过去的一些人和事，还有未知的明天。火车在黑暗中穿过呼和浩特市，穿过集宁，穿过大同，穿过张家口，穿过延庆。第二天天亮的时候，火车在北京站停下了。带兵的老兵领着三百名新兵像羊倌领着一群羊出了站，三百名新兵被分别分到三处，我们背着背包上了绿色的大卡车，也不知道将被拉到哪儿。坐在大卡车上没看到天安门，没看到天安门上毛主席的挂像。卡车驶出市区经过近两个小时的车程来到郊外，从两旁有着高大的光秃秃的白杨树干的大道上驶进门口有士兵持枪站岗的营区。难道这就是我一直向往的绿营？除了门口战士穿的绿军装外，我没有看到绿色。营区除了一栋栋整齐的营房外还有一栋三层高的小楼。冬季的营区显得空旷而清冷。

我们在一栋小楼门前集合，分了排和班，我被分到了教导队三排二班，进入宿舍，一位有着山东口音的上士对我们二班的八个人说，他是我们的班长张斌，山东泰安人，是卫戍区教导大队第三年的上士，我们来到的是顺义牛栏山炮团教导大队。我们一间大屋三个班组成一个排，排长是一个讲话清晰长相清秀的中尉军官，一杠两星。

上午分了床铺，教导队的连长集合全连官兵讲话，讲话严肃声音洪亮。受总政领导委托，他负责我们在炮团教导队的三个月新兵训练。大致讲了三个月中我们需要注意的事项和对我们的要求。中午排着队去了简陋的散发着浓郁混合味道的食堂吃了简单的四菜一汤。稍做休息后，下午又是排队开会，连长讲炮团的光荣历史和军人职责。还参观了炮团，一门门绿色的大炮像斜刺的利剑朝向南方矗立在训练场。头顶的战机不时在炮团上空飞过，看得那么清楚。

大炮让我想起小时候母亲让我去供销社买花椒大料，一路上念叨着：花椒大料，花椒大料。一不小心摔倒了爬起来接着就念叨成：飞机大炮，飞机大炮。大炮在我心中那么威严，是守卫边疆的利器。过去只能在电影里看到的大炮实实在在地矗立在眼前。自己这个刚进军营的小兵也自我感觉很神圣，马上变成了钢铁战士。我来到了军营，第一抹绿冲击着我的视野，让我的思想开始腾飞。军营还是未知的领域，只是揭开面纱的一角，就让我充满了好奇，充满了想象。一群飞翔的鸽子带着我心盘旋于蓝色的天空，心是自由的，血液是自由的，空气是自由的。

这就是我军旅生涯迈出的第一步，步伐很轻也很沉重，沉重的是对未来无法把握的心。开启新人生的第一步，对未来充满了憧憬，又有未知的恐惧。我需要别人的鼓励，需要自己的探索，我需要和别人交流，需要表达我的想法，我需要做好艰苦训练的准备，需要一个强壮的身体。就在炮团操场前面的雪地里一枝红花悄然绽放它的美丽时，黄衫少女的倩影在大炮前闪亮。

第一封信就从军营寄向远方，远方的你在想什么？远方的你是否知道我在想你？京郊的寒风吹在大炮上，吹在训练场上，在我的心头回旋吹过。一首记忆中的《橄榄树》在耳畔响起。

替身

夜里第一次盖军用棉被睡觉，在暖暖的被窝里我躺下了。我们住上下铺，我左边的底铺是班长，右边底铺是排长。夹在两长之间的我真正能感受到官兵一致的情感。我手里拿起一个小红本《军人条例》，这是一本一直伴随新兵三个月的书，此书每天要背，军人的职责、军人行为规范纪律要求等，是一本新兵的“红宝书”。排长没睡，坐在床上俯在一张小桌子上写信，旁边放着一封收到的信，一会儿打开来看几眼，继续写着，脸上不时透出笑意。

班长用新兵打好的水洗了脸刷了牙，很快有一个同来的新兵就把水端走了。新兵第一天就学会给班长打洗脸水，思想转变很快。

班长开始点名：张二祥、吴飞龙、巴特尔、倪飞、黄永刚、祁立国、张鹏飞……叫到我时，我马上说：“到！”每个人要自我介绍一下，多大年龄？来自哪儿？初中毕业还是高中毕业？有什么特长？有没有女朋友？

头一天在军营新的环境里我睡不着，似乎不相信一夜后就躺在一个二三十人睡觉的大宿舍里。十二月十五日我当兵第一天，是值得我纪念的日子，因为这是我军旅生涯的第一天第一步。虽然这一天没有发生什么惊天动地的大事。

通信员会把每个班的来信首先送到班长手里。所以班长不仅负责训练还有一项特权——收信。新兵最高兴的就是收到来信。新入伍的战士第一天晚上都坐着小板凳，把信纸放在床铺上，下面垫上一本书开始写信，向家人朋友报告平安。我也写了几封信，部队有专用信封和信纸，写好了也不用贴邮票。挨着我床铺的排长写信有自己的桌子，我见他写一会儿把信纸揉成团重新再写。他见我写信很快瞅了我一眼，我也看了他一眼。他三番五次地揉信纸好像遇上了什么事，我对排长说有什么事需要我帮的，尽管说。话出口后我感觉不对，我能帮他什么呢？我一个新兵蛋子。他说想写一封信不知道该怎样表达才好。我大胆地说我能帮你参谋一下吗？他犹豫了片刻叫我到他身边。他说亲戚给他在老家介绍一个女孩。刚交往不久，他正给女孩写回信呢。我说这个简单，如你信任我的话，我帮你写回信，反正对方也不知道是谁写的。我写好了你如觉得合适就寄出去，不合适撕掉。排长同意了，但我必须看看来信才能回信。排长不好意思地脸红了，但还是把女孩的来信让我看了。

我花了一个小时帮他写好三页信纸让他过目，他读完信后立刻笑了。他满意地说那正是他想说的话，我替他表达了，而且表达得比他更好。这时一个新兵给他端来洗脚水，他竟然让我先洗。妈呀！我可不敢受此恩惠和待遇。

我第一次把秦观的词句“两情若是长久时，又岂在朝朝暮暮”帮排长写在了回信中，他连说了几个好。我俩间距离就近了，他想不到一个新兵蛋子字写得这么好，文采超出他的想象。他拍着我的肩膀说：是个人才。我想刚来不能锋芒毕露，就开玩笑地说我从小家里穷，总帮家里砍柴，从小村里人叫我柴子。其实我心里明白一个高考落榜生参军入伍是不得已，是人才早就考上大学了。躺在被窝里想想自己高考的失败，想着现在只是一个开始，未来还很长，眼泪就不知不觉地流了出来。

过了一个多星期后那个姑娘回信了，从排长脸上露出的表情，可以猜到排长心里充满了兴奋，回信收到了意想不到的效果，那个姑娘大大地赞美了排长，姑娘从信中能感受到一种军营特有气息，绿色环绕着她的山山水水，一个英俊潇洒的年轻军官理想远大志向崇高很有抱负，又文采飞扬。那封信让姑娘读了七遍，生生地感动着她，让她晚上看着月亮偷着笑，白天教书走神。此后那姑娘一有来信，排长就叫我帮他回信，专职写情书。后来我感觉是我和那个教书的姑娘谈恋爱，排长只是一个送信的，而排长没有感觉到。但我心里并没喜欢上这姑娘，也不敢去喜欢，只是以排长的替身去回信。

我近距离地看清了排长穿的呢料的军官服和军衔上的两颗星。这不就是我喜欢的绿吗？那一刻一种耀眼的绿色深深地印在我的心里。一种对绿的深情挚爱流淌在我生命的河流中。

雪

清晨尖锐的哨声吹响，惊醒了睡梦中的我，仿佛一声声惊雷滚滚而来响彻整个天空，第一次听到急促哨声的新兵紧张而慌乱，迷糊的双眼睁开一半双手摸索身边的军衣，扣子还没扣好一手提皮带趿拉着鞋向门外跑，早已穿好衣服的班长大声喊道：楼下集合！整个宿舍乱哄哄一片，像刚发生了地震。新兵们前拥后挤地跑下了楼。

冬天北京郊外的清晨黑黢黢的没有一点亮色，一个排跟着一个排开始向营区的大门外跑去，排长在前带队，班长在右喊着口号，只听见啪啪的跑步声。没有睡醒的大脑一半在迷糊，一半在反应着。几颗寒星在冬季的天空闪烁，凄冷的风从裤腿钻进。也不知跑了多远，约莫半个小时后跑回了教导队门口。在规定的半个小时内整理好内务和洗漱完毕并上完厕所。从此开始要把排泄大便的习惯改在中午，早上没有那么多时间让你蹲厕所。不能在一早跑步出操时你喊：报告！我要大便，或我要拉屎。

半个小时后准时集合排队去食堂吃饭，刚开始我只能吃两个馒头，到后来我能吃七个馒头。

吃完早饭后稍做休息就开始队列训练。按大小个儿排成两排。互相对视站军姿。昂首挺胸目视前方，两手要贴紧裤缝。站军姿是基础训练，看似简单但不易坚持。尤其是肚子，要收腹挺胸。站几分钟肚子就挺出来了。班长就去拍肚子让你收腹。站几分钟就觉得耳朵或者脸痒，就想用手挠。如果站着超出半个小时两腿就会发软。

训练也管不住我幻想的大脑，远方蓝蓝的天空白云飘飘。或许会有黄衫少女手捧鲜花腾云而来。我的大脑不停地以每秒二十米的速度高速前进，我仿佛看到大地上春暖花开，彩蝶飞舞。突然感觉站立不稳，班长在身后踹了我屁股一脚：“站直了，别塌腰!”彩蝶飞走了带走了春天，而冬天的寒冷冻得我手疼。我的脖子使劲向上伸头要顶着天空的那朵云了。要是有一件隐身衣穿在身上该多好，别人看不到我，就可以放松放松，就在我想放松的时候凉气吸进我的肚子，肚子里开始翻滚响动，接连着几个响亮的屁。两排的新兵都听到了，我身旁的于再水，咧开大嘴笑了，还笑出声来，把早餐的酱豆腐味也喷出来，其他人也控制不住都笑了。“报告班长，我不是故意的!”班长也笑了。笑声像一朵朵浪花飞溅在训练场上。“严肃！要严肃!”班长用满含笑意的声音喊道。

阳光把它温柔的光洒在我们绿色的军装上，洒在冰冻的大地，洒在光秃秃的树干上。阳光仿佛调皮的孩子凝视着我们的一举一动，我们又是初次训练，在训练中调动着每根搭错的神经。我想阳光明媚的冬日，要是下一场雪就好了，就不用出来训练，想着想着，远方似乎飘下了雪花。我的大脑又开始了放电影：刘备二顾茅庐后方上马欲行，忽见童子招手篱外，叫曰："老先生来也。"玄德视之，见小桥之西，一人暖帽遮头，狐裘蔽体，骑着一驴，后随一青衣小童，携一葫芦酒，踏雪而来；转过小桥，口吟诗一首。诗曰："一夜北风寒，万里彤云厚。长空雪乱飘，改尽江山旧。仰面观太虚，疑是玉龙斗。纷纷鳞甲飞，顷刻遍宇宙。骑驴过小桥，独叹梅花瘦！"

雪当天没下，训练继续。但是三天后，真的就下了一场大雪。大雪把绿色的军营覆盖，炮筒变成了白色，在冬风中大炮成了银炮，透亮光泽的炮口对准太阳中午最亮的南方。寒风吹下了一场大雪，夜里雪花被风吹散在玻璃窗上形成冰棱锥齿，这是我在军营中看到的第一场雪，我好像就是为了等待这场雪。

紧急集合

晚饭后新兵们在宿舍首先练习叠被子，把被子叠成豆腐块。新被子想要叠成豆腐块得需要练一段时间。随后要练体能，做俯卧撑和仰卧起坐。刚开始做不了几个，慢慢地练，直到三个月后肚子上出现了四块明显的腹肌。班长看着我瘦弱的身躯，摸了摸我细细的没肉的胳膊，说一定要坚持训练下去，人活一口气，墙活一把泥。我就想那我就活一把骨头！

体能训练到十点，身体像散了架似的，浑身没劲想躺下呼呼地睡去。部队不是你想睡就能睡的，洗漱后要统一上床，十点半熄灯号吹后才能睡。我一上床，很快就能入睡。觉来得快，这是我的特长，一直到现在也是如此。一天晚上我正做着梦：在炊事班帮厨后几个人正吃着“小灶”。饿极了的我们狼吞虎咽吃着，突然一阵紧急的哨声。那也得吃完再出操，就加快速度吃起来。周围的响动很大，排长使劲地推了我一下。我猛然地醒了：“啊？这么快就出操！”班长喊道：“紧急集合！”我们不仅要穿衣服还得打背包。不开灯什么都看不到，着急地摸衣服，越急越穿得慢，秋衣秋裤套不进去前后不分了，冬天还得穿绒衣绒裤，我上铺的动作快，穿好衣服打好背包下来了。周围好几个都已准备好向楼下跑去，我还在打背包。这些家伙手脚这么伶俐，急得我满头大汗。我打好了背包向楼下跑去时，楼下已整齐地排好了队列，我是算慢的。

连长讲话了，紧急集合就是考验大家的快速反应能力和行动速度，一旦发生战争，速度决定着生死存亡，这时我彻底醒了。连长一会儿宣布解散回去睡觉，我看看表十二点四十分，回到宿舍躺下后，被惊醒的状态下，又一时睡不着。约莫半个多小时后，我终于迷糊着了，大约两点的时候又来了一次紧急集合，但没有上次那么紧张了，知道了怎么回事，速度也快了。这次没有下楼而是在宿舍集合。这种紧急集合一个星期有两到三次，每次都是夜里。紧急集合比所有的训练都让人感觉累，夜里折腾两三次第二天一天犯困没有精神。

我后来总结，我比别人慢的原因是我穿衣服慢，下次紧急集合就不穿绒衣和绒裤，这样省了穿衣服的时间。另外，打背包慢，班副在我多次给他点烟的情况下，教给了我快速打背包的秘诀。我有了“九阴真经”，七秒内就能打好背包。还有一点，不是我慢是别人太快，我在底铺，我起来时第一任务就把周围上铺和下铺的鞋迅速地神不知鬼不觉地踢到床下。他们再快也没用，脚下没鞋跑不下去楼。有实在找不到的，因为不让开灯，就光脚跑下去受到了批评。正所谓兵不厌诈，知己知彼，百战不殆。我读《孙子》，就是当新兵时读的。有了以上“改进”，我受到排长的表扬，说我进步快。其实我心里明白，不是我进步快，是他们找不着鞋。不过后来找不到鞋的也学精了，抱着鞋睡觉，生怕半夜鞋子不翼而飞，或是自己移动地方。

新兵的故事有一大箩筐，我刚去身体不协调，时常出现“顺拐”。顺拐就是左脚和左手同时伸出或是右脚和右手同时伸出。平时你想同时伸出还不容易，但在队列训练时不知什么时候就出现了。还有一个胖子拉单杠拉不起来，一直在那儿掉着，被称为“秤砣”。还有跑四百米障碍赛的，在一个土坑里爬不上来被障碍在那儿，有点像虎落平川的样子。

我们休息时喜欢唱《小白杨》，唱歌的时候也是想家的时候。

打靶

周六周日可以请假外出买些日常用品，我只去过一次牛栏山镇，我们战友有的去过北京城区，还在天安门前照了相，令人羡慕。大多数人就在营区内拍几张照片寄回家，当然大炮是必不可少的背景，炮团以炮为荣。周六的晚上，班长张斌从老乡炊事班长那儿弄点吃的，再从军人服务社买些火腿肠和花生带着我和另外几个新兵躲在库房里喝点小酒，放松一下。酒下肚话就多，班长说你们命好，将来分到总部机关，服务首长，一定要珍惜机会干出个样子，以后别见了不认识我啊！我们说班长永远是我们的老班长。二十多年过去再也没见过面，老班长你现在过得怎么样呢？班长说我们三排如果未来出军官，那一定是张鹏飞。我说不能那么说，大家都比我优秀。班长说他看人很准的。我在队里大镜子前上下打量自己，瘦得皮包骨头没有一点军官的气质和风度。又想“不想当军官的士兵不是好士兵”。三个月的新兵训练贵在咬牙坚持，以后怎样走一步看一步吧！

后来我们练习打靶，大冬天趴在地上练习三点一线的瞄准。那时感觉最厚爱我们的大地是如此的冰冷。真想把军被抱出来铺在地下，这样练习效果可能更好。军营里都是男的，我感觉连天空飞过的乌鸦好像也都是公的。我对班长说，什么时候带我们看看女兵去。看看女兵长得是否漂亮。班长说好好训练，过几天带你们去顺义看。

第一次射击比赛每人五发子弹，每发子弹打到靶心就是十环，中心向外依次是九环、八环、七环、六环、五环……我打了九环，打二十五环才能及格。我感觉瞄得很准，可子弹到了靶上就不听使唤乱跑。回到宿舍班长很生气，几个打靶不及格的站成一排挨训。班长一拳向我胸前打来，我被这“打虎拳”一拳打倒在身后离我三米的底铺。第一次被打，班长出拳速度如此快，如闪电，力度如此重，如大锤。可惜我没有练过金钟罩铁布衫，趴在床上站不起来，呼吸困难胸口疼，我觉得受到极大的内伤，恢复元气需要时日。受到如此大的打击，我流下了伤心的眼泪。班长觉得出手重了，扶我起来，问我没事吧？我没说话。我说前面两次是练习比赛，最后全连的正式比赛还没到，我赌着气问他，如果我打好了怎么办？他说你打我一拳或一个耳光。我说一言既出，驷马难追！在最后一场正式比赛中我认真地瞄着靶子的中心，仿佛那就是张斌的眼睛，不打靶心誓不为人。我前三枪都是九环，已及格了，二十五环及格，还有两枪未打，我可以放松随便打。我身边的于再水一紧张把自己的子弹打到了我的靶子上，“天助我也！于助我也！看你张斌怎么办？”我打了四十八环全连第一。回到了宿舍，我问班长怎么办？班长说一为你申请嘉奖，二你可以打我一拳或一个耳光。我使用降龙十八掌“亢龙有悔”好呢？还是“飞龙在天”好？最后我使用“突如其来”快如闪电打向了班长的脸。没想到，班长没有躲闪，被我打中，脸都被打肿了，在那一记响亮的耳光声中，我掉下悔恨的泪水，班长也哭了，我俩抱头痛哭。班长哭着说，只有给你压力打一次，你才离军官的道路近一步。

晚上班长教我唱《军中绿花》：

寒风飘飘落叶
军队是一朵绿花
亲爱的战友你不要想家
不要想妈妈
声声我日夜呼唤
多少句心里话
不要离别时两眼泪花
军营是咱温暖的家
妈妈你不要牵挂
孩儿我已经长大
站岗值勤是保卫国家

风吹雨打都不怕
衷心地祝福妈妈
愿妈妈健康长寿
待到庆功时再回家
再来看望好妈妈
待到庆功时再回家
再来看望好妈妈
故乡有位好姑娘
我时常梦见她
军中的男儿也有情啊
也愿伴你走天涯
只因为肩负重任
只好把爱先放下
白云飘飘带去我的爱
军中绿花送给她

再见新兵连

刚跑五公里时，跑一会儿肚子就疼得岔气。每天下午跑五公里，慢慢地就能跑下来了，但是时间长，还得要速度。两个月后就能按规定时间内跑完。一次班长问我们想看女兵吗？我们异口同声地回答：想！不仅想是太想了，女孩子穿上军装又经过训练后那肯定是飒爽英姿，朝气焕发！我们想象着女兵的形象开始跟着班长去看女兵，跑了五公里不见营区，问班长还有多远？班长说继续跑，不远了，又跑了好长一段路还是没有看见营区。班长还是说不太远了。又跑了许久终于见到营区了，已日落西山夜幕低垂，在大门口也没看见女兵。班长说今天来晚了，改天咱们早点来。我们这才发觉被班长忽悠了。来的时候如金豹追麋鹿，回去时如泄了气的皮球，没了精神。回去最少也有七八公里，人没有目标就没有追求。后来班长再问想看女兵吗？我们异口同声地回答：今天太晚了！

后来一位战友在训练中把腿摔断了，去三〇一医院治疗。此后，我们训练时就更注意安全了。单双杠是一点点儿练出来的，晚上体能训练坚持练下来单双杠就没问题。部队中常说看你那熊样，熊确实是笨重，而我一直是瘦的猴样，还想有点儿熊样。

新兵最高兴的是收到朋友和家人的来信，可以消除训练的疲劳。黄衫少女的来信无疑给我在新兵的训练中增添了缤纷的色彩和无形的鼓励。晚上睡在被窝里读信很快乐，第二天清晨，被子上清晰的“地图”已绘制如山川河流森林草原样样生动而活现。

当我看到军营中的第二场雪时，春节到了。纷纷扬扬的雪花漫天飞舞带来淡淡的梅花的清香带来了对子弟兵的祝福。第一次在军营里过年热闹非凡，打扫卫生贴对联，包饺子，写家书，全连官兵会餐。连里举办了春节联欢会。在刘德华《忘情水》的歌声中我们开始过年。

曾经年少爱追梦
一心只想往前飞
行遍千山和万水
一路走来不能回
蓦然回首情已远

身不由己在天边

……

在连里的联欢会上，我唱了《冬天里的一把火》，一把火熊熊燃烧在梦想天空，一把火照亮了未来的路，一把火点燃了思乡的情。每逢佳节倍思亲，尤其是第一次远离家人的新兵。我和集宁兵于再水（于大嘴）表演自编自导的相声《谁不说俺家乡好》，受到连里官兵热烈欢迎，并给了我俩热烈的掌声。三排在泪光中唱完了《说句心里话》："说句心里话，我也想家，家中的老妈妈，已是满头白发。"

春节过后一个月，新兵就下连队了，我们属于总政机关兵，代训完后就回到市里。新兵生活三个月很短暂，也很苦，但很难忘。新兵连是我军旅生涯的起步，绿色梦的开始，指引着我向前行。"千江有水千江月，万里无云万里天。"

回望三个月的新兵生活，一幕幕浮现在眼前，队列训练、跑五公里、四百米障碍、紧急集合、投弹训练、打靶归来、拉歌比赛，一幅幅难忘的画面映上脑幕，浮现眼前。宝剑锋从磨砺出，梅花香自苦寒来。

小草吐绿，燕子斜飞，军营里白杨报春，春天来了。军营变成了绿营，那片绿像飘浮在天空中的云，云洒下一犁春雨，滋润着万物复苏，我也在春天的气息中苏醒了。我看到了班长放在我床铺上的白信封，还有信封上流动的光，我听到远方野画眉清脆的叫声，叫声在春天里像滋润绵密的雨在大地上在春光中舒展开来。

新兵报到

新兵三个月训练结束了，带着期待已久的心情进了城，过去的岁月多么美好也只是曾经，人生的脚步永远向前走，像东流的江水不会停留在某一点上不动。只有在静静的深夜躺在床上时回望身后的深深浅浅的足迹或感叹或留恋，而我们已渐行渐远了。

我被分到了魏公村的总政白石桥干管处，不像别的战友被分到总政机关，或有名的单位如总政歌舞团或军事博物馆等单位。新兵也是互相比，如分到总政农场或看守所就觉得好像更低人一等。我当初也不知道这是个什么样的单位。后来才知道，地处繁华地段的白石桥干管处原来是赫赫有名的基建工程司令部，一九八五年大裁军后归总政管。但当进了宿舍心凉了一半，一栋破楼里一大间破宿舍，门外暗黑，只能靠电灯照亮，宿舍斜对的厕所臭气烘烘，从里溢出来的恶心东西目不忍睹。

刚来的前几个月，一个姓毛的江苏兵每天带着我们给干管处机关搬家，沉重的文件柜里塞得满满的文件要从楼上搬到楼下，那时也没有电梯，就靠几个战士的双手搬。搬完了家，开始分岗位，我和安震、白争平等站岗执勤，刘文军、白云生在处里当公务员，黑子、二利分到修理班，巴图是通信员，分报纸收发信件，还有两个分到食堂，珊丹和小魏两个女兵分到了电话站。

从此以后开始真正的当兵生活，每天早上醒来后跑操，上午就各干各的。处里的伙食不错，每个月发饭票去买，总吃好的贵的饭票就不够，同批兵的老乡在食堂打饭，我们可以花两块钱买到五块钱的菜。那时只要见到胖点的人就请教如何能吃胖，我为自己的瘦而担忧，想胖而讨教。慢慢地我们几个同批兵混熟了，周三晚上七点半到九点半是看电影时间。我和刘文军、白云生、黑子四个人跑到魏公村小饭馆点菜喝点儿小酒，有时刘文军把卖报纸的钱给我们买炸鸡腿吃。第一年兵的小日子过得不错，悠悠哉！带我们的参谋是比我们早一年分来的干部卓鹏勃，我们私下偷偷叫他卓别林，正式场合叫他卓参。机关的干部个个都是当兵出身，在机关多年，看似和你不分大小和善相待，可他们都在观察每个战士。我们属于行管科管理，兵员、车辆、通信、行政后勤等事都由行管科管理，而处里则指导着七个干休所为老干部服务的工作。

到了秋天有老战士考上军校的，有从军校分回来的学员，我就私下里问别人考军校考什么？如何考？需要什么条件？他们说和地方考大学一样考的是理科，只要高中毕业表现不错的战士都可以报名参加全军统一考试。听后我就愣在那不动了，因为我学的是文科，那我还得重新学物理和化学？物理早已交给了师金老师，只记得一个关于牛顿定律的故事，化学已不知学过什么了，只记得摩尔两个字。我的路不是平坦的道路，前面山穷水尽。

我喜欢读书，不管任何环境，读书让我有一种心静的感觉，越是乱、心情理不顺的环境越是想读书。一九九五年那一年我读了《秋雨散文》《柏杨文集选》《廊桥遗梦》《张爱玲小说集》……

当兵走的时候赵慧勇就说好好干，明年夏天去部队看你去，没个正形的赵四说的话，我以为他随口说的，夏天当白颐路两边的树苍绿葳蕤时，对面民族大学的校园里女学生穿短裙时，白石桥的院里发西瓜时，走路摇摇晃晃、不紧不慢的赵四来看我了，没想到第一个来看我的是没谱的赵四，一见面他就说："爷给你买的世界名著读了吗？什么时候能当个军官给爷看看？"这个家伙就是让人又感动又好笑的人。那天我陪赵四去天安门、故宫玩了一天。这也是我第一次去故宫，却沾了赵四的光。

站岗

白石桥干管处战士虽然住宿在多年失修的老楼里，也比任我行被关在西湖底的梅庄地牢里强（《笑傲江湖》）。但是白干处的待遇是最好的，当兵时每月就发津贴。任我行在被东方不败关起来后研究吸星大法，我也不能总站在岗房里用大眼睛瞭着路边军艺的女学员。我也得想想自己干点正事儿。我让老家的同学帮我找了高中的物理书和化学书，我得研究一下牛顿和摩尔，这比研究女兵更有长久而伟大的意义。

而此时分到总政农场的老乡贾海龙正在夏日的阳光下青草的芬芳中每天让二十头猪在农场的大道上走正步，其中一头猪不听口令，让他的飞毛腿一脚踹飞，猪在天空看了一会儿飞过头顶的彩云，想着哪只猪一生不犯错，随后坠地身亡。多年以后海龙说起此事觉得当时下脚确实有点重，因为他心里有着怨气，为什么他这么优秀的战士被分到农场养猪而没有去机关为首长服务，心中压抑的情绪就在踢猪的刹那爆发了，后来慢慢想通了。

而分到看守所的老乡张俊伟，觉得在里面待久了自己和犯人一样了，在同样的院子看同一片天空。孤单寂寞的心情笼罩着他十八岁的心，只有男人没有女人的世界，所以他日后看见女的总是眯着眼，就是那时养成的习惯。

我站岗时夜里打瞌睡总怕帽子被偷走，因为在新兵连门口站岗时，半夜趴在桌子上睡着了。换岗时头上的军帽和手里的枪都被班长查岗时拿走了。我以为半夜有鬼，吓得我冒冷汗。从此落下心病，半夜就怕帽子不翼而飞。一次帽子真的不见了，吓得我跑出岗楼四周查看“敌情”，原来是打瞌睡时帽子掉到地上。

掉下帽子不算最可怕的，新兵连投手榴弹时最可怕，小手指一拉铁环两秒半就爆炸，有个新兵投弹时一拉铁环手一抖手榴弹掉下了，连长迅速地用他的身体把我压在身旁早挖好的沙坑里，否则牺牲了，牺牲在自己人失误的爆炸里而不是敌人的攻击中。所以看到手榴弹时总想它会不会自己爆炸。

有的老乡被分到总政机关当公务员，一下子感觉自己就变成了首长，经常狐假虎威。后来总政机关里的老乡兵中就没一个考上军校的，因为他们早忘了自己姓啥了。有时回忆起当年的机会时这些人后悔不已，如果好好珍惜时光和机会，会有天壤之别。

而我没有让猪走队列，也没有在看守所里看犯人，更没有在总政首长身边服务，我继续在岗楼里站岗，继续希望有军艺的女兵从岗前走过。我摆正自己的位置，不羡慕别人，不轻视自己。刘心武说过：“不要指望麻雀会飞得很高，高出的天空，那是鹰的领地。麻雀如果摆正了自己的位置，它照样会过得很幸福。”

贵人相助

“想起一起吃炸鸡腿，食堂打一盆米饭，再来袋榨菜的感觉，就像发生在昨天一样。”刘文军多年以后回忆起当新兵的时候如是说。而周三或周一晚上，趁看电影的机会，我们一起偷偷喝酒的时候又是如此的单纯而快乐。我当年爱吃的东坡肘子和水煮肉，还有软炸里脊，都必不可少。

黄衫少女来信说她今年变得越来越脆弱，又多愁善感起来，还在复读中，每年总是与报考的大学擦肩而过。我们都在互相鼓励，又为自己的明天加油。

突然一天，岳军厚出差路过北京来看我，给我带了我喜欢吃的老家烂腌菜，我俩喝着小酒畅谈着人生，回忆着过往。秋天的时候，徐利平去沈阳上大学路过北京也来部队看我。有同学来看我，有同学写信，日子过得很快乐而不寂寞。那时候我和许改鲜通信最多，她细腻清秀的文笔总能把我带回到每个季节每种心情的优美意境。像春天杏花微雨的芬芳，像夏季山林里小溪流水的潺潺声，像秋夜里一轮秋月无边的意韵，像冬天雪映月光的洁白飘逸。她的信是所有同学中写得最好的，字也是女同学中写得最漂亮的，我最喜欢读她的信。可惜她写的信保存多年以后在一次搬家中丢失了。

一年的新兵生活很快就结束了，下一批的山东兵已入伍在新兵连训练。年底了写总结，许多战士都不会写，多数人的年终总结出自我手。不就是思想方法、工作方面、学习方面总结经验，指出不足，再谈谈下一年的打算吗。第一年通过投票评选，我获得优秀士兵，奖励一个保温杯。部队把嘉奖的喜报寄到当地武装部，希望武装部干部亲自送到我家，在春节来临前，给家人一个惊喜。可喜报被扔到乡里几个月后村里人看到才帮拿回家。

我评上优秀士兵，“卓别林”把我叫到办公室和我交谈。大致意思选上优秀士兵不是你干得最好，是因为你的选票最多。我终于明白他的意思，是他照顾我，因为我不是他心目中的得意士兵。这也无所谓，选上选不上不是我最在意的。在意的是我下一步干什么。他说，科里讨论决定让我去学开车，学回来为处里开车。这是每个战士期盼的最好结果，但我不愿意，这让这位已是两年的军官大吃一惊，完全出乎他的意料。“为什么?”他觉得我的话让他不理解。我说我想留下当班长带兵，我需要更多的时间复习功课参加军校的考试。他说他决定不了，要由科长决定。我就写了一封信把想法说清楚让刘文军放在科长的办公桌上。

孙善平科长看到了信把我叫到办公室，他说我写的信他看了，也明白了我的想法。孙科长说：“你字写得不错，文笔很好，看不出来，说明我还不了解你。但你给我写信说明信任我，我说说我的看法。你的文化程度在战士中比其他几个高，认识水平也相对高一些。我建议你去学汽修，一是在汽修中抽空学习文化课，为你参加军校考试做准备。二是军校不是你想考就能考上的，即使考上了也不一定能走。万一考不上军校你为你的后路想没有?你得学一技之长，为以后留志愿兵或回家后有一门技术或手艺去养家糊口。”科长就是科长，我被他说服了。我和刘文军被送往长春装甲兵技术学校学习八个月的汽修。

孙善平科长是我入伍后第一位恩师也是恩人，永远铭记在我心中。他设身处地为战士考虑，为我以后发展指明了方向。他严格要求战士为人正派，对自我要求严格，工作敬业的精神，永远值得我学习。每天早晨战士没起床他就到宿舍检查，每到节日必定和战士一起过。说我命好，我说我遇到的第一个贵人就是孙科长，他是我的长辈也是我的朋友，他是我的领导也是我敬重的人，他是我的指路人也是值得我永远铭记和感恩的人。

初到长春

三月的北京玉兰花绽放出雪玉般的笑靥，我和刘文军乘上去往长春的火车。这是一九九六年的春天，北京春意盎然，长春却冰天雪地。我们做好了吃苦的准备，上届的江苏兵朱亚强已从长春学完汽修回来，从他那里得知我们去的地方是相当艰苦的，有许多去学习的人坚持不下来半途跑回去。那时我和他不熟悉，就听人说朱亚强是那批江苏兵里最聪明的，个子不高，笑嘻嘻的娃娃脸上有一双转动很快机灵的眼睛。就连那个聪明的四川小个子老兵都说朱亚强聪明，行管科的副科长去了一趟长春回来也说朱亚强聪明，到底有多聪明，我去长春前没接触过他。但看到他的行为举止不像其他江苏兵那样流里流气令人讨厌。总之他说去长春就是一个坚持的问题，坚持八个月就是胜利。后来我们成了好朋友，他是个人品极好的人。

我和刘文军从坐上这趟开往长春的火车开始就约定互相帮助、互相鼓励，一定要坚持下去，不就是八个月吗？从坐上这趟火车起我俩就成了同吃苦共患难的战友兄弟，一起同过窗，一起扛过枪。小刘来自包头普通的职工家庭，人善良而聪明。

一下火车就明显地感觉长春气温比北京低多了，大卡车把我俩和其他军区来的战士一起拉到了市郊的长春装甲兵技术学校。一所过去日本人留下的士官学校。后来才知这里是全军最大的校园，只有学校行政办公楼一栋楼，其余都是日本侵略东北三省时留下的旧式砖瓦房。花园中能看到日本人的墓碑灵位，在雪压的树丛中发着幽暗的蓝光，仿佛看到日本鬼子凶恶的狼眼。

破旧的平房里没有暖气，墙上的泥土随时有可能掉落下来。我们十六个人住在一间大房间，大白天穿着军大衣在屋里跳，太冷了，零下十六摄氏度呢！夜晚听着窗外呼呼的风声仿佛有小日本的吊死鬼来到窗前发出凄厉的叫声，厕所离住的房间远，半夜不敢去撒尿，憋到天亮。一只野猫从黑乎乎的厕所的顶梁突然跳下来尖叫几声，有一个学员半夜去了吓得尿裤子了。伙食不好，四个菜，包括一个酱豆腐一个榨菜，八个战士吃，一个馒头没下肚菜就没了。

再看看教官，东北爷们儿说话之粗鲁，行为之火暴，脾气之急躁，长相之阴沉（单指学校里的教官不代表所有东北人）。教官一来就像把大家推到冰窖。这才想起朱亚强说的要坚持，坚持的含义很深刻啊！总政只来三个人，三百名战士选了三个人来，这是百里挑一呀！

生活就不可能让你平平坦坦舒舒服服地过下去，否则就不能知道一个人面对困难和逆境的态度和坚持精神，从困难中走出来的人或考验过的兵，领导才能重用你，所以那时特别地佩服朱亚强能坚持下来。后面还有更大的困难等着我们，这只是一个开始。

我站在宿舍的门口仰望天空，孤寂的心情和心中的无望刹那产生，人活着真没意思，总是遇到重重困难，让我无力的双臂承担。寒风在无际的天空和偌大的校园里呼号，雪花从深邃黑暗的天际飘下，藏在心中美好的梦想被撞击得粉碎。无聊的我就去往一个允许我去，也只能去的地方的小路上，前面那个透着幽暗灯光的小屋，我要去买包红色盒子上印着有“长春”二字的两块五毛钱的香烟。

睡不着

我们这批学员从全军来的有五十多人，我们宿舍十六人，个个如狼似虎，来自野战部队和基层连队的战士军体素质强，带过兵当过班长。有四个来自陆航局，马宏图和唐得胜当过班长，文化程度较高，还有一个小小年纪就结婚的同是陆航警卫连的班长、有着保定口音的马来顺，动不动就劈个叉，两腿一条线平铺在地，显摆显摆他的军体素质。另外一个是陆航炊事班班长，都能熟练背诵陆游与唐婉的《钗头凤》等宋词，都是人才。还有总参二部大个儿赵玉军，晚上说梦话时完整唱一首歌，同时来自二部的小个子说肚子疼为兜子疼的湖北黄陂人的×××（忘了叫什么名字了），还有三个来自中央警卫局，现在回想起来真的很有意思。

晚上睡在冰冷的床上想着这么冷的床比杨过练习玉女心经的寒床都冰冷，我没有练习是因为怕走火入魔。我又想起六月阳光灿烂的下午贾海龙在青草的芬芳中在农场的大道上赶着二十头硕大的白条肥猪走着正步。

这个晚上我睡不着，想着林冲火烧草料场的故事情节，我想我比林冲强，最起码不是犯人。

正在我想得入神的时候，歌声打断了我的思路。一床的大个儿赵玉军正投入地在梦中唱着《纤夫的爱》。

歌声中没有了山东口音，该男的唱就用男声，该女的唱就用女声，很了不起啊！是个唱歌的天才。我想着睡意袭来，一夜无话。

我的徒弟

“唯有经历苦难的磨炼，那赐予内心深处的能量，继而爆发出来的潜质，慢慢地被生活修饰成为一种才华沉淀在心底。由内而外所散发出来的气质和自信，才足以与你美丽的外表相匹配。”谁说的忘记了。“能控制早晨的人，方可控制人生。”南怀瑾先生说的。一个人如果连早起都做不到，你还指望他这一天能做些什么呢？

清晨天未亮起床哨就吹响了，山东大个儿赵玉军还在被窝里瞅着区队长起床没有，没有的话还要小眯几分钟。“赵玉军你瞅什么瞅？”东北的老志愿兵区队长大声喊道。大家都迅速地把衣服穿好出去集合跑操，新的一天就这样开始了。

上午上几节汽修的基础课是讲关于汽车的构造。课间休息时马来顺嘟囔着，板着黑瘦的驴脸，还不时地用右手把几根很短的头发向后拢。随后从裤兜里拿出一包红河烟抽出一根用两手指转动，用卷着长舌头的嘴把烟叼着，潇洒地用火机点着。这个看上去让人生畏的陆航警卫连的马班长日后竟成了我的“徒弟”。说来话长，据他自己说，他当兵前是公安局刑警支队的警员，当兵前就结婚了，他那时已谙熟男女之间所有的隐秘。他十八岁结婚当兵是因为有一个副县长爸爸。他给他媳妇写信让我看到了，我俩床铺挨着，信纸就在床铺上，歪歪扭扭几个粗大的字：

××：

你可好？我好，寄钱来！

马

1996年4月23日

这信够简单的，后来才知道最让他头疼的就是写信。他说他初中毕业。我觉得他夸张了。后来再看不见他给媳妇写信，却给笔友写信了。从收音机里听到什么什么“心心传情交友”广播电台。这让来自中央警卫局的胖乎乎笑呵呵的大嘴小王私下笑话了很久：“就马来顺那字，哈哈，放个沾上墨水的粪巴牛爬出的足迹也比他写得好！”马来顺就讲过这样一个笑话：古代一个秀才去赶考，路上下起了雨，雨后泥土卷卷了，农夫告诉他这叫日晒稀泥卷，他又看到树下的一头毛驴拉断缰绳跑了，农夫告诉他这叫力大缰绳断。秀才考试时就把沾了墨水的粪巴牛放在卷子上爬行。考官看到试卷后问秀才你这是什么卷子？秀才说日晒稀泥卷。考官问他的文章分几段？秀才说力大缰绳断。我就真想叫马来顺为马秀才。但似乎有点嘲弄讽刺的意味，就没叫，怕影响战友间的团结和友情。马来顺写给笔友的信一个星期也没写成两行。他跑到水房与正在洗裤衩的我说帮他写封信。我答应了他，他开始给我洗裤衩洗衣服，我帮他给笔友写信。用词不能复杂，否则马来顺认不得，你还得告诉怎么读是什么意思。从此以后笔友与他不断写信，他乐得屁颠颠的，和同宿舍的说我是他师傅他是我徒弟，马来顺挥挥握紧的拳头说，谁对我不尊，他的拳头不认人。当收到笔友的信兴奋时还给我买一袋方便面、两根火腿肠“孝敬”我。

校园轶事

每天晚上七点到七点半所有学员搬小板凳准时到队部会议室看《新闻联播》，军人要关心国家大事。看完《新闻联播》要回宿舍，来自我们总政西直门老干部服务处的张国胜开始偷偷吸起了烟，一双小眼乱转，生怕有队长和教导员进来，吸一口就把烟倒握在手里，手缩进了宽松的军衣袖筒里。突然区队长进来，烟吸入嘴里不敢吐出来，把一张本来就黑的脸憋成了黑红的猪肝色。

嗓门大的陆航炊事班班长刘军亭用唐山话讲历史，讲得很细，就像刚刚发生在他们家的事。也讲他们原部队的事，马来顺所在的警卫连里的战士被他们炊事班战士打了，矮个连长吹哨集合，要求警卫连扫平炊事班。锅碗瓢盆被砸后不能做饭，警卫连长被团里处分了。这个骑自行车两手不握把去买烟的，还会单杠四练习双臂大回环的石家庄陆军学院毕业的高才生的连长说：一个处分背着，两个处分挑着。他可以受处分当八年连长不升，也不让自己的战士挨打受伤。多年以后马来顺引以为自豪的是他亲自带着兵砸了炊事班的大铁锅这件事。炊事班班长刘军亭却说：警卫连人多势众，突如其来，他们炊事班没有准备。我们让刘军亭和马来顺比比看。刘军亭马上撸袖子，马来顺却说，明天在外找一个地方单挑。刚刚点燃的火焰灭了，大家猜想两人到底谁厉害。他们这么一闹，刚开始看物理书的我忘记了牛顿的第一定律。

每次吃饭前排队站在食堂门口大声不停地唱歌，《学习雷锋好榜样》《团结就是力量》反复地唱。区队长站在前面指挥，把肚子里所有的东西都要消耗掉，把几千卡路里的热量化都要化为歌声化为对馒头的强烈而热情的渴望，如婴儿对母乳的渴望。

赶上周末，宿舍里开始炸锅了，几个摊打扑克玩拖拉机，我的复习计划就被打乱了，什么力学什么化学反应都不如看打扑克热闹。周六晚上我和刘文军去小卖部，让东北大姐帮忙煮碗方便面加一根火腿肠再来两个荷包蛋。那个香呀！把青春的梦想把军营绿色的梦都泡在了热气腾腾的方便面中下肚。

物理和化学自学起来很吃力，不懂了就问刘文军，他数理化基础扎实。那个美好的梦想就在不远的前方等着我，上午上课，下午干活挖树坑，苦力活儿一个接一个就来了，中午又不让上床休息或睡觉。

到了七月又有七一红歌比赛，学员队除了白天抽时间外，夜里也要练习唱歌，这下让一个人兴奋活跃，那就是山东大个儿赵玉军，他喜欢唱歌，喜欢在队列前指挥二重唱或四重唱。《唱支山歌给党听》和声不好唱尤其是四重唱。

晚饭几个馒头的热量化为卖力的歌声，这让我想到能量守恒定律，能量永远不可能消失，总是从一种能转化为另一种能。脸上有疤痕的严厉的教导员让每一个学员开口唱出最大声来。怕有人滥竽充数，谁要唱不好，他就开始骂了："整天就扯犊子嚯嚯谁呢。滚犊子去。"（现实中的人，并不是故意丑化我们尊敬的教导员。）"你个犊子从小缺钙，左脸欠抽，右脸欠踹。驴见驴踢，猪见猪踩。天生就是属黄瓜的，欠拍！后天属核桃的，欠捶！终生属破摩托的，欠踹！”东北这里的风气，就是男人必要“硬”！看你站没个站相，唱没个唱相，他就生气。我那时想这里的教官嫉妒来自北京总部大机关的兵，不把你整趴下，他心里难受。

八月和九月两个月的队列训练，要参加装甲兵技术学校的校庆会操表演，还练习少林拳和军体拳。少林拳比较刚硬，太阳底下一边练一边喊：“哈！哈哈！”衣服都被汗水湿透了。

长春校园里到处都是传奇，在万盏灯火的夜晚，我们站在大道上“哈哈！”，不想也罢，军装上写满了记忆的汗水。

伊通河

二十一年以后，当初和我们一起学习的张国胜读到此处时提醒我：“练习军体、少林两大拳没写，小卖铺里改善生活没写，河道里挖淤泥没写。”八个月的艰苦学习生活细节有很多，择其重点和能记忆起来的叙述一二。

好像是在六月的夏季里，长春驻军挖伊通河，伊通河淤泥和沉下的垃圾和废物太多，让伊通河成为远近驰名的臭水河，臭气熏天让周围的环境恶化，河面上不时漂过死鸡死猪死驴。我们汽修学员队和学校的其他一些学员队被派去挖淤泥清理伊通河，伊通河的一段控制了水流，两万多名长春地区的驻军浩浩荡荡乘着像绿蚂蚱的解放军用汽车开往伊通河，汽车在路面上颠簸着仿佛蚂蚱在蹦跳。战友们拿着铁锹和装淤泥的口袋，还有担子和箩筐。每个队高举着带有队名的红旗在车厢两头高高飘扬。远望一字排列的汽车队就宛如一条绿色长蛇在疾驰。坐在车上我们情绪激昂，如打胜仗归来庆功的战士。

战士们用铁锹铲混杂着臭味的黑淤泥，淤泥里有腐化的死鸡死猪死驴的尸骨，我们还真希望看到恐龙的尸骨，可惜最终没有发现。战友们背着装满黑淤泥的麻袋，一个个从河中央跑到河的两岸再倒下，打头的背插红旗高喊着冲啊，像攻占敌人的阵地。

我在岸边为汽车上的广播员写广播稿，大喇叭里不停地播放我为我们学员鼓劲和打气的稿件。也有几个写稿子的半天憋不出一个屁来，被队长赶下去背黑淤泥去了，那天我也不知道哪来的词不停地写，主要是我害怕背淤泥，我那时的小身板估计背不了两袋就被压趴下起不来了。在两万驻军面前队领导情绪激动，是个表现自己领导才干的好时机（那时年龄小就这样想的），还给我递水，点烟，让我休息一会儿，继续再写。战士们在炙热的太阳照射下苦干了整整一天。

当暮色降临，黑色笼罩在伊通河上时，战士们拖着疲惫不堪的身躯登上解放牌军用汽车。伊通河清淤疏浚河道整治活动用了一段时间。

不管是领导还是战士，为长春伊通河的畅通和清污作出了巨大贡献。后来伊通河河水清清地从长春城旁流过，流向远方，清澈的河水和青青的河边草四季轮回，但是河岸的老百姓记住了这段历史。

除了伊通河挖淤泥，我们还去长春的远郊为学校食堂拉土豆，在东北辽阔的黑土地上一筐一筐往大卡车上装土豆，凡是我们能干的活我们在这八个月中都干了。挖完土豆在市里第一次下饭馆，第一次吃东北的狗肉炖豆腐。长春让我记住吃苦是什么滋味，坚持是一种什么精神。

毕业

在长春学习的日子当时觉得挺苦不觉得好，日后回想起来才明白八个月的艰苦生活让我学习到很多东西，首先是吃苦和忍耐，另外抽空把高中三年的物理和化学课本自学完了。古人说："三人行，必有我师焉。"十六个人在一个宿舍，我从那些来自各地的战友身上学到很多知识，是书本上学不到也没有的。

经历的时候心里是那么的不情愿，不喜欢长春这个地方。下课的间隙躺在太阳晒热的沙土上仰望天空的云朵时，夜晚在校园里的小树林边站岗凝视闪亮的星星时，下午在操场上练习双杠时，我有时会想起从大脑中时而消失时而出现的黄衫少女，她像一轮明月时而明亮时而隐没在云层背后，有时你想忘记一件事时却更加深刻地记住了。这让我想起了马尔克斯《霍乱时期的爱情》中的一句话："随着星移斗换，两人从不同的途径得出了明智的结论，不可能换个方式共同生活下去，也不可能换个方式相爱，世界上没有比爱更艰难的事情了。"我想说的是这句话中最后一句。或许世界上得不到的东西最珍贵，得到了你觉得也不过如此。每个人都是想吃葡萄的狐狸，我只描述那段日子里的真实心境，那时还年轻，正因为年轻才能感受出不一样的生活。我不能站在今天的角度去看待和分析二十二年前的事情。

一九九六年的三月十八日，我回想着一九九五年三月十八日黄衫少女的来信和她寄来的照片，一种无端的痛楚从心间流过。一九九六年的六月二十五日，我回想着一九九五年六月二十五日黄衫少女的来信和我从她信中读到的感受，一种恍若隔世的感觉从大脑飘过。一九九六年十月二十日，我回想着一九九五年十月二十日黄衫少女的来信还有我幻化的爱情。一种朦胧的美感和希望褪去的失落从眼前掠过。我想起了张爱玲在《沉香屑·第一炉香》的开头写道："请您寻出家传的霉绿斑斓的铜香炉，点上一炉沉香屑。听我说一支战前香港的故事。您这一炉沉香屑点完了，我的故事也该完了。"关于黄衫少女的故事说不清道不明地在一九九六年去长春前已经结束了，续本中只能解释一下怎么结束的。年少时不懂爱情，总把友谊和喜欢就当作了一生一世的爱情，不成熟的心态必然是失败的结局。所以黄衫少女的形象树立得一点儿也不典型和清晰，结尾和开头一样：我早晨看着黄衫少女如风而来，晚上看见她如烟而逝。我没有真正地了解黄衫少女的内心就像她不了解我一样，只是诗意化了的林徽因。黄衫少女只是一个青春的幻化的身影，一个多巴胺受体分泌旺盛时的幻化的身影，青春荷尔蒙芬芳飘溢时的幻化的身影。

长春的八个月是我带着失恋的痛苦和在艰苦环境中无奈的奋战中度过的，渡过难关重重，内心深处的大树茂密丰盛，前方将是明媚的阳光洒满了前行的道路。

来时三月八日的长春寒风潇潇，北雪飘零，走时十一月八日的长春寒风凛冽，大雪纷飞。毕业时我获了一个嘉奖，刘文军获优秀学员，圆满完成了科领导交代的学习任务，我们背上背包踏上了回京的列车。在列车缓缓开动的刹那我想到了一首诗：

相信未来

食指

当蜘蛛网无情地查封了我的炉台
当灰烬的余烟叹息着贫困的悲哀
我依然固执地铺平失望的灰烬
用美丽的雪花写下：相信未来

当我的紫葡萄化为深秋的露水
当我的鲜花依偎在别人的情怀
我依然固执地用凝霜的枯藤
在凄凉的大地上写下：相信未来

我要用手指那涌向天边的排浪
我要用手掌托住太阳的大海
摇曳着曙光那支温暖漂亮的笔杆
用孩子的笔体写下：相信未来

我之所以坚定地相信未来
是我相信未来人们的眼睛
她有拨开历史风尘的睫毛
她有看透岁月篇章的瞳孔

不管人们对于我们腐烂的皮肉
那些迷途的惆怅、失败的苦痛
是寄予感动的热泪、深切的同情

还是给以轻蔑的微笑、辛辣的嘲讽

我坚信人们对于我们的脊骨
那无数次的探索、迷途、失败和成功
一定会给予热情、客观、公正的评定
是的，我焦急地等待着他们的评定

朋友，坚定地相信未来吧
相信不屈不挠的努力
相信战胜死亡的年轻
相信未来、热爱生命

奋斗

列车在黑暗中疾驰而过，在大雪纷飞中疾驰而过，我安静地回想着过去八个月的生活。食堂一手拿馒头一手抢菜吃，宿舍穿着军大衣冻得来回走，一次吃坏了肚子十六个人争先恐后地排队上厕所，马来顺一出操先喊屁股疼（说痔疮犯了），还有我练车撞上了驴车，赵玉军挨个儿要烟吸，小四川讲故事新兵训练十个人九个拐一个人还住了院……一切的一切都已过去了。

我们回到白石桥干管处后受到领导的高度赞扬，说我坚持下来不容易，但也受到了批评，说我们八个月不给科里写信汇报学习情况。我们不再回到公务班，我们成了汽修班新成员。班长是立过二等功的技术过硬的靳拥军，副班长是机修技术娴熟的四川老兵，还有聪明的江苏兵朱亚强，还有比我低一年的两个山东兵，一个喷漆，一个钣金。还有一个从开车转入修理的同批内蒙古兵白云生。汽修班八个人，每天早晨吃过早饭钻进车间各干各的活儿，我和刘文军、白云生在班长的带领下拆卸一辆日本丰田大面包车的发动机，七卸七装，我们站在车间的地沟手拿扳手拧螺丝，只能仰看触摸车的肚子，穿着一身的绿色工作服，脸上手上有着机油滴下的黑色的印迹。日子在卸与装中，在上沟与下沟中，在白与黑中一天天过去，白天修车，晚上复习高中理科的各门功课准备着参加第二年夏天的军校考试。

快过年了，我可以申请探亲。我和刘文军有半个月的探亲假，我们高兴地踏上北京站开往包头的 K264 次列车。在列车上，我们结识了回固阳探亲的漂亮的北京姑娘刘芳。善谈的开朗大方的气质吸引了我的眼球，一路畅谈一路风光。我喜欢听她标准悦耳的北京腔，仿佛欣赏一场美妙的音乐剧。

当我回到家时，才知道奶奶在我刚去长春不久就病逝了。奶奶苦难而美丽的灵魂在绿草茵茵野花芬芳的大地上已安息了。我跪在奶奶的坟前泪如雨下，回顾奶奶的一生平凡而伟大，仁慈而坎坷，曲折而离奇。我想着有一天我一定为奶奶写一部书。二十年后我开始动笔写《奶奶的灯光》，把奶奶的一生，我与奶奶的故事写进去。让奶奶在曼陀罗花飘香的世界里能看到她没有来得及了解和看到的关于我的生活。

我回了老家，我的同学大多数已考上大学或已干别的了，我在部队的日子忙碌而紧张过得很快，感觉像刚入伍谁知已经两年过去了。两年中我已成熟了许多，但未来的路还不清晰。父母压力很大，为我的前途而操心。探亲匆匆结束了，我返回部队继续白天修车晚上复习功课。我和好战友好兄弟白争平闲时聊聊天缓解一下压力，他为我加油鼓动。

刘芳寄来两封信想来部队看我，我怕影响不好也不敢答应。其实刘芳在中国妇联大厦上班离得也不太远，我和刘文军白天忙着修车，晚上骑着单车去总政黄寺大院上课，总政请来北京十三中的老师为考生辅导考试教材。日子过得充实而快乐，紧张而繁忙。为自己的前程而奋斗，以苦为乐，骑着单车飞奔在三环的辅路上，在春夏交替季节的傍晚的暮色中，在清凉晚风轻轻的吹拂中，在一辆轿车行驶的尾气中，在隐藏于树枝上的知了的叫声中，在军营中为了绿色的梦想而努力最后一搏，不再有的迷惘，不再有无端的伤感，不再有感情的困扰。我一心一意地为自己的目标而努力，为了梦想丰盛鲜活而奋斗。

胸中十万宿貔貅，
皂纛黄旗志未酬。
莫笑蓬窗白头客，
时来谈笑取幽州。

深夜我常默诵陆游的诗为自己打气。

考试

我站在地沟中修车时，听到停车的声响，就知道白争平出车回来了，他总是把声音弄得有点儿动静好显示他潇洒地快乐地从外面回来，看着我们浑身上下散发着机油混合着汽油的迷人气息的绿工作服说道："兄弟们辛苦了！""我不信你的车就不坏，坏了看你如何亲自点烟。"我心想。

白争平很能干又勤快，早上早早地起床打扫卫生，一边擦洗他那辆破伏尔加，一边哼着小调。一天不闲着。而另外一个同批兵从外面调到白石桥的四川人朱华却已读完了三本《倚天屠龙记》，他在养病，得了慢性肾炎，脸色发黄干瘦，说话语速极快，有时我听不懂他说什么，他也听不懂我说什么，内蒙古人与四川人对话仿佛两个不同国家各说各的语言。虽然很忙，我还是把三本《倚天屠龙记》读完了，我幻想着自己什么时候能意外地从老猴肚子里得到《九阳真经》，为此还真想去一趟动物园。我最羡慕张无忌这小子，有周芷若、赵敏、小昭、殷离这么多女孩喜欢他，可我过去喜欢的黄衫少女不喜欢我，她已经上了大学，或许正在和别人谈着恋爱。两年前她来信的内容我还清晰记得，她谈军训，谈专业，谈老师，谈宿友，谈跳舞，谈演讲，谈理想……还历历在目。现在在同样的地点却是不一样的心境。正如马尔克斯在《百年孤独》中说的："无论走到哪里，都应该记住，过去都是假的，回忆是一条没有尽头的路，一切以往的春天都不复存在，就连那最坚韧而又狂乱的爱情归根结底也不过是一种转瞬即逝的现实。"

我觉得我和张无忌有相似之处，性格软弱，他也可能确实优柔寡断，不具备大英雄之气概，但他有一颗善良仁爱的心。张无忌命好，咱只能读着书羡慕了。就是这个四川兵，虽然我们彼此听不清对方的说话，日后却成了好朋友。朱华是处里的打字员，打字速度很快，我在处里的演讲稿就是他打的，幸好给评委发了演讲稿，所以拿了一个最佳文体奖。

否则我洋洋洒洒地写下几千字别人也听不懂在讲什么。这个朱华退伍后竟然又能考上地方大学，确实不简单，这是后话了。

刘芳来看我了，我和刘文军、白云生一起请刘芳吃饭。白云生对刘芳一见“倾心”。姓白的总是对别人的女朋友一见“钟情”。在四年以后我带广州军医大学的朋友孙晓燕在北京参加白争平的生日聚会，又是姓白的，就是这前面提到的白争平，也是对孙晓燕一见“钟情”，真服了白家人。

在我参加完军校的考试后，我们三人又去一趟中国妇联找刘芳。我第一次喝多了，忘记了说过的话。两年以后我带着同学王志孟回北京见了刘芳，刘芳已结婚，我们去了她在大兴的家，她热情招待了我们，那晚我又喝多了。人生许多事情包括爱情也一样有时擦肩而过，没有在恰当时机遇到恰当的爱，不敢在没有站稳的地方接受一份爱。

那时宿舍楼里装了乒乓球案和台球案，想放松的时候就去打两把。那时我们汽修班比较团结，老兵新兵相处融洽，后来又来了一个保定的小伙子。那是记忆中当兵最幸福心情最好的一段时光，从一九九六年十一月九日到一九九七年八月二十一日。

紧张的军校考试结束了，继续在车间里修车，比起夏季中午休息时，一个人跑到大树底下看书拿一个装着白开水的大可乐瓶的时候轻松多了。考好考坏也就那样了，听天由命吧！朱华让我找管考试的夏秘书问问情况，朱华比我聪明得多。夏秘书在三〇四医院，因腰椎间盘突出住院了。我买了一些水果就去三〇四医院看望他，第一次正式地接触夏秘书，他笑呵呵的，人特好，他说：“白干处不能白干，要进步！”他说总政干部处的贾干事刚看完他。他问过我们的考试情况，考得不错，等通知吧！我突然发现窗外的天空是几年来最蓝的一次，蓝得像海水一样涌进了我心中。如果说我的命好，夏（济南）秘书是我遇到的第二位贵人，从此开始我们的交往。路遥知马力，日久见人心。一个人的高尚情操和优秀的品质在长久的交往中凸显出来，像夜空中的繁星熠熠生辉。

一个多星期后我踏上开往广州的列车。

梦实现了

北京西客站开往广州的列车那时需要二十九个小时，我没有买到有座的票，看来只能站到广州了。即使这样手提着一个大皮箱的我心里也是高兴的，这是一九九七年八月二十一日上午八点多。我是第一个去军校报到的，因为离广州最远，八月二十三日就开学。

火车上人挤人，我靠着一排硬座的边站着，火车驶出了北京奔向了河北，我想象着广州是个什么样的城市，号称羊城的广州难道像内蒙古一样遍地是牛羊？一个改革开放前沿的城市一定是繁花似锦。

第一次离开北京去长春学汽修，那时还没有形成对北京和老部队的留恋，第二次离开北京去广州上学，心中对北京和老部队已有了留恋，留恋的不是这个城市的美景和军营的绿色，而是这个城市中军营里朝夕相处的战友和领导。我离开了汽修班离开了一起钻地沟的战友。往日的时光和记忆涌上心头，班长带着汽修班的几个兄弟送我到西客站的场景，我向兄弟们敬了一个军礼，兄弟们再见了！班长让我去了广州安顿好早点儿来信或打一电话。此次的离别是欢送的离别，大家为我考上军校而由衷地祝福和高兴。

人生总是一波三折，起起伏伏，我想到了金色麦浪滚滚的磴口村的地头，我曾经对军营的向往和绿色梦的憧憬，想象的翅膀飞越沧海桑田。我在登上开往广州的列车的刹那，我恍然明白我的梦实现了！我绿色的军营绿色的梦，没有激动的眼泪，没有兴奋的情感。因为我站在列车上两腿发软发麻，当火车穿越了河南郑州以后我觉得我站不住了。

父亲在我去广州之前来北京大钟寺市场卖家里自己种的西瓜，得知我考上军校心情很好，西瓜卖多卖少，价高价低也不重要了。下地回家的母亲听到我考上军校的消息后把头上的帽子扔到炕上，长出了一口气，说："终于把愁帽子摘了。"在村里，人们眼中父亲和母亲总是自己种地干活儿没人帮助，别的人家儿子大了替父母干活儿，不用父母再起早贪黑地没明没夜地劳累。邻居们还不时拿父母开玩笑："就一个儿还让当兵，当兵有什么用，三年后还不是回家种地。"可以想象父母的压力和对我的企盼。

当我在火车上实在站不住的时候，我买了两份报纸，看完报纸的内容后就把报纸铺到别人硬座的铺下，我也顾不了那么多了钻进铺下躺在铺好的报纸上，我这回真成了美国小说家欧·亨利笔下的苏比。怀念过去美好岁月的情感又开始泛滥，想起了走时孙科长对我说的话："个人前途为重，本打算在长春学习了八个月回来后，培养到能独立修车，你将被分到白石桥第五干休所修车，这是组织培养你的目的。但既然你考上学，就去上学吧，不同的途径将来都是为部队作贡献。"这就是一位实实在在的领导对我说的话，单位没你照转，你如上不了军校却毁了个人的前途。贵人相助，永生难忘！孙科长又带我见过政委，向他告别。政委又让我给他的同学、第一军医大学的雷杰政委带了书信，为我以后毕业能分一个好单位铺好一条路。卓参谋也和我进行了一场推心置腹的谈话，他让我以后常写信回来，他告诉我写信不仅是和领导建立良好关系，更是向组织汇报你的学习进步情况，毕业后可以由组织出面把你要回来。我走时也向夏秘书告了别，他依旧笑哈哈地说好好学习，常回来看看！我感谢领导的培养，感谢战友的帮助，感谢父母给予的鼓励和支持，也感谢绿色军营的熏陶和影响。当列车未到武汉长江大桥的时候我已进入了梦乡。在汉口火车站停车的声响把我从梦中惊醒，汉口站到了。

军校生活（上）

初到军校

列车过了湖北、穿越湖南就到达广东省境内，我吃了些东西，观赏着窗外的风景，南方的八月，云雾缭绕，山清水秀。与北方的景色迥然不同，八月的北方艳阳高照，树木苍翠，植被稀疏平常。进入湖南后就立马觉得空气湿润，湖南地处中国中部、长江中游，地理位置处于大陆性中亚热带季风湿润气候区，气候特点夏季多雨，窗外似乎刚下过一场雨，早晨较为凉爽。第一次坐火车走这么远，一切都感觉很新鲜，真想拿一本《湘行散记》踏遍湖南，看看沈从文的湘西。

当火车到了广州火车站时，已是中午一点多，我提着大皮箱走出火车站时已是满身大汗，广州的天气分外潮热，广州的火车站没有想象中的好，和当年的北京站差不多都是老站，显得很陈旧。在车站的大广场上停着几辆绿色的东风汽车，旁边有举着牌子的学员。牌子上歪歪扭扭地写着：第一军医大学新生接站处。我就上了绿色的东风汽车，这个绿色东风车在我新兵时从北京站把我拉到牛栏山炮团教导队，这个绿色的东风车在我去长春时把我拉到装甲兵技术学校，今天又将把我拉到广州同和的军医大学校园内。我每到一个新地方首先见到的就是这个熟悉的“绿蚂蚱”。绿色让我不觉得陌生。

绿卡车穿过广州市区来到了同和白云山下麒麟岗，到了由叶剑英元帅题笔的第一军医大学校园内，校园道路宽广，路边树木葱茏，芭蕉叶子绿幽幽闪亮着，南方医院的大楼矗立在路边，医院门前有假山和湖水，且有高大的木棉树掩映的草地。校园内绿树成荫，花团锦簇，如入园林。车从西门进入向东走了一段路程后就向右拐弯，然后向前又行驶了一小段路后停在一栋白楼前，大门上方写着医工楼。司机告诉我沿着医工楼后的一栋栋宿舍楼继续向南，倒数第二栋一楼从最西边进入就是医工二队。随后我按司机的指向进入一楼右手第一间办公室就是报到处，由江苏口音的队长和广东普通话的教导员安排前来报到的学员，由一个年轻的女参谋负责新学员的具体工作。

当天我们就分了宿舍，以宿舍为班，四个宿舍四个班，共四十余人，其中有三朵金花。四十余人组成一个区队，区队长是来自二炮（现在称“火箭军”）的小个子湖北人孔凡标。我被分到二班，班长是湖南人周拥军，班副是来自海军的江苏人吉达林。班里还有来自总后的湖南人刘新球，来自中央警卫局的武汉权，来自北空的山东人周晓东，来自重庆部队的山西人王志孟，来自兰州军区的甘肃人李成学，还有河南人李军和刘军，共十人。夜里区队长点了名，队长、教导员讲了话。讲了医工二队优良传统和历史，医工二队一九九三年建队至今已是第四届，每届学员来自全军各部队，专业为医学影像。回到宿舍班长、班副又讲了话，各自作了自我介绍。宿舍在二楼，上下铺，一人一个床头小柜、一张床。

班会后站在二楼的阳台上我望着广州没有星星的天空发呆，心里想红十字方队的生活就这样开始了？突然一个人手夹着一支烟走到我身边问我：你来自哪儿？叫什么名字？问话的正是今天新任命的区队长孔凡标。这个人身高也就一米六多，说话带着湖北口音。我们简单地聊了几句我转身回到宿舍。

回到宿舍看到刘新球端着脸盆正要去水房洗漱，“我队还有留学生？”我看到刘新球想到当时的美国总统克林顿，打卷的头发，细长的脸，络腮胡子，尖翘的下颌，美国男子迷人的微笑和智慧的目光。新的环境中新同学新交往，我不自觉地关注宿舍中每个人的一举一动，因为我要在这儿长久地学习和生活。

第一周就是打扫卫生，室内屋外，宿舍楼前的草都拔得一干二净。过了几天，发了军装，戴上了红肩章，最让我紧张的是还要复考，看是不是有水货进入。数理化又考了一次，真怕考不好被退回去。复考完后真有两个人不合格被退回原部队，让我的心紧张得咚咚乱跳，我这冒牌的理科生又一次闯过鬼门关。我同时发现了刘新球、吉达林等这些数理化高手们超强的功力，高中的这些题在他们手里做起来简单得像做小学数学题。考试不是一百分就九十多分。妈呀！我怎跑到这些“武林”高手中间来了，我是鸡立鹤群。我应该去南京政治学院新闻系学习，不应该来学医。过了两天又是军体复考，又是考跑五公里，又是考单双杠，不管怎样还是通过了。这不是过五关斩六将吗？一个星期后就发书了准备开课。军医大学开学典礼上，一批来自五湖四海的优秀青年男女聚集在一起。学校里新生们开了许多会听了许多报告，每天上下午总是集合跑步去礼堂。听报告前还要拉歌比赛，部队学员的特点就是嗓门高，拉歌时像海潮一样地把别的队压了下去。

厚厚的书发了一大堆，有高数，还有高等物理和医用化学等看着心里就发毛。我们宿舍的王志孟手里拿笔不停地画，两天就把高等物理翻看了一半，这不是吓人吗？又一个怪才。他嘴里还说这么简单两个星期就全学完了。

就在开学不久我听到一首歌：

你曾对我说相逢是首歌
眼睛是春天的海青春是绿色的河
你曾对我说相逢是首歌
眼睛是春天的海青春是绿色的河
相逢是首歌同行是你和我
心儿是年轻的太阳真诚也活泼
你曾对我说相逢是首歌
眼睛是春天的海青春是绿色的河
你曾对我说相逢是首歌
分别是明天的路思念是生命的火
心儿是永远的琴弦坚定也执着

秋月

军校的生活就是军事化管理，早晨吹哨集合跑操或出操。每周一三五跑操，由队领导带着三个区队在校园内跑一大圈，半个小时后回到宿舍整理内务、洗漱。每周二四在操场进行半个小时的队列训练。半个小时整理完内务和洗漱完就去食堂吃早饭，广州早餐不同于北京的早餐，没有豆浆、油条，更没有内蒙古的烧卖和臊子面，而是炒河粉和糯米鸡，吃完油油的炒河粉后上课就缺氧打瞌睡，脑子的氧都跑到肚子里帮助消化河粉去了。包子也是豆沙包，粥是绿豆粥。吃完早餐回到宿舍检查各自的内务是否符合规定，被子要叠成豆腐块，床下只放三双鞋子，跑操穿运动鞋，上课穿皮鞋，回宿舍可以穿拖鞋。脸盆统一放好整齐划一，毛巾叠成统一的方块，刷牙杯内牙刷头向上和牙膏统一放好。连学员的裤衩都是统一的绿裤衩，穿不穿倒是没人检查，虽然要求学员着装要统一。

班副吉达林的眼睛最尖，虽然有点近视，站在宿舍环顾一下就发现谁的东西没放好，床下谁的鞋多一双。鹰眼的透亮豹眼的尖锐。班长周拥军不爱吱声，谁的没摆好他自己就动手重新整理一下。每天早晨王志孟跑操回来坐在床边的木凳上发呆，被子叠得软塌塌的，床单也不平整，被吉达林批评了几次。急了脸的山西长治人王志孟讲起了四川话：老子就是这个样，锤子！有的学员被子没叠好，在大队检查时被检查人员扔到楼下。所以吉达林也没办法，还得替王志孟重新叠被子。

早上八点半，队领导准时带着提着皮包的学员队伍去教室，教室每天都不固定，有和别的系合班上的，有分班上课的。上午上两大节课三个小时。中午吃午饭抢大排骨，排队在前才能买到带肉多的大腔骨。我不喜欢吃广味香肠之类带甜味的菜食。王志孟带一瓶醋要泡面饭，对山西人来说醋就是命，南方人喜欢带辣椒的菜。

吃饭后午休共两小时，中午大家躺在床上睡觉，李军抱一本英汉字典背单词，王志孟翻看中医药学的书，这书是自己买的，喜欢中医的王志孟在研究女贞子和黄芪的功效。下午上课有时做电工之类的实验课，两节课后放学写实验报告。我们不会写就抄吉达林的，这小子是江苏人，极其聪明。随后就开始打球的，爬白云山的，各干各的。广州天气闷热潮湿，每天跑水房冲好几遍凉水澡，并把湿透的衣服洗净晾在宿舍门前的铁杆上。

夜里七点半到九点半还有晚自习，七点半前没事坐在队部浏览一下当天的《羊城晚报》《广州日报》《参考消息》等，学习生活比较充实。夜里十点半统一熄灯睡觉，不得聊天喧哗，区队长孔凡标在熄灯后每个宿舍检查一遍。周拥军要求大家早睡早起，不要睡不着偷看对面楼上的护理队。后来发现他是我们医工二队第一个买红外望远镜的学员。笑眯眯的双眼外表忠厚老实的班长神人不可貌相，海水不可斗量。他是第一个从校卫生室偷出盖章的处方在黄纸上模仿大夫的字迹签字开药，并到南方医院取到药的学员。到后来寒假回来火车票报销时在火车票上更改价钱，二百六十元能神不知鬼不觉地更改为八百六十元。

刘新球把幽默的笑话写在信里寄给大连水产学院的女同学，收到信时躺在吉达林的上铺床上美滋滋地看着信独自享受。武汉权忙着帮队长闫新明出板报，有着绘画功底的闫队长字写得好，画画得更好，首次的全院板报大赛就轻松地拿下了第一名。

已是秋季的广州并没有秋季的凉爽，就在这校园的秋季我写下了来广州的第一篇文章：《此刻我心中的一轮秋》。

落花时节，又一轮温润的圆月映在南方璀璨的秋空。忽而感觉，时光宛如清晨的甘露来去匆匆。难怪曹孟德说："对酒当歌，人生几何，譬如朝露，去日苦多。"中秋的满月把缕缕的月光投在了石桌上。我和好友孟在凉亭中，在静静的月光下欣赏一份如水心境，宛如淙淙的泉水流向山涧的小溪。我们相对无言。桂影摇曳，清风如许。

孤独是一种享受，寂寞是一种美丽。我想：紧张、繁乱、快节奏的现代生活中，又有几人能保持一份悠闲，给自己留一份净土。现实生活中体味到的更多的是一种"闲愁"，一种"才下眉头，却上心头"的情结，谁又能从大自然中寻求一份悠闲的情趣呢？此刻的夜沉静得听不到一丝细声，只有桂花随香飘落，花香满径了。孟又说："超凡脱俗确是不易，但有点'道家'的思想也是不错的，我们不能做到朱敦儒的'飘萧我是孤飞燕，不共红尘结怨。'，辛弃疾的'神甚放，形则眠，鸿鹄一再高举，天地睹方圆'，但我们从中领悟一种意境、胸襟、气度也是很好的。"我说，睹物生情，谁会这深邃的人生哲理呢？丙辰中秋苏子一篇《水调歌头·明月几时有》咏尽世间的悲欢，今天我们的一份静处，又是怎样的一种情怀呢？是谁把月宫的桂子撒向人间，还是谁把人间的桂子搬到了月宫，让月宫、人间充满馥郁的芬芳。孟说："你是一个活在理想中的人。"

突然感觉心中的那份理想在这月夜化成一颗美丽的星在辽阔无比的天空飞掠而过，打破了一份静谧。不一会儿仿佛又成为一望无际的水面漂过的一叶飞帆远去。远处飘来的筝声是《梅花三弄》还是《平湖秋月》我已分辨不清了。一只不知名的鸟鸣了一声，剪破一片风景从眼前飞过。

我和孟说，记得在北方时，那轮明月是清冷透彻的。心中却是隔纱而望，多少带了点迷蒙的景象，而今南方的月是温润的，又有一层自然的薄雾。孟说："人的追求是永无止境的。"孟的一句话让我又感觉理想生了羽翅，憩于心灵的树头，轻灵而自由。突然一位朋友的话跃然眼前了："现代的年轻人总是带了点浮躁，不切实际。"我抬抬头，月色如水，月朗如镜了。真有一种"天阶月色凉如水，卧看牵牛织女星"的感觉，人们仰望天上的明月，总是向往天上的美好，而羡慕嫦娥能够住在月宫里，却不知月宫里的嫦娥也是时常思念着人间的一切呢。对于已拥有的东西，人们总是不满足，却老是爱向往那些未必是更美好的"幻影"，"共在人间说天上，不知天上忆人间"。

遥想当年王勃年少登上洪府滕王阁，一句"孤鹜与落霞齐飞，秋水共长天一色"而名扬千古，而他登上滕王阁又是怎样的心境呢？带着那"关山难越，谁悲失路之人？萍水相逢，尽是他乡之客"的悲凉抒发了"老当益壮，宁移白首之心？穷且益坚，不坠青云之志"的豪情。永和九年，王右军与友兰亭集会，感到人生苦短，重在今日，写下了《兰亭序》"虽舍万殊，静躁不同，当其欣于所遇，暂得于己，快然自足，曾不知老之将至。"范文正公登上岳阳楼抒发了他"不以物喜，不以己悲""先天下之忧而忧，后天下之乐而乐"的高尚情怀。

今天，我们坐在凉亭下，秋风清，秋月明，又有怎样的感想呢？友不答，我觉得席勒说得好："未来姗姗来迟，现在像箭一般飞逝，过去永远静立不动。"

此时月已当头，看着看着，月中轻盈的舞女定是嫦娥了，她似乎饮了吴刚的桂花美酒，临风飘举了。她低头与我对话了。“青春的花期在生命中只开一次，愿幸福的小雀在你鼻尖筑一个快乐的小巢，愿你在绿营为生命缔织一个美丽的花篮。”当我细看她时，却不知去向了，只有皎洁的月光似袅袅的青烟扑面而来。嫦娥啊，我祈盼：“我拥有时是清澈透明的，走过时是刻骨铭心的。”

此刻，我心中的一轮秋月盈满如水如同天上的那一轮。

获　奖

晨

孙晓燕

当晨曦张开了温柔的臂膀
悄悄地，悄悄地
抚摸沉睡的大地时
当露珠儿闪着晶莹的光晕
轻轻地，轻轻地
亲吻梦中的大地时
当喧嚣由小溪汇流成河
远远地，远远地
呼唤初醒的大地时
这里——一片绿色的营地
早已
淹没在嘹亮的军歌声中

——摘自第一军医大学的《军校生活报》

每天我们在嘹亮的军歌声中开始一天的军校生活，紧张而繁忙，快乐而充实。当手提着黑皮包走在队列中，太阳的晨光照在我们绿色的军装和军帽上还有红色的肩章上时，我们喊着响亮的口号走在校园的大道上。个个昂首挺胸精神抖擞地目视前方，在绿树成荫的校园里教室宽敞明亮等待着我们入座。每天老师辛勤地授课，学员们专注地倾听。

一天下午我们接到队里通知第二天下午全校军容风纪大检查，当天队里要自查，医工二队所有学员排好队，队领导去检查是否合格。一查许多学员的头发太长，必须要理成平头，当天晚上熄灯前必须把头发都理好。理发店排队人太多理不完，班长周拥军说他来理，也不知道他手艺如何，没办法试试吧。他自己不知从哪儿找了一个推子，开始给我们理，我坐在宿舍门口的木凳上听由他摆布，理完以后一照镜子还真像那么回事，手艺不错，又省钱又理得好，从此周拥军就成了我们的专用理发师。后来经过几年的理发实践，毕业以后他绝对是一个理平头的大师了，闭着眼睛就可以轻松地拿下，实践绝对是成功之母。第二天军容风纪大检查时全合格，但有几个高一届的学员剃了光头，反而弄巧成拙，影响了军人的风采和形象，剃光头的学员受到队里的严肃批评。

一天，教导员通知各学员，由《军校生活报》和学校心理咨询与研究中心联合开展“心理素质与成才”的征文活动，各区队要高度重视，积极组织投稿。征文评选活动历时三个月。我也没有深刻理解心理素质与成才的关系，我就写了一篇《从水手的信念谈起》，交到了队里，三个月征文评选活动结束后此文获三等奖。我被《军校生活报》聘为特约通讯员，并为医工二队增了光，全校的大会上雷政委亲自给我发了获奖证书。

从水手的信念谈起

张鹏飞

惊涛拍岸，浊浪滔天的海面上，一名年轻的水手在祖父、父亲被大海扼杀后毅然远航。是什么力量让他在死亡面前不低头呢？是信念。是对生活的信念让他成为水手，一名勇敢的水手。他说：“风雨中这点痛算什么，擦干泪不要怕，至少我们还有梦。”难怪清代大学者王国维在他的《人间词话》中曾这样说：“古今成大事者、大学问者，必经过三种之境界：‘昨夜西风凋碧树，独上高楼，望尽天涯路。’此第一境也。‘衣带渐宽终不悔，为伊消得人憔悴。’此第二境也。‘众里寻他千百度，蓦然回首，那人却在灯火阑珊处。’此第三境也。”王国维把人生的信念放在第一位，可见其重要性。这说明一个人的成功与他对生活的信念有着密切的关系。

人一旦树立了坚强的信念，对理想对目标的追求就会产生一种强大的动力，即主观能动性、创造性的增强。大家熟悉的《老人与海》，老人在自然面前永不屈服，他说：“打败的只有自己，没有什么战胜不了的。”历史上有位叫克拉克的运动员，十九次打破世界纪录，却没有一次是在重大的比赛中，心理学家称之为“克拉克现象”。

生活的信念来源于学习，来源于锻炼，来源于对生活的热爱，来源于对人生执着的追求。学习成功者怎样在艰苦的险境中坚定信念，咬定青山不放松，最后走出人生的险滩，成为生活的强者。谁都知道温室中长不出能经风雨的花朵，而那些小草却顽强地绿满大地。

有则故事讲得好，一个青年因为赚不到钱而终日郁郁寡欢，对生活失去了信心。一天，一位老人对他说："如果拿你的一根指头换一百元，你愿意吗?"青年人回答说："不愿意。"老人又问："如果拿你的一只手换一千元，你愿意吗?"青年人说："不愿意。"老人又问："拿你的青春换取白发苍苍，十万元你愿意吗?"青年人回答："不愿意。"老人又问："如果拿你的生命换取一百万元，你愿意吗?"青年人说："不愿意。"老人哈哈大笑，"你现在拥有了这么大一笔财富，你还悲伤什么?"青年人有所悟地哭了。我们是否从这则故事中吸取所悟呢?

诚然，生活不会总是风和日丽，一帆风顺，我们会遇到各种各样的矛盾，各种挫折和失败会使我们的成功之路布满荆棘，我们是充满自信地泰然处之，还是退避三舍，望而生畏，将直接决定我们最终能否成为强者。不经风雨想摘到鲜花的人，侥幸而投机的人，永远都不会得到幸运之神的垂青。

生活中没有永远沉落的太阳，生活中也没有永恒的彩虹。人生就像大海，有时平静，有时汹涌，如果你是一名勇敢的水手，你会知道怎样驾驭人生的航船，"乘风破浪会有时，直挂云帆济沧海"。

信念建立在对生活热爱的基础之上，热爱来源于对人生理想的追求。热爱生命，热爱自己，热爱别人，热爱你周围的世界，热爱你拥有的一切。朋友，当你内心永远充满希望，充满进取的信心，这个世界上又有什么不可以征服的?

信念是人生的一座灯塔，指引我们航行。人活着，往往是靠一种信念支撑。当你觉得万念俱灭时，便会不知所措，整日沉浸在尘世的喧嚣中不知自己身处何方，不知自己生存的意义之所在，而当信念的种子深埋在你心深处，你会觉得这足以使整日的阳光更加灿烂。

（写于一九九七年）

热爱写作的孔凡标开始走近我，和我聊文学聊写作，他告诉我，他当兵时是他们二炮基层部队的笔杆子，许多材料是由他执笔的。我说我只是一个小汽修工，我只会拆化油器或卸发动机，写作谈不上，只是热爱，就和热爱美女一样是我的本能。他的目的是让我把他写的文章推荐到《军校生活报》上发表，“司马昭之心”，谁都明白他的意思。不过我还是推荐了他的文章，也发表了。写得还是不错的，只是文与人之间不对称。文写得很雄伟，人长得很“羞涩”。

军校快乐的学习生活与优美的环境确实给我增加了灵感，我发表了自己的第一首诗。

星辰、步履、回首

花开花谢，逝者如斯，桃花映了春红，太匆匆。
春华秋实，昨夜星辰，你可听到梦中花开的声音？
青春是首歌，理想是座桥，
踏上桥回望来时的路，生命是条不朽的河。
走出荆棘，昂起头颅，眼前便是通向阳光的路，
有汉时的乐，唐时的风，
还有我们年轻时树下共同唱起的歌谣。

青春不是年华，是心境是进取。

未来不是梦幻，是晨曦是朝阳。

白桦林不是树木，是风景是季节。

人生不是围城，是攀登是远航。

我们也曾有过十里清陂间采莲女子走来的梦想。

我们也曾有过弓如满月射雕的豪情。

我们也曾有过驿外断桥边，寂寞开无主的失落。

我们也曾有过会当凌绝顶，一览众山小的领悟。

我们也想把诗情写进《绿叶》，

我们也想把星光扛在《红肩章》。

我们把理想塑立成冰雕，因你而晶莹剔透，因我而冰清玉洁，因我们相逢在绿营而汇流成一汪清溪。

今天，我们在奋进的脚步中驻足，昨夜星辰依然美丽。

（写于一九九七年）

在《军校生活报》上常看到一个叫赵露茜的学员写的文章，文章行云流水，气势磅礴，文采飞扬。我很想认识她，就让人问她是哪个队的，我的一个好朋友尹浩说他认识她并且是他的安徽老乡，尹浩把我的想法告诉了赵露茜，尹浩告诉我赵露茜也很想认识我。我小小的虚荣心得到极大的满足，一个周六赵露茜到队里来找我，我们一见面让我大吃一惊，赵露茜原来是个胖乎乎的个子高高的戴着眼镜的小伙子，他是九六临床本科队，住在我们对面的楼上。他笑眯眯地说早听飞哥大名，也想认识我，他吸烟，给我也点了一支烟，我们开始聊了起来，他很善谈，幽默，从此以后我们成了好朋友，他休息了就过来找我聊天。

那时我和王志孟走得很近，他号称“猛男”，因为他看书很快，刚发下的新课本不到一周就看完，还先后买过三个望远镜，一次望对楼时发现对楼也用望远镜望他，吓得阿孟手发抖腿发软。山西人朴实善良，我们常去小卖部用饭卡买啤酒喝，一起聊天一起外出。阿孟在我们中秋节联欢晚会上以一首《心太软》征服了台下的观众。而刘军喜欢一个人站在宿舍的阳台望着对面护理队的楼唱《对面的女孩看过来》。刘新球的歌唱得也不错，毛宁的《晚秋》《涛声依旧》是他的拿手歌，我们关系不错，他学习好又聪明，考试时总能关照我。

刘军很爱干净，衣服洗得干干净净，床铺铺得平平整整，被子叠得整整齐齐。同是河南的李军不爱多言，听到别人讲到可笑之处探头来看，小眼眯成一条缝，他年龄最小，喜欢学英语，厚厚的英汉大词典就是他的兄弟。我们周末就在宿舍打升级，李成学平时头上冒汗不怎样吱声，打升级时嗓门很大，兰州话讲得生动活泼。大个子周晓东喜欢吸烟，听到别人说笑时咧着大嘴，一说话带着山东煎饼味还带把子。孔凡标没事来二班要烟时就被他赶跑了。

带我们学员队的女参谋甘宇要结婚了，让我们几个男学员帮她搬家，晚饭也误了，甘参谋说晚上请我们喝晚茶。“这么重的苦力活，干得满身是汗，太小气了，不请吃大餐而是喝晚茶。”我们几个这样想，谁知去了饭店才知道喝晚茶就是吃大餐，广州人夜生活就是喜欢喝晚茶。

美好的时光总是过得很快，一幅幅的画面组成了丰富多彩的生活。精彩连连，听我慢慢道来！

秋

农历九月九日，是我国传统节日重阳节。在广州以及周边，民间不仅继承了中华优秀传统，如每到重阳佳节，众多游客相邀攀登白云山，热闹非凡，流传至今，经久不衰；而且广州民间还孕育了自己独特的重阳民间习俗，与北方重阳插茱萸驱灾辟邪的习俗不同，广州地区重阳节则有寻九菖蒲的风俗。

寻九菖蒲还有一段来历：郑仙即先秦方士郑安期，曾在广州白云山一带行医卖药，传说某年瘟疫流行，为了拯救民众，他在山上采仙草九菖蒲时失足坠崖，驾鹤成仙。另一传说是秦始皇早就命郑安期前往岭南寻找长生不老药，郑安期在白云山觅得九菖蒲时，不幸坠崖，乘仙鹤飞升。

其实九菖蒲不存在，现实中菖蒲多为三节。但出于对郑安期的感激和敬仰，人们在其飞升处建了“郑仙祠”，又以飞升之日为“郑仙诞”，在农历七月二十五日登山拜祭。

为了复兴“郑仙诞”，当时广州市政府巧妙决定，把郑仙诞与重阳节登高合二为一。从此，重阳节前一晚，很多广州市民就连夜上山露宿，希望能采到晚上开花且很香的九菖蒲，向郑仙祈福。

按照农历，重阳在民众生活中成为夏秋交接的时间界标。清明是春祭，重阳作为秋祭，重阳拜山也是岭南风俗之一。

在登白云山的时候，青年一代也利用这个机会放飞心情。很多街坊喜欢买个风车，转一转，起到转大运的作用，期待实现自己的美好愿望。

广州文化公园的“羊城菊会”与年宵花市、中秋灯会成为广州三大传统花事活动，每年都会有超过半个月的展出时间。羊城菊会历史上以大立菊、扎作菊闻名全国，其菊花栽培、扎作方法极具岭南特色，为我国独有。

重阳节正值国庆长假后，重阳节前夜有大量市民登高祈福，也有许多市民和华侨在白云山焚香烧纸祭拜祖先。因容易发生火灾，怕出现突发事故，队里接到学校通知重阳节期间学员不得登白云山。由于第一军医大学位于白云山山脚梅花园旁，从学校西门到白云山不到 10 分钟的跑步距离，战备期间随时随地等待灭火救人。我和阿孟在国庆节期间去了一趟广州的王府井大街。节后就接到通知，重阳节夜里还真的发生了火灾，别的队已去白云山救火，我们医工二队是第二梯队，等待前方队员下来后我们就冲上去，当然灭火救援也有危险，万一火没灭了自己却被烧死了，但是作为军人，任务在前怕死不是好汉。有惊无险，第一梯队下来后白云山的火已经灭了，也没出现人员伤亡。

白云山，位于广州市白云区，为南粤名山之一，自古就有“羊城第一秀”之称。明清的羊城八景中，白云山占其三：“蒲涧濂泉、景泰僧归、白云晚望”。登白云山是我们学员参与最多的一项活动，不仅锻炼了身体也欣赏了美景，当初登白云山是不用掏门票的。当然也有借登白云山之机男女学员谈恋爱的，都属于不公开状态。因为军校不允许男女学员谈恋爱，不允许并不能绝对禁止。恋爱可以轰轰烈烈也可以悄无声息，但有同样的效果和不同的美感。

我们队这些人一方面是刚来第一学期学习紧张；另一方面主要原因是没找到合适的目标，在观望和等待中像猎豹等待着羚羊的出现。其实羚羊无处不在，只是猎豹还有点拘谨。荷尔蒙分泌旺盛时期那些来自各部队的学员双眼充满了饥渴和想求偶的蓝色的火焰。这都是一个正常人正常时期最正常的表现。王志孟在和中医二队一起上课时看他的老乡郭研的眼神都不一样。自从郭研出现在阿孟的视野内时，绿色的军被上“版图”不断地扩大面积。以致女参谋检查内务时都不好意思仔细多瞧他的被子。只见队长无奈地说，年轻人火力旺盛啊！同样是男人的他也有过同样深刻的体验。

但阿孟还不承认喜欢郭研，我们宿舍的人逗他：阿孟，如果你不喜欢郭研，我们鹏飞开始追了！阿孟又急了红了脸，用山西长治话说：谁追郭研管老子屁事！大家哈哈大笑，有人说郭研除了皮肤稍黑外，大花眼、高个子，长得又不错，郭靖配黄蓉，阿孟配郭研。这下阿孟会心地笑了。

那时宿舍的每个人都有一个小的带收音机的播放器，晚上熄灯后可以戴上耳机听歌或听广播。一次听到广州广播电台里有我们学校的一个叫宁莉的学员写的散文和诗歌，写得特好。刘新球说是他的老乡，在护理队，想认识，又不好意思开口。那时流行张信哲的《爱如潮水》、张学友的《吻别》、刘德华的《笨小孩》、任贤齐的《心太软》等，夜里听听流行歌曲也是很快乐的事。一首歌总和一个年代相契合，听到一首歌，就想起那个时期和那个时期所发生的事和当时自己的心情。

广州的季节即使是到了晚秋也没有北方晚秋的萧条苍凉，依然鲜花盛开，所以广州也被称为花城，天气不凉，一件长袖足以，每天回到宿舍继续冲凉。

在这年我写下了一篇文章：

我读晚秋

悄悄的我走了
正如我悄悄的来
我挥一挥衣袖
不带走一片云彩

我不知道《再别康桥》是否写在晚秋，而我在读徐志摩这首诗时是在晚秋，那时我便深深地爱上了晚秋。这是几年前的事了，直至今日还是痴情不改。

一天，同学刘新球唱着毛宁的《晚秋》走进宿舍，我便被歌曲深深地打动而潸然泪下，这也是前几个月的事了。直至今日他还说我的恋秋情结不浅。

中学时读欧阳修的《秋声赋》，总也不明白他的情怀。今天，我才明白晚秋是书柜中伴我多年的一本小集的宋词；是小桥流水的一段脍炙人口的小令；是一片红叶羞涩的脸旁蕴藏的一份乡愁；是久别的两个朋友杯中微微泛起的酒晕，酒晕中倾出一则青丝化雪的美丽感人故事。

在那个不识愁滋味的年龄，读了席慕蓉的诗，终于和她一样“含着泪，我一读再读//却不得不承认//青春是一本太仓促的书”。把秋天的心写成一个“愁”字。后来当兵了，知道晚秋也有悲壮的美，读着毛泽东的词“江山如海，残阳如血”时汹涌澎湃起来。

当兵的日子一天一天流逝，过去走在颐和园的长廊时，看着昆明湖涟漪微微的湖水，顿时我才真正地理解了晚秋。晚秋是远处山冈一轮静静升起的明月，可爱而清新。

是年龄的增长吗？晚秋，我站在长城上，看清了山后面的风景。是我心灵的成熟吗？我明白了香山红叶后面的深沉。少年时代啊！总也弄不明白的问题，不能诠释的梦随着时光的流逝，突然一天在蓦然回首的刹那间明白：过去的一切恍如一张白纸，任你挥写。然而那个独上高楼，不知愁滋味的年龄啊，一去不返！生命是否正如这一泓湖水，最终由喧嚣走向平静，由平静走向自然。生命是否像此季节，只有凋零才能换取成熟，只有青春的消融才能迎来生命的通圆。

一位多情女子爱上她的心上人，便爱他的一切了。我爱上晚秋也爱上晚秋的一切了。秋月、秋风、秋雨、秋叶、秋空……，温润的秋月、如水的秋风、潇潇的秋雨、静美的秋叶、明朗的秋空……也尽管冬来时，窗外是晓风残月，树木萧萧。

郁达夫《故都的秋》写的是北方的秋。他对北方的秋是情有独钟的。倘若把北方的秋比作是豪迈直爽的汉子，那么，南方的秋就是一位亭亭而来、姗姗而去的仙子。北方的秋是空旷明静的，而南方的秋则柔和清丽。倘若北方的秋是甘烈的老白干儿，南方的秋则是一杯清滟滟的啤酒。北方的秋勇猛直入，南方的秋则犹抱琵琶半遮面。北方的秋独具风骚，南方的秋也自有风姿。我喜欢南方的秋，更喜欢南方的晚秋，她是红色晚霞中窗下梳妆的新娘，告别幼稚走向成熟。

在晚秋的校园中，当同学们唱着那首《红十字方队》的主题歌：“我曾对你说，相逢是首歌，分别是明天的路，思念是明天的灯；我曾对你说，相逢是首歌，眼睛是春天的海，青春是绿色的河。”我便知道晚秋中我应该珍惜什么了，而晚秋中可爱的你呢，我的朋友？

校园轶事（一）

这是写信的年代。军校的生活比较单调而枯燥，唯一通向外边的窗口，就是写文章给电台，能听到主持人在某个寂静的夜晚，用略带磁性的声音读到文艺女青年的文字，煞是美好。后来在护理队走过我们队门口时，刘新球指给我前面带头的五班班长就是宁莉。女文青原来还是班长，不爱红装爱武装。刘军知道得更多，那个长得漂亮威严的区队长叫郑新丽，副区队长叫杨威，早知道杨威和谭妹妹关系最好，那时就应该擒贼先擒王，射人先射马。第二列第三个叫赵晓朗，第一列最后一个叫赵岚，第四列第五个叫杨健，还有一个爱唱京剧的罗娜，爱唱现代京剧《沙家浜》……当唱完这句："想当初老子的队伍才开张，拢共才有十几个人、七八条枪。"场下已掌声如雷。

我和宁莉真正的交往是在两年以后了，我们都在南方医院实习时一起吃饭喝酒，宁莉喝多了是我背她回宿舍的，从南方医院学校的西大门到南大门好几里的路，第二天她还感激地请我吃雪糕，她说我实在够意思。但我没和她以及一起吃饭的刘新球、孔凡标、刘军等说过背她时她吐到我脖子上一直流到后背甚至到裤子，回去把里面的衬衣、外套洗了三遍仍有酒味和红烧排骨、麻辣鸭脖等各种菜混合的味道。这次宁莉喝醉好像与山西人斌——她心中的黑马王子有关，她写给斌的信是我帮转交的，斌一直未回信。不过我很佩服她主动出击的勇气和巾帼不让须眉的气概，这是后来发生的事，先粗略带过。背过宁莉以后谭妹妹看我的眼神发生了变化，醋海风波总能淹没一切。我和宁莉的兄妹之情是儿女私情不能企及的，多少年后，爱情没了，但是我们之间的兄妹之情依然星光闪耀。喝酒这么实在的女生是应该值得信赖和值得交往一辈子的人，酒品看人品。吐又没吐到我嘴里，即使吐到嘴里也咽下去，二话不说。

所以后来我写了一段《论友情》：生活中没有友情的人是孤单的。所谓朋友，不是物质上的互相帮忙，而是精神上的交流。有人说，生活中“雪中送炭”的朋友难寻，而“锦上添花”的朋友不少。其实朋友不在多而在精。人的一生中交往的人很多，真正能称得上朋友的，长久交往下去而无怨言的并不多，所以鲁迅说过一句“人生得一知己足矣”。朋友交往最重要的是交心，不仅学会欣赏朋友的优点，也要学会宽容他的缺点。如果你与朋友交往，没有从他身上学习到东西，可以说白处了。因此说朋友是互相学习的。我还写了一段《论爱情》：三毛说：“爱情有若佛家的禅——不可说，不可说，一说就错。”所以我不知是否谈爱情就会错误呢？但风流才子徐志摩可不管那么多，“我没有别的方法，我就有爱；没有别的天才，就是爱，没有别的能耐，只是爱，没有别的动力，只是爱，我将于茫茫人海中访问我唯一的灵魂伴侣，得之，我幸，不得，我命”。只有情痴才能说出这样的话，男人在恋爱中也喜欢这样的话。情缘到来的时候，男人是盲目的。

女孩子呢？偏爱奇缘，偏爱邂逅。所以她们喜欢张爱玲的“于千万人之中遇见你所遇见的人，于千万年之中，时间的无涯的荒野里，没有早一步，也没有晚一步，刚巧赶上了，那也没有别的话可说，唯有轻轻地一声：噢！原来你也在这里”。

爱情并非时刻都是甜蜜的，即使是苦涩的也有人愿意品尝。《天龙八部》中的段誉就是喜欢有了心上人的王语嫣，你有什么办法呢？可能精诚所至，金石为开吧？最终也有在“枯井底，污泥处”两情相悦、心意相通的时候。这八个字虽然简单，生活中最难寻找，不是不“相悦”，就是不“相通”。

爱情，不同的人有不同的理解。正如树上的叶子虽然相似却并不相同。钱锺书老人家这样认为：“城里的人想冲出去，城外的人想冲进来，爱情如此，事业如此，人生大抵莫过如此。”

纸上谈兵总觉浅，不如亲力亲为。但是那个她又在哪里呢？

后来就宁莉喝酒之事我还写了一篇《论酒》：古人煮酒论英雄，没有酒看来连英雄都论不成。酒可以壮胆是对的。两杯下去，血压升高，呼吸加快，瞳孔放大，看牛如兔子想一脚踩死。十八碗下去，景阳冈上一只老虎也死于拳下。

“仗剑江湖载酒行”，看来侠客也离不开酒。否则就没有办法在江湖上立足，杨过大侠也不例外，携小龙女之手，打算隐退江湖时竟然说：“今番良晤，豪性不浅，他日江湖重逢，再当杯酒言欢。”再次见面非得有酒吗？没酒就不见面了。

“人生得意须尽欢，莫使金樽空对月。”有酒才快乐，要不怎么“五花马，千金裘，呼儿将出换美酒，与尔同销万古愁”，同样有酒才能解忧。

喝醉了连家门也回不去了。“夜饮东坡醒复醉，归来仿佛三更。家童鼻息已雷鸣，敲门都不应，倚仗听江声。”喝多了进不家门，听澎湃的江声看潮起落也不错。

喝酒太多也不好，易出车祸，容易喝出肝硬化，医学上得到了证明，但是该喝的不喝也不对。

那时候很崇拜明星，虽然不是追星族。一天下午放学，回到队里听到有人说今晚队里统一要到广州天河体育馆观看明星足球赛。有的学员高兴地跳了起来，终于可以亲眼见到心中的偶像明星了。就在那个刚入冬的广州天河体育馆见到刘德华、谭咏麟、张学友等，坐在观众席的看台上远远望着足球场上明星足球运动员，这一望觉得他们也是人，有鼻子有眼有胳膊有腿的。我最喜欢听刘德华的歌看刘德华的电影，在两年后的一天听到谭妹妹说也喜欢他，我从此再也不喜欢刘德华了。

后来学校组织新学员去东莞市虎门镇参观了一九九七年香港回归前通车的虎门大桥。与威远炮台遥相呼应的虎门大桥飞架珠江口，是中国第一座大型悬索桥，其主航道跨径八百八十八米，居中国前列，当时被誉为“世界第一跨”。在大桥上北望南沙，南望深圳，珠江口的广阔秀丽一览无余。虎门大桥是广东十大地标之一，东起虎门威远，西接南沙，横跨珠江口，全长十五点七八公里，沟通广东东西两翼。“虎门大桥”四个字是江泽民主席所题。虎门大桥工程是连接珠江东、西两岸，广东省东、西翼的重要交通枢纽，是贯穿深圳、珠海、香港、澳门的咽喉，它的建成，可使东莞、深圳及粤东地区到珠海、中山、江门等粤西地区的交通无须绕道，行车里程可缩短一百二十多公里，对广东省的经济发展和珠江三角洲的腾飞有着十分重要的意义。

虎门这里又是鸦片战争的古战场。清道光年间，林则徐带领虎门军民筑起了百丈铁链横锁大江，凭借“进来不易，出去更难”的金锁铜关抵御来犯之敌。一八四一年春，英舰向岸上清军守兵发炮，守将关天培与将士同仇敌忾，奋力抵抗，寡不敌众，为国捐躯。而今，硝烟不再，天青海阔，波澜不惊，天堑变了通途，泛舟珠江，只见大桥飞架，横空出世如长虹卧波；信步桥头，则气象万千，云樯帆影，尽收眼底。

我们还参观了虎门销烟池遗址，虎门销烟池遗址位于虎门镇镇口村。一八〇〇年至一八三九年间，英国鸦片的大量输入，严重摧残了中国人民的身心健康，使中华民族蒙受了深重的灾难。

一八三九年六月三日，林则徐与文武大员在虎门镇口海滩上举行了震惊中外的虎门销烟，当众销毁鸦片两百三十七万六千二百五十四斤，在世界禁毒史上写下了光辉的篇章。林则徐指挥在海滩高处开挖的两个销烟池，长、宽各四十六点五米，池底平铺石板，四周置桩栏板，池前开一涵洞，池后通一水沟。把鸦片分批投入池内，采用盐卤水加石灰浸化办法使其分解销蚀，然后引水入池冲走。一八三九年，林则徐虎门销烟后，销烟池泥沙淤塞，现有销烟池为一九七三年经考古发掘复原。屈辱的鸦片战争离我们渐渐远去，历史没有被中华子孙淡忘，当年林则徐在江边的销烟池今天已成为虎门销烟纪念馆，更是我们意义深长的教育基地。“苟利国家生死以，岂因祸福趋避之。”林则徐的话至今在我耳边回荡。

参观完销烟池我才明白为什么学校组织我们新学员来虎

门，这是来校后最生动的一堂爱国主义教育课。

那时我们还进行手枪射击的训练和比赛，以前在部队练过长枪，枪托紧靠在右肩膀上，抵消射击时产生的后坐力。手枪需要单手或双手握枪，枪柄卡在虎口内，食指放松。射击时手抖动几厘米子弹到了靶上就移动了几米，所以远距离用手枪想打死一个人是不容易的。这次比赛我记住了一个高手，她是护理队的郑新丽，打出 48 环全校第一的好成绩，女神枪手的美名不胫而走，打枪时的潇洒英姿至今记忆犹新。被击倒的男生不比落地的弹壳少，其中我们的刘军和李军两大军就被击倒了，那是女神呀！手枪射击训练完后我们才和护理队的女学员有了交往。

我们队也有三朵金花，除一朵名花有主外，另外两朵我们抱着兔子不吃窝边草的原则友情交往。上一届也有三朵金花，这几朵金花平均两米高的个子，从八一体工大队特招入校的篮球运动员，只可仰望不可牵手，弄不好老鹰抓小鸡，把你扔出两米外。

感悟

有时候我在想，如果哪天毕业后走出校门，倘若有人问我，在大学里你最快乐的是什么？我会毫不犹豫地告诉他是《军校生活报》带给我的快乐。

一天，同学周拥军拿着一张小报突然跑到我面前说："恭喜你了，你的文章上报了，并且获奖了。"我怦然心动地抬起头，原来是学校政治部举办的"大学生素质征文大赛"时，我写的一篇《从水手的信念谈起》的文章获了奖并登上了《军校生活报》。从此我便认识了它，开始留意每一期，同时也产生了一种萌动，想在上面更多地发表自己的感受。但我注意到军医大学人才济济，笔杆子多的是，我有点儿自卑了。当看到别的学员一篇篇优美的文章上了报，我心里更加发起痒来。终于有一天我把自己写的一篇散文《此刻我心中的一轮秋月》修改了几遍在中秋那天送到《军校生活报》的编辑办公室，不久便在文艺副刊的头篇登了出来。我心里立刻像盛满了蜜。我把这篇文章剪下来贴在自己的剪贴本上。像一个女孩子买了一件向往已久的漂亮裙子，喜不自禁，手里拿着这张小报真有点爱不释手。从此我把每期都保存下来。随后的日子便有了我的诗《星辰、步履、回首》出现在上面。每期我都像等待友人的约会，生怕不能如期而至，每期我都认真地品读上面的每篇文章，看别人的文章的优点在哪里？从中我学到不少知识，受益匪浅。阿源的《我爸我妈》让我看到人性归原的淳朴之爱，钟世镇教授的《亲友如相问，冰心在玉壶》让我体会到淡泊名利的博大胸怀，政治部兰承晖主任的《狩猎莲花洞》让我看到了排长的机智与军人的个性美……

在《军校生活报》待久了，就像交往着一位老朋友，不仅发现了它的优点也发现了它的不足。但我不苛求，我能欣赏它的优点也能宽容它的缺点。因为我相信随着它的成长，它会越来越成熟，越来越展现它独特的个性美。我也相信越来越多的学员会和它交上朋友，成为知己。

《军校生活报》是我追忆似水年华的一道风景。在青春情感的世界里我放飞的白鸽是它给系上季节的风铃，在军校的绿营中唱出一首美丽动听的歌。这里是一片广阔的天地，你播种下希望的种子，将会有金秋的收获，迈出自信的步伐，便会得到阳光灿烂的笑容。

这是当时我发表在《军校生活报》上的一篇文章，题目是《一道亮丽的风景》，只想还原当时的心境和生活。其实生活一去不复返，永远回归不到原点。有人说：生命，是无数场浩大的聚散离合，我们都在这千万种聚散离合中寻找彼此的身影，一边寻找，一边老去！

转眼间迎来了一九九八年，学校要举行新年联欢会，我们队也必须上报节目，队长教导员特别重视，要在全校师生面前展示我们医工二队的风采必须拿出精品节目，这些来自各部队的大老爷们文艺细胞似乎不足，拿什么去演出呢？唱歌和小品，个人又没有特别突出的，集体项目又没有一个好的构思。队里征求大家的意见，让区队长孔凡标负责，只好看看大家在原部队表演过什么节目，把好的旧节目重新改造提升成新节目。最后由王道先和蒋志强具体负责，小个子甘肃人王道先就把原来在老部队演的一个小品改造，河南人大络腮胡子贾志强负责演出人员的挑选，我本来是负责润色小品剧本，临时把我拉入演出行列。最后关于给灾区捐款的小品形成并在学校演出了，效果还不错，就是没获奖。看完别的队演出的节目，觉得我们和别人还是有差距，差距不大，也就十几公里，同志们以后还得更加努力。中医二队获了一等奖是他们队有两个突出的有艺术天赋的学员，这两个学员是特招生，小品演得绝对好，不比赵本山差。

那时候学校请了许多外来的老师开一些讲座，有讲励志的，有讲人生哲学的，有讲心理素质教育的，等等。我认真听了一些，也进行了思考，并写下《哲思三则》：

一、一诺千金

“一诺千金”“一言九鼎”都是说的一个人对自己言行所奉行的程度。如果一个人对自己所说的话不负责任，那么也就印证了古人所说的“言而无信，不知其可也”。因此一个人应言行一致，表里如一，这样你就会在人际交往中有良好的形象，人们也愿意与你交往。假使你出尔反尔，别说别的，约好的事，答应别人的事，不去执行，那么你只是一只会嘎嘎而叫的鸭子，不会高飞。

有则故事是这样的：一名妇女听说多年不见的好友要来看望她，她便说好要去车站接她。这名妇女把孩子托付给邻居看管，去了车站，不巧那天下起了雨，看见很多人从车站出来，也不见她的朋友，她在雨中直直等了两个小时，最终也没等到她的朋友。后来她朋友来电话了，因为听到那天有雨，所以她没去。这名妇女失望地说道：“那么当初为什么要说风雨无阻呢?”

是啊！一个人不要轻易地说：“风雨无阻。”实在有什么特殊的原因应提前说明情况。

一个人良好的美德就是从一言一行中体现的，如果一个人连守约都做不到，那么他在别人心目中又会做到什么呢?

二、选择

生命是否是一个选择的过程呢？要么百万个精子就选择了一个卵子。人生是否是一个选择的过程呢？要么龙有龙行，蛇有蛇道。

古希腊大哲学家苏格拉底对他的一名弟子说：“去麦田摘一枝最大的麦穗，但是只许前进不许回头。”他的弟子去了一大片麦田，急匆匆去摘自己心中的大麦穗，最后他失望地回来了。因为在他心中那枝大麦穗一直在他眼前，他想前方一定有枝比现在更大的麦穗。

这则故事告诉我们：选择须思考，选择须智慧，选择须认识。如果你是一棵草，要选择风雨才能生长；如果你是一叶风帆，要选择破浪才有力量。选择不能盲目，不能随波逐流。是匹马要准备崎路的坎坷，是日出要准备黎明前的黑暗，是春天要准备一冬的荒凉。选择了远方，就要风雨兼程。

选择，是生活的重要一步，从生到死无时不在选择，选择了生命就选择了生存，选择了道路就选择了方向，选择了欢乐付出了痛苦，选择了幸福付出了艰辛。选择天空伴有飞翔，选择大海伴有澎湃，选择高山伴有峭壁，选择了“选择”呢？

三、画圆

阿Q当年在向生命告别时，画了一个圆，总是不满意。人生的追求是否是一个画圆的过程呢？是否在寻找一个心中满意的圆？最初我们画圆总是从有规则的方形出发，卵圆、椭圆，最后定下一个圆心，找一个合适的半径来完成一个理想的圆。

现实的圆与理想的圆总有偏差的，因此人们在追求中寻找，在寻找中追求。

一部《红楼梦》没有找到曹雪芹心中的圆；一本《离骚》没有找到屈原心中的圆；“把吴钩看了，栏杆拍遍”也没有找到辛稼轩心中的圆。而他们在寻找到自己的圆时为世人创造了另一份圆。

画圆不能苛求，只要尽心尽力就可以了，世上追求不到你心中真正的圆，真正的完美，信不信由你。

如果你摘的是树上的苹果，那当然是容易的，如果你想摘的是天上的星星，当然就成了梦想。而我们只看到了星星而看不到苹果，因此觉得世界很缥缈。

一位女诗人说；“追求完美的我们，本身就是一种不完美。”

那时候我们的思想很单纯，对绿色的校园和绿色的军营充满了深深的爱恋，对于同学的友谊很珍惜，世界这么大，我们相聚在医工二队，相聚在军医大的校园里共同生活共同学习，为了明天而努力提高自己，以后能回到原部队当一名军医或是合格的军官。军校是每个人通过努力学习和奋斗而考上的，来之不易，对于当了几年兵的我们知道这是一个大学堂，学习为人，学习专业，学习各种知识和技能为以后发展打下坚实的基础。日子在忙碌而紧张的学习中度过，广州的冬天来得太晚，一月份以后才真真切切感受冬天来了，没有寒风没有冰冻只是阴冷的天气，广州冬天的平均气温四摄氏度以上，树木依然苍绿，一些叫不上名字的树上开满了一些红色的小花，散发着淡淡的清香。室内没有暖气，感觉室外比室内温度高，在阳光的照射下显得更加温暖。

每个学员对军校的生活感受不同，但有一点是相同的，那就是时间流逝得很快，不知不觉中自己有了新的认识和对自己的人生充满希望和梦想。怎样把平凡的生活过得精彩和有意义是我们每个人都追求的目标。多年以后许多琐碎的小事和日常生活中发生的一些事忘记了，但是那段岁月和岁月中深深浅浅的脚印却永远留在每个人的记忆中，当我们老了想起以前的我是那么的年轻和健康，充满了信心和勇气，微笑地面对着每一天逝去的青春和活力。

学了医就知道生命之脆弱，人生之无常。所以珍爱生命是一个永恒的主题。学习闲余时我写下了《珍爱生命》。

冰心说："宇宙是一个大生命，我们是宇宙大气中之一息。江流入海，叶落归根，我们是大生命中之一滴，大生命之一叶。"生命是一个永恒的话题。从生命之始至生命之终。无疑生命对于人短暂的一生是最珍贵的。生命之于人只有一次。

树有年轮，海有入流，而人不能复生。为了感受生命的灿烂，为了父母赠予的"一叶"。珍惜生命是一个沉重的思考。

时间的点连成一条又一条绚丽多彩的长线，终于编织成生命循环往复的圆。

"生命诚可贵"，诗人感慨。因为只有在生和别离之时才深感生命之不易。只有在离开阳光和空气时才顿悟"生命是一项随时可以终止的契约"。

对人生的豁达是不再给生命添加一种负荷。"人有悲欢离合，月有阴晴圆缺"是淡然的生；"夜阑风静縠纹平，小舟从此逝，江海寄余生"是超然的生；"竹杖芒鞋轻胜马，谁怕？一蓑烟雨任平生"是无畏的生。无论何种生是一种珍惜生命的表现。即使月缺，漂泊还是烟雨，活着感受就是一种美，即使外面的风雨交加，此刻生命的世界里璀璨如金，明艳如霞。生命的真谛是否如此而已？

花开花落，潮涨潮退，是生命不可违背的规律。只有感悟生命的发展，溢放光彩。即使中途停车，也没有白来尘世一回。这并不是红尘中谁在宿舍里的安排，轮回中谁在掌握沉浮。珍惜生命吧，让青春娇艳的花朵绽开深藏的红颜，让流浪的足迹在行程中写下永久的回忆。

生命的价值在于充实生命的过程。生命的内涵在于跋涉。生命的意义在于给予。生命就是一种燃烧，人生因燃烧而壮丽。因而懂得珍惜生命才懂得拥有生命。

人生是座山，生命就是山中的水。人生是棵树，生命就是树上的叶。没有水，山会失去灵性；没有叶，树会失去绿意。

在生命的海洋中我们是赤裸的泅渡者。对生，希望的是开拓，不是苟活。对死，渴望的是挑战，不是等待。

生活是一片广阔的天空，不会永远风和日丽，要随时准备着狂风暴雨。生命就是天空的星，随时被乌云遮掩，失去星光。珍惜生命就得热爱生活。

生命绝不是绿叶簇拥红花的荣耀，更多的是荆棘杂草中远征的苦涩。生命绝不只是别人眼中的世界，更多的是自己内心的原野。

因此泰戈尔大师说："生如阳光般灿烂，死如秋叶般静美。"天地，万物之逆旅；光阴，百代之过客。珍惜你一次的生命，珍惜你年轻的梦想，珍惜你拥有的时光，珍惜我们曾经走过的日子。

观影

放假是件最快乐的事，放假前的考试却最是紧张而忙碌。经过两周的考试我们迎来了上学后的第一个寒假，虽然不到一个月但足以让我们欢快地回老家与家人团聚。学校给我们订了票，我第一次坐上广州开往北京的慢车，整整五十八个小时。列车像老牛一样地慢爬，这是一个奇景。另一个奇景是广州火车站的广场在春运高峰时每天都有二十万人，学校的保卫处派人在人海中打开一个小通道让学员能顺利通过并能登上回家的火车。

我们学员坐的是火车的硬座，没座的民工塞满了整个车厢，有买不到票的人从窗户爬进车厢，在火车上去一趟厕所也是艰难的事。

老百姓有钱没钱也要回家过年，我们学员回家路途遥远，带着疲惫的身躯和愉悦的心情踏上回家的路，这是一九九八的春节。

春节是中国老百姓的传统节日，在农村被视为一年中最重要的节日。这次春节是全家人大团聚，一时家里沸沸腾腾，热闹起来。张灯结彩，屋里屋外被装饰得五彩缤纷。各种吃的喝的早已准备好了。除夕的前一天晚上纷纷扬扬地下了一场雪。这更增加了节日的气氛。磴口村依然是磴口村，没有多大的变化，而我的心情发生了变化，我不再像祖祖辈辈那样再面朝黄土背朝天了。永远忘不了那个割小麦的炎热的夏季，汗水和迷茫混合在一起从头顶流到脸颊流到脊背。此时传来电视里朱军浑厚的声音：“今个儿过年了，我们的大中国，好大的一个家。”

表针不知不觉地走着，室内笑语声声，室外爆竹连天。家庭欢乐继续着，透过窗口小村庄的夜空明朗如昼。

一九九八年还是倪萍和赵忠祥老师主持春晚火红的年

代，那英和天后王菲《相约一九九八》打开心扉，带着心灵的触感，迎接欢乐。还有流传至今的《走进新时代》。陈佩斯、朱时茂的小品《王爷与邮差》和牛群、冯巩的相声《坐享其成》大受欢迎和好评。

一九九八年春季开学是正月初八，北方冰天雪地，羊城广州已是春暖花开，一下火车就是一阵暖流涌现。宿舍里同学们从各自家乡带来了不同的特产，有山东大煎饼，河南的花生糕，湖南的雪里蕻炒肉末，等等。广州校园里的春天因一个个身着绿色军装肩扛红牌的青春年华的我们而更加美丽。绿色的军营里绿色的梦，军营是那么活泼充满朝气，梦是那么甜美和充满希望。

刚开学学习不紧张。周末几个同学相约去学校大礼堂看电影。我和几个同学看了《漂亮妈妈》。“你静静地离去，一步一步孤独的背影……一年一年风霜遮盖了笑颜，你寂寞的心有谁还能够体会，是不是春花秋月无情，春去秋来你的爱已无声，把爱全给了我把世界给了我，从此不知你心中苦与乐，多想靠近你，依偎在你温暖寂寞的怀里……”

满文军一首《懂你》红遍大江南北，因为他道出了母爱，道出了人间真情。今天看了电影《漂亮妈妈》，想到这首歌，想到了自己的母亲，想到了天下所有的母亲，深感母爱的伟大。

《漂亮妈妈》讲述的是一个很简单的故事：女工孙丽英生了一个先天失聪的儿子，由此与丈夫离了婚，为教儿子说话，她辞去了一份不错的工作，干起了送报纸、做钟点工的活。生活中她受尽种种磨难就只为给儿子买助听器，为儿子考上正常人的小学。她的前夫在一场车祸中死去，使得本来有一点经济支柱的她更加无助，而她也变得更加坚强，在她痛苦地向儿子承认："因为你是聋的，你和别人不一样……"时，她勇敢地和儿子一齐逾越了生命的又一道坎……

巩俐演活了一个平凡而又伟大的母亲，几乎所有的人都为巩俐的崭新艺术形象折服。故事普通得不能再普通。电影几乎没有震撼之处，全是由生活中的琐事和平凡细节组成。而母爱让观众从一切琐事中细细读出。本片中巩俐哪怕是一点点特殊的表现方式都没有运用，演活最平凡的人是最高层次的表演。观众对巩俐的先入为主，让她在表演时至少做到十分神似才能达到十分效果。巩俐做到了。片中的她朴实无华，着装、动作，一点点地渗透在她的表演中，在儿子摔坏了助听器时，孙丽英捡起地上的碎片，还没完全站起来，那没来得及转身的侧脸镜头，却已让观众看到她全部的感情，泪水慢慢地流出来，火候控制得相当好。而另一处让人难忘的是孙丽英在桥上哭着对儿子说："你不高兴了可以找妈妈诉说，可妈妈不高兴了又找谁去说呢?"这句话经巩俐说出，成为打动观众的经典一句。

最美好的东西是看不到、摸不着的，但可以用心感受。母爱就是如此。正如一位作家所言："孩子不会因你们供应的物质而记得你，他们会因你真爱他们的感觉而牢记。"人是一种有思想的芦苇，虽然人的生命像芦苇一样脆弱，可是人依旧比宇宙间任何东西都高贵得多。另外人有一颗能思想的灵魂。唯有作为灵魂的人由于内心世界的巨大差异，才分出了高贵、平庸及卑鄙。

影片从思想性看反映了人类最普通的也是最博大的爱——母爱。与其说是人类创造了世界，不如说是母亲创造了世界。影片的思想是纯洁也是健康的，影片具有较强的教育意义，让观众明白一个人的成长是多么不易，是以牺牲母亲的心血为前提的，珍爱生命，为世界奉献一份爱。

“以高尚的思想塑造人，以优秀的作品鼓舞人。”《漂亮妈妈》做到了。看到这样的影片，也达到了参加高雅文化活动的目的，这样的影片在中国电影界只嫌其少，不嫌多。

夜里看完电影走在校园里，南方医院的大楼里透出明亮的灯光，新建的门诊大楼和内科大楼正在施工中，惠侨楼在月光下更加漂亮，小楼建筑别致，红黄相间，清洁的环境和排列整齐的楼阁错落有致，门前小湖清澈透明，鱼儿自由自在地游戏。湖边的木棉树和栀子树还有棕榈树翠绿挺拔，水一般的月色倾泻在浓绿的树叶上。

回想起去年冬天发高烧在南方医院住了一个星期的院，实在待不下去偷跑了回来，即使是医生态度和蔼可亲，护士温柔漂亮也没把我留住，毕竟住院不自由，每天输液，我觉得自己好得差不多了就偷跑了，小病别住成了精神病，那就得不偿失了。

刚开学，唐明夜里没有再在水房看书，孔凡标也没到二班来要烟。张文斌还是不爱说话，眯眼爱笑。周晓勇还是嗓子粗哑，普通话说得和我差不多，听不懂的人比能听懂的人多。说广东普通话的大嘴教导员转业了，来了一个瘦高个表情严厉的年轻的陈教导员。陈教导员带兵有方，把整个区队管理得井然有序，学校里的活动在一九九八年春季开学不久就多了起来。

猫叫三春的季节里，我诗兴也大发。写下了：

春约

栀子花满枝头
你灿烂的笑容
在春风如约的夜晚轻声拂过
让那梦蝶穿越
潮起潮落
在你岸边看那
明月在天 西窗如水
有我琴声飘来
三百年后
花融月落
携你的手
共坐青石
刻一首
永恒的诗

进步着

我又开始吃大排了。自从上解剖课看到福尔马林里泡着的各种人体器官以后，我停止了吃大排。解剖学学完以后再也不想那些乱七八糟的器官和福尔马林刺鼻的气味。不像王志孟不管吃什么菜，米饭里都倒醋，只有醋的味道就闻不到想不到别的味道了。校不在大，温暖就好；学不在深，开心就好。不过高师还是有的，新学期教我们心理学的张晓远教授就是华南地区讲课比赛第一名的高手，学生上课可以打瞌睡、可以不听、可以去教室外玩。他讲课激情澎湃，深入浅出，入情入理，听课的学员被深深地吸引了，上课师生互动在一个平台上共同交流，上他的课是一种享受。不喜欢当医生的他却当了好教师，学心理学的老师不能把学生的心理抓住，那他的学问就有问题了。我填了发下的调查问卷，每个学员或多或少有点心理问题，或强迫症、偶数症、双数症、抑郁症等。我们更加重视心理上的健康。

后来学校里还真的出现一些学员因心理疾病发生的一些事：一个男学员夜里偷女学员晾在宿舍门口的内衣。更有甚者，一个男学员夜里上厕所回来后竟然上楼躺在一个女学员的床上睡着了，恰好这个女学员也上厕所，回来发现床上躺着一个人。这些事在学校里传得沸沸扬扬，有的人添油加醋说得更是神乎其神的。

我们大多人是正常的，正常起床，正常上课，正常睡觉。我还正常地做梦，正常地幻想，正常地跑马圈地。王志孟正常地研究中药和中医的经络和穴位，班副吉达林正常地帮大家研究小抄的尺寸大小，握在手心里又能打开合上，班长周拥军正常地模仿大夫的签字开处方拿药。

学校又开了校运动会，雷杰政委讲话。在校运动会上，我作为区队的报道员负责写稿让主席台上的广播员播出。运动会让我锋芒初露，学校里的笔杆子踊跃投稿，当场写稿不仅考验稿件的质量，也考验写稿的速度。我和检验队的孙晓燕合作一起投稿，我口述她记录整理。但得罪了别队的报道员，我俩稿件数量第一，但他们说我俩合作个人的平均稿件不如他们多，评比时他们说只能让我们俩一个获奖，但我们俩代表的是队里，并不仅仅是个人的荣誉。最后学校运动会评委会评出我和孙晓燕都荣获第十七届校运会宣传报道最佳报道员奖。

校运会期间，各单位报道员切实履行职责，短短的两天半时间内，共撰写稿件七千八百六十三篇，而由于时间的限制，只播出五百八十九篇，可谓是“十里挑一”。报道员们时刻把握赛场脉搏，及时、准确报道赛况，使全校师生能够全面了解赛场风云；他们采访了上至将军，下至普通员工，运动场上随处可见他们的身影，有些报道员又是运动员，还有些是裁判员。被评为最佳报道员的十五名学员就是他们中的杰出代表。

为通过摄影这种瞬间凝聚永恒的形式，艺术、典型地展现运动健儿的风采以及不同侧面的热烈气氛，运动会组委会与学校后保中心联合举办了这次“后保杯”校运风采摄影比赛活动。这次“后保杯”摄影比赛共收到各单位送来的参赛作品五百余幅，经过认真筛选，放大九十九幅在政治部大会议室现场评奖。我们医工二队代表学员队长阎新民的《加油！加油!》获优秀奖。那幅作品至今记忆犹新，“一个女学员抱着队长高呼：队长！我破了！我破纪录了！”

这次我们队取得了好成绩，在这次运动会上我认识了多才多艺的本溪女孩孙晓燕，这些学校里优秀的人才身上都有值得我学习的地方。我的谦虚、好学引起了同学们的关注，以至于两年后队长阎新民说别的队女学员认识张鹏飞而不认识阎新民。

那时候人的思想还是很保守的，我记得在一次大学暑期调查报告征文比赛中我获奖了，学校给每位获奖学员发了一本《白鹿原》。队长说这本书你现在不适宜看，等毕业后还你，毕业后白鹿早已不知跑到哪儿吃草去了。

那时没有时间读长篇小说，只读一些《读者》《知音》《青年文摘》等之类的杂志。记得培根说过：读书有三种用途，一是消遣，二是装饰，三是应用。“消遣”是为了打发时光；“装饰”是为了装点门面，包装自己；“应用”是一种生活的需要。我消遣的时候多，但生活中读书一般人是三种用途结合多。不论何种用途，读书是件好事，总比不读强。过去读拜伦、泰戈尔、普希金的诗可以让人激情澎湃。读徐志摩、余光中、席慕蓉、舒婷、北岛的诗让人轻松自由，思想年轻。读《飘》《安娜·卡列尼娜》《简·爱》让人视野开阔，思想丰富。读四大名著、唐诗宋词是作为中国人你必须应该了解的。

读《平凡的世界》《穆斯林的葬礼》《约翰·克利斯朵夫》《红与黑》，让人感受每个时代的精神。读《廊桥遗梦》《失乐园》是一种时髦一种新潮。

读琼瑶是年少时，大了就不想读了。读金庸、古龙是一种偏爱，不分年龄的。读书面要广，但也要有所侧重偏爱。在书的世界中遨游，其乐无穷。读书如交友，各有所爱。

那时候打电话很贵，穷学生还是以写信为主。电脑也不普及，但是随着时代的发展，电话、电脑的普及，人们越来越轻视书信，电话可以听到声音，从声音中辨别信息，用声音去交流。电脑可以网上聊天，可以传真，可以说是现代化的书信。那时觉得铅字总给人以冷漠，传统的书信几张薄薄的纸从千里之外慢慢而来。用自己熟悉的字体写信，这种感觉有别于电脑、电话。有些语言只能写，不能说，只有写出来才能完整贴切地表达一份真实的感情。“红笺小字，说尽平生意。”年轻人也没什么急事，有时等信的感觉比读信的感觉还好。想想对方写些什么，留一份广阔的想象空间。所以觉得书信不可废。

那时候闲时我也读一些诗词，总觉得诗是属于年轻人的，是激情的产物，所以写诗不是一件容易的事，偶尔也写诗。学习忙也没那么多激情和灵感，有人把诗人与疯子并列在一起，说明诗人的思想是跳跃性的，活动异常敏锐，诗人需要一种激发灵感的东西，寻来觅去，诗人把爱情作为激发他灵感的最好“催化剂”。所以有人认为最好不要轻易地与诗人谈恋爱，否则你也要与疯子并列在一起了。可生活中偏爱浪漫的女人就是偏爱诗人的天马行空。

其实，花开的过程并不是每个人拥有春天，但拥有春天的人永远有花开在心间，因此我欣赏“去留无意，静看庭前花开花谢；宠辱不惊，闲观天上云卷云舒”。走在红十字方队中，每天都有新的朝阳升起，每天头顶不同的蓝天，在响亮的口号声中时光在流逝我们在成熟在进步。我学会了思考，学会执着，学会拼搏，学会忍耐与宽容。

记得一次我队的学员与中医二队的学员发生了纠纷，这些如狼似虎的部队学员冲进了中医二队的队部找人，当时的情景是剑拔弩张一触即发，最后在各方的协调下和平解决了冲突。

随着对军校生活的熟悉，交往的人员扩大，我们队的周尚成、李建新等就开始了“猎豹行动”计划，借去南方医院开药的机会认识了漂亮的女护士，开始了“泡妹”行动攻略。南方医院的木棉花开得艳丽多姿，医工二队才子郎俊身手敏捷。一个幽谷吐芳一个玉树临风，一个含情脉脉一个风流倜傥，最后情投意合两情相悦。一曲清歌舞凤，一场繁华烟重，一世繁华抵不过良月今宵。后人有词曰：梧桐雨，蝉声稀，鸳鸯偷欢水中戏。花飞絮，燕衔泥，今宵始脱翠云袭。

偶像们

六月份进入夏季以后每到周末队里就放录像，放过《白玫瑰与红玫瑰》《泰坦尼克号》等，《泰坦尼克号》由席琳·迪翁演唱的主题曲《我心永恒》传遍校园内外。

三月以后的三个月广州进入梅雨季节，每天都淋淋洒洒地下一场雨，有时又雨过天晴。广州梅雨季节天气一般都是阴雨连连，晋代有“夏至之雨，名曰黄梅雨”，气象名词的解释是指初夏向盛夏过渡的一段阴雨天气。

自唐宋以来，对梅雨更有许多妙趣横生的描述。唐代文学家柳宗元曾写过一首咏《梅雨》诗：“梅实迎时雨，苍茫值晚春，愁深楚猿夜，梦断越鸡晨。海雾连南极，江云暗北津，素衣今尽化，非为帝京尘。”其中的“梅实迎时雨”，指梅子熟了以后，迎来的便是夏至节气后“三时”的“时雨”。广州的梅雨季节从四月就开始，比长江中下游地区早两个多月。

梅雨季节适合写诗，但是生活中有许多不便，墙上地上湿漉漉的，被子感觉总是湿的。衣服洗了干不透，容易发霉。

当一九九八年放暑假时，湖南湖北发生了大洪水，从火车上向外看房子有的被淹没，有的楼只露出一个顶，电线杆上电线在水里漂浮着。武汉城被水围困，十分危险。

一九九八年夏，我国江南、华南大部分地区及北方局部地区普降大暴雨到特大暴雨。长江干流及鄱阳湖、洞庭湖水系，珠江、闽江和嫩江、松花江等江河相继发生了有史以来的特大洪水。受灾人数之众，地域之广，历时之长，世所罕见，数百万军民众志成城，奋起抗洪，一方有难，八方支援，中华儿女用钢铁般的意志和大无畏的英雄气概，谱写了一曲又一曲气吞山河的抗洪壮歌。抗洪救灾的情景我至今记忆犹新，百年不遇的长江特大洪水屈服在全民族团结一心所迸发出的移山伟力前。

在国家的每次大灾大难面前首先出现的是军人的身影，我为我是军人而自豪而高兴，虽然我没能有机会参加抗洪抢险，但我时刻关注着，等待着学校一声令下随时出发。“九八抗洪”之精神——那种在危难时刻全体军民所迸发出的坚强和勇气，力量和自信，那种品格和精神，已经积淀在我们民族的血液里、性格里，天地长存，日月永驻。

一九九八年那年，我们学校的学员在家乡发生洪水时也投入抗洪抢险中，并被中央电视台的摄影记者拍到背沙袋的身影。那首《为了谁》唱出我们可爱战士的心声。每当听到这首歌时就想到一九九八年的抗洪抢险。

开学以后又一批新生入学，毕业生已分到了各部队，放假前夕第一次看到欢送毕业生的仪式，那种浩荡的场面那种依依不舍的告别，聚合离散都是每个人一生中常常遇到的，铁打的营盘流水的兵。每次看到这种场景都在心中默默流下泪水来。老的走了新的来，循环往复。新生入学了我们转变成老生了，就像当初我们请教老生一样，新生也向我们请教一些问题。

九八护理从总政考来三人：张洁、张宁、郭晓梅，加上和我同来的中医二队小于还有我的上届周师兄，我们总政共来了六个人，大家一起聚了聚。其实以前都不认识但是来自同一个部队，远在广州的我们把这种友情称为老战友。从此张洁就老找我，一个小女孩聪明伶俐，嘴好使，眼睛会说话，看到她就想到了黄蓉。她原来在总政办公厅当打字员，是西安政治学院教师的子女，家学渊源，口才文笔较好，读过许多世界名著。她常来我们队，我们队的大多数人认识她。小家碧玉的张洁像燕子一样时常落在医工二队的门口。刘军老部队团长的女儿也到了护理队，繁忙的学习之余刘军还肩负照顾领导之女的重任，从此他刘叔叔有苦难言或以苦为乐。王志孟坐火车回校时晕车，吃了晕车药后过敏，两眼长水泡，但也不误他翻看中药书，可我们也没发现他找到一种中药治过敏的，就像铁拐李没有发现自己的葫芦里有治疗瘸腿的药一样。生活在继续着，时间不等人，但是阿孟上课时一转身就遇见了曾经相隔万水千山的郭研。

这年我们总去路比较远的动物实验的教室上课，上课是远点，但这是我们单独的教室，很清静。教哲学的是位漂亮的女教师，大家都全神贯注地注视着老师，到现在老师讲的内容不知有多少人记得，但我记得她讲的田忌赛马的故事：田忌和齐王赛马，他们的马都分为上中下三等，然而田忌的每一等的马都和齐王的马实力上有所差异，所以他就想了个方法，用他的下等马对齐王的上等马，用自己的中等马对齐王的下等马，用自己的上等马对齐王的中等马，这样，田忌就三局两胜，取得和齐王赛马的胜利。我记住她讲的哲学是使人聪明的学问。

那年学校请了钟南山院士来学校讲座，座无虚席。钟南山是研究呼吸系统疾病的专家，我们还去了他的广州呼吸病研究所参观。钟南山讲述了他是怎样走上科研道路的，“文化大革命”后作为第一批公派留学人员，培训了三个月英语去了国外，在国外抽自己的血做实验，做成了血氧饱和度的实验。

我们还听了军医大钟世镇院士的讲座，第一军医大毕业的人不能不提钟世镇，钟教授建立了以解决临床外科发展需要的应用解剖学研究体系，开拓了古老传统学科与新兴前沿学科间的交叉科研领域，开展了工医结合的生物力学的研究，是中国数字人和数字医学领域的开拓者，建成了一个享誉国际的第一军医大学人体标本陈列馆。

二十世纪六七十年代，钟世镇在第三军医大学成了“控制使用”人员，不能上讲台，只能被监督劳动，放在技术组里做标本，大约做了两年时间。恢复工作后，他就和刘正津讲师一起，就标本制作的经验，整理了一本学术专著《解剖学技术》，这本书成为后来解剖技术学新版本的主要引用蓝本。

后来，钟世镇从牛棚中放出来，但还是不能回到大学讲坛上，而是被下放到一个县城工厂管理部的医训队，当开门办学的老师。这个医训队相当于一个学制二年的中专，学生都分散到县级医院。在县级医院，他从传染科到解剖科，什么课程都教过，不过不敢动外科手术。在医疗问题上，按照“阶级分析”的原则，担心出现“阶级报复”的莫须有罪名。但他看到不少外科医生因为不懂解剖学，给病人造成的伤害，这使他在“文化大革命”后坚定地选择了临床解剖学这一方向。

一九七七年调入了广州第一军医大学两年后，校长赵云宏将他提升为副教授，并任命为解剖学教研室主任。历任助教、讲师、副教授、教授职务。

一九七八年，钟世镇选择了临床解剖学的方向。他认为发展迅速的显微外科，为临床解剖学研究提供了新的领域。简单地说，人体的骨、皮肤组织等都可以移植，而移植的“供区”和“受区”局部解剖学的情况就决定了手术的成败。例如，从一个手指头研究起，把人体的每一根血管都摸清楚。不但有精致的标本，而且有规律性的总结。同年，中国解剖学会在广西桂林召开学术会议。会议上，钟世镇用铸型法制作出人体标本，那些细致而且精美得仿佛艺术品的人体标本让同人们惊叹不已。

从一九七九年开始，钟世镇将制作铸型标本的经验传授给学生和助手，人体标本陈列室的建设被列入日程，到一九八八年上千件标本完成。

二十世纪八十年代，钟世镇敏锐地注意到显微外科手术操作的主要对象是小血管、小神经等，在传统的解剖学教科书中被忽略了，限制其进一步的发展。

二十世纪九十年代中期，钟世镇开始了临床解剖生物力学以及新兴的组织工程的研究。利用计算机讲述，完成中国虚拟人一号、二号的研究，并对“数字人在医学应用中的前景”作了分析。一九八五年，钟世镇升任教授，同年编著了国际上第一部《显微外科解剖学》(英文版，英国出版)，把中国显微外科基础理论的研究推向了世界前沿，从此中国显微外科长期领先国际先进水平，他也因此成为显微外科解剖学的奠基人，但让他最负盛名的应是“数字人”研究。一九九七年，钟世镇当选中国工程院院士。

悼念好友

一九九八年秋季以后，孔凡标总跑南方医院，不是胃不好就是肝不好，说肝上有血管瘤。是不是看上南方医院的护士也不得而知，这小子行动诡秘，打一枪换一个地方是常干的事。所谓狡兔三窟拿来形容他绝不过分，再后来又常念叨一个人，就是被他神化了的方芳。方芳何许人也？让我们区队长能如此牵肠挂肚，原来是护理队的一个小姑娘，和他年龄相差悬殊，真是老牛喜欢吃嫩草。其实除了南方医院外我们平时也没什么地方可去的，除了爬白云山外，就是操场和图书馆，图书馆除了医学外的其他种类的书不多，运动与读书都能使人乐观产生快乐激素。

一天该我们区队升国旗了，早晨我们早早排好队站在国旗下，随着国歌冉冉升起的国旗快要升到顶时太阳被东方飘过一大片云覆盖着看不到鲜红的太阳和玫瑰色的朝霞。就在这天晚上七点多的时候我正在宿舍听歌，三班的一个同学跑过来说尹浩在水房晕倒了，我跑到水房时唐明他们几个人正把尹浩扶起来，但他嘴角流出口水，双眼闭着，神志不清醒，尹浩被扶回三班宿舍，一个同学给他掐人中，唐明用手电筒照他的瞳孔，发现瞳孔放大。情况不好，赶紧给队长打电话，队长让同学们把尹浩送到南方医院，自己放下筷子也从家里急匆匆地赶往南方医院。我们用自行车推着尹浩迅速到了南方医院急诊科，急诊科大夫立刻让人用急救床把尹浩推到 CT 室做 CT。CT 一会儿就扫描完了，尹浩颅内大量出血，生命危急。急诊大夫已通知了神经外科的大夫，队里已向学校汇报了情况。学校要求南方医院尽全力抢救病人，当天夜里给尹浩做开颅手术，尹浩因脑血管畸形造成血管破裂，引发颅内大面积出血。尹浩手术后一直昏迷不醒，过了几天又继发颅内感染，出血压迫脑干移位，要把脑干部分切掉，否则生命很快就终止了。但切了脑干就成了植物人，这得要征求尹浩父母的意见。最后他父母同意切脑干，脑干切了生命暂时保住了。但没过两周尹浩还是走了，让他的父母和身边的好朋友及同学伤心欲绝。同是安徽老乡的纵照义跟着学校的人员和尹浩的父母在广州的火化场火化了遗体。父母抱着他的骨灰上飞机，路途中坐的车坏了好几次，那是尹浩不舍得离别广州，离别他心中永远热爱的军医大。尹浩的走对我及其他同学打击很大，生命是如此的脆弱，活生生的一个人就这样走了。

一年后我写下《木棉花开花落》：

南方的木棉花开得正艳时候，尹君走了，人或许只有在失去的那刻才能真正懂得珍惜曾经的拥有。此刻的我就是如此。

尹君，安徽人氏，可能由于经历相同，思想相符，共同的爱好，我们成了朋友。

从乡村中走出，高考失败踏入军营，考入军校。经历过坎坷的人总是有一些思想的。所以他找到了文学这个抒发思想的园地。因此我们有了共同的爱好。

文学给他生了浪漫飞翔的翅膀。他说，一生就喜欢高山、大海、草原。他生在高山，有山一般的坚韧。他在海岛当兵，他有海一般的深情，他没有去过草原，那是他的向往。他说领略一下草原的风情那是一种生命的体验。

尹君性格温和，笑语待人，许多人性中美好的品格在朋友心中熠熠生辉。

英雄走了，人们为他刻碑立传，而平凡人走了却悄无声息。人总有走的一天，但是没有自己的梦想尤其在年轻时没有体验许多生命的真谛就走了，是人生的遗憾，无法补偿。

行文至此，韩愈的《祭十二郎文》“言有穷而情不可终”。现一在天之涯，一在地之角。

尹君走了，是上帝也无法留住的事实。但我们清醒地认识到生命的重要。活着真好！活着去实现年轻的梦想，去远航，去浪迹天涯。

尹君走了，心中的那份爱只有在另一个天堂去点燃，因为他身边放着一篮红玫瑰。

尹君走了，使我想到“轻舞飞扬”的走。“轻舞飞扬”的走，那只美丽的咖啡蝴蝶，永远在痞子蔡的心中翩翩飞舞！而尹君呢？

我轻轻地舞着
在静谧的天堂之中
天使们投射过来异样的眼神
诧异也好，欣赏也罢
并不曾使我的舞步凌乱
因为令我飞扬的
不是天使们的目光
而是我的青蛙王子

南方的木棉花开始飘落了，我写下此文悼记尹君。

——谨以此文献给天堂中好友尹浩

尹浩女朋友小何迟到的信，尹浩没有看到，我帮他收起来，最后在校园的十字路口烧了。这是小何交代的，由此而引出了霍林河之恋的故事，有他也有我。

梅

霍林河，蒙古语称霍林郭勒。辽代称浑河，金代称鹤五河，元代称哈老哥鲁河，清代称合河，为嫩江右岸一级支流，发源于通辽市的扎鲁特旗罕山西麓，经霍林郭勒市、兴安盟科尔沁右翼中旗，在吉林省通榆县、大安县境内，水流逐渐扩散消失。干流全长五百九十公里，流域面积为二点七八万平方公里，其中内蒙古境内一万余平方公里。

关于霍林河还有一段传说：从前在成吉思汗的部落和军马到达此地时，有一条清澈甘甜的河流，适合于牧民和牲畜饮用，大家起名为“霍（好）林郭勒”，意思是“吃”或“饮用”的河水，后来演变成“霍林郭勒”。当然，这只是一个传说而已，其实成吉思汗是否路过这里根本没有历史记载，所以真实的来历并不是这样。史料《蒙古游牧记》载为哈古拉河，公主陵出土的石碑上记为萨·哈古拉河，意为饭茶河，是本旗内最大河流，属松花江流域嫩江水系。

离霍林河不远就是芍药谷的草原，后来电影《狼图腾》在这儿拍摄七年。开车四十分钟，因为路不太好，否则更快，到阿尔山的路还没修好。红说夏天约上同学来，全羊宴伺候。芍药谷位于乌拉盖草原贺斯格乌拉牧场北二十八公里，全部是野生芍药，每年六月下旬至七月初竞相开放。

芍药被人们誉为“花仙”和“花相”，且被列为“六大名花”之一，又被称为“五月花神”，因自古就作为爱情之花，现已被尊为七夕节的代表花卉。另外，芍药在《红楼梦》中是一种重要的花，“憨湘云醉眠芍药裀”是红楼梦中最美丽的情景之一。传说中牡丹芍药都不是凡花种，是某年人间瘟疫，玉女或者花神为救世人盗了王母仙丹撒下人间。结果一些变成木本的牡丹，另一些变成草本的芍药，至今芍药还带着个“药”字。牡丹、芍药的花叶根茎确实可以入药，牡丹的丹皮是顶有名的，白芍更是滋阴补血的上品。

美丽的霍林河畔有四朵颜色不同性格迥异的芍药一样漂亮的姐妹花，她们分别是晓梅、佳梅、红和小何。是红介绍其他三位给我的，我又把佳梅介绍给武警部队的军，把小何介绍给尹浩，我和晓梅开始了书信交往，所以红说我重色轻友。信如鸿雁一样在羊城和霍林河遥远的距离之间穿梭往来，是那么频繁是那么深情。一九九八年的冬天羊城鲜花似锦，霍林河的冬季大雪纷飞。在我们心中淡忘了季节，在似水年华里的遇见激情燃烧，骄阳似火。我写下了一首诗：

读信

每个思念的日子中
你的双眸就是燃烧着的火炬
照亮着我爱情的天堂
在每个读信的夜晚
你的笑容在字间飘荡
读你的心灵
明月如霜
如风如水
每每思潮如水地提笔时

你我的距离
不是万里是咫尺
我爱的不是我是你
你爱的不是你是我
心只愿
天很长
地很久

晓梅毕业于长沙一所财经大学，在中国人寿保险股份有限公司上班，认识她的时候我在学校交往着一个女孩，我没有告诉晓梅。或者出于军人形象的好感，或者出于爱情浪漫的向往，在这个正当芍药花开富贵之时，生命中突然闯入了一个令她心动的诗人，让她神魂颠倒，坠入爱河。当我们牵手望着霍林河上空满天的繁星闪烁时，爱是如此痴迷是如此幸福。我们仿佛听到了草原上悠扬的琴声，琴情相映花开四季，爱的星河里芬芳四溢。

当我一出霍林河的车站时，梅就认出了我，我也认出了她。梅说一见我就爱上了我，我也说一见她我也喜欢上了她。梅的爱来得那么快那么直接，我还处在朦胧的感觉中，我像在做梦，还没有进入状态。看着灯火阑珊的小城，我的心在飞翔，仿佛要触摸遍小城的每一根血管和神经，每一块砖和瓦。毕竟我对这个小城是陌生的，对生活中的梅也是陌生的。

当梅真真切切地坐在我身边时，我闻到了芍药花清爽的芬芳和迷人的气息。我们被爱围绕着窒息着，电流流过全身的细胞和组织，让身体战栗和无力，继而是兴奋和紧张，接着是激动和喜悦。当我握着她的手时我能感觉到从她手心传递的温度和渴望。这种温度不高不低不冷不热像一条细细的小溪流过，溪水静静地快速地流到我的掌心，又从掌心流到胳膊，从胳膊流进了心脏，心开始加速地跳动。呼吸变得急促，脸色红润变得光泽。

我点燃一支烟想压住自己的激情与碰撞，在烟雾缭绕中我看到了梅目光中投来的芍药花的灼热灿烂和浓烈的爱之水如海洋之潮一样涌向我，仿佛一束生命之光在夜空闪亮，一种深情无措一种温情如水。正是：

纤云弄巧，飞星传恨，银汉迢迢暗度。
金风玉露一相逢，便胜却、人间无数。
柔情似水，佳期如梦，忍顾鹊桥归路。
两情若是久长时，又岂在、朝朝暮暮。

我离她那么近，甚至能听到她每一次的呼吸声，闻到她身上散发的馨香，我觉得她是那么美那么迷人那么与众不同，我为她的鞋跟踩在路上发出的美妙声音而神魂颠倒，为她走路时胸部的颤动弄得心怦怦乱跳，为她那飘逸的长发轻盈的手臂和金子般的笑声爱得发狂。我们梦幻般的爱情在阳台上筑起黑燕子的巢穴，在晨睡的昏沉中留下亲吻和扇动翅膀的窸窣。

初次相处我能感受到她的那种真诚、那种一尘不染的纯真，点点滴滴给我留下深刻印象。

梅被眼前所迷醉，世界被癫狂，意识被黑白，爱情让梅沉浸在甜蜜的幸福的缠绵中。心中的青柳在春天里发芽，子宫在兴奋的汪洋浪潮中颤动，思想在一起的欢爱中升华。所有这一切都出乎梅的预料和想象，无力抗拒又情不自禁，享受着甘甜泉水的滋润又隐约感觉万一失去了抓不住幸福的痛苦。但是眼前的一切她不想抗拒也无力抗拒，她心甘情愿地接受和喜爱着让她眩晕让她又渴望拥有的一切。虽然也有女孩的羞涩但她愿主动地放纵一下自己，爱有时像吸毒品一样欲罢不能。她的大脑打开一个空洞任时间停留任激情燃烧。她看见了窗外枯树枝上压着积雪，落日残晖的上面，悬着一轮明亮的小月亮。她静静地望着窗外，眼泪慢慢地在她的眼里满溢出来，梅晶莹而喜悦的泪珠落在地板上发出珍珠落玉盘般的声响。在她迷醉的状态中有一种美使她欢欣又使她惊心动魄。在她灵魂里有一处风景浮露出来生动起来，有遥远的新的东西跳动着，这就是爱情。她等待着，似乎等待着什么，又一种新的激流在她的身体里回旋加速，梅说："一天你万一懊悔了，千万别把我遗忘。"

"每个人都有属于自己的一片森林，也许我们从来不曾去过，但它一直在那里，总会在那里。迷失的人迷失了，相逢的人会再相逢。"我清楚地记得村上春树在《挪威的森林》里写的这句话，我和梅迷失在了一片海一样辽阔的森林中。我们能看清彼此的脸却不一定能看透彼此的心，阳光透过树叶落下斑驳的光影交错排列组合，形成了独特的影像。迷失的人终其一生迷失在人海里，相逢的人茫茫人海相逢在一瞬间。森林或许是一个地方，或许是一段爱情，或许是一件不能对人言的往事，或许……水无定，花有尽，会相逢，人生的真爱拥有一回也好。年轻的每段恋情无所谓对错，经历了或是曾经的花开或是一段纯真的记忆，是成长中的必然。曾经的相遇，曾经的相爱，曾经在彼此的生命中光照，就记取那份美好，那份甜蜜。虽然无缘，也是无憾。

值勤

又一个春天到来，植于校园小径和小湖两旁的垂丝海棠，似贵妃娇艳又犹如佳人照碧池，树姿优美，正值三四月盛花期，红花满枝，纷披垂落。校园里栀子花叶色四季常绿，芳香素雅，绿叶白花，格外清丽可爱。我最喜欢栀子叶色亮绿，四季常青，花大洁白，芳香馥郁。而春天里风信子花香最烈，它是草本生球根类植物，鳞茎球形或扁球形，有膜质外皮，外被皮膜呈紫蓝色或白色等，皮膜颜色与花色呈正相关，未开花时形如大蒜。风信子习性喜阳、耐寒，其花色各样，有蓝色、粉红色、白色、鹅黄、紫色、黄色、绯红色、红色等。这里的蝴蝶花，又叫琼花，花大如盘，洁白如玉，“千点真珠擎素蕊，一环明月破香葩”。春天在百花盛开中奔涌而至。

而珠江在春天里水位下降，江水清澈，静静地流过广州市区。在这个春江花月夜的夜晚校园里一片宁静。医工二队楼上的灯已熄灭，而一楼队部楼道里灯却亮着，在靠近门口有一张桌子，一把椅子。唐明正坐在椅子上看着桌子上打开的外科书，正在看骨折一章。今天是唐明值勤，值的是夜里两点到四点这个班次，所谓的值勤也是防止不法分子夜里闯入队部，保护学员的安全。前几天，唐明刚在全校的谈学习方法的演讲比赛中拿到第二名的好成绩，唐明聪明，学习用功，夜里队里熄了灯他一个人在水房背书，门门考九十分以上。除了用功，他也总结了自己的学习经验和大家一起分享，希望对其他同学有帮助。演讲比赛准备阶段我们共同为他出谋划策，怎样能更好地发挥他的演讲水平，写得好不一定能讲得好。除了纠正他不标准的发音外，另外大家也建议他增加一些演讲的技巧。最后唐明在总决赛中拿到亚军，为队里赢得了荣誉。

唐明翻看着外科书，上眼皮和下眼皮开始打起了架，三点正是人最犯困的时候，此时院外的天空青蓝，一片乌云遮住了半圆的月亮，不知什么响动惊动了树上栖息的两只乌鸦。乌鸦发出两声凄厉的尖叫，唐明揉了揉眼睛，跑到水房洗了一把脸。当他回到桌子前的时候，外面传来呜呜的呻吟声，似猫的呻吟一般又似狐叫。乌鸦又是几声阴气沉重的“呀——呀”的苍老的鸣叫，一种恐惧便顿时袭上唐明的心头。“乌鸦头上过，无灾必有祸。”呜呜的呻吟声不断传来，时轻时重，若有若无，时缓时急。唐明环顾了一下四周没有发现什么，唐明辨别声音的来向大胆地走出门口，在东边医工一队的楼下似乎有声音，似猫的呜呜的呻吟就从那儿发出，夜色漆黑，月亮躲在乌云的后面不出来，外面光线暗淡，似乎地下有一个黑乎乎的东西。是人是物是鬼分辨不清，唐明壮了一下胆子问：“谁在那儿？”没有任何回答。但是呻吟声还是持续发出，或轻或重。唐明跑回宿舍拿出柜子里的手电筒并叫醒了接班的蔺大伟，告诉蔺大伟楼下发生的情况。从睡梦中被拉起的大伟还在迷糊中，听到此事吓得一下子清醒了。两人一起下楼看个究竟，打着手电筒两人向呻吟处走去，到了跟前，两人立刻毛骨悚然。原来这里缩着一个穿睡衣的女学员，女学员身上周边到处都是血。女生面部肿胀变形正发出似猫似狐的呻吟声时高时低，究竟是怎么回事？

军校生活（下）

陪床

春江潮水连海平，海上明月共潮生。
滟滟随波千万里，何处春江无月明！
江流宛转绕芳甸，月照花林皆似霰；
空里流霜不觉飞，汀上白沙看不见。
江天一色无纤尘，皎皎空中孤月轮。
江畔何人初见月？江月何年初照人？

春天的广州春情荡漾，春天里的校园是一派生机，春意盎然，鸟语花香。但是任何不幸的事情的发生不会因季节而改变，不会因人的美好愿望而停止。一天夜里我做着春天里的美梦，春天是一个骚动而激情的季节。

“快起来！”李军一边推我一边轻声喊道，又怕声音太大惊醒了别的同学。“干什么？”我迷迷糊糊地问。

“该你去陪床了。”

“去哪儿陪床？”

“去南方医院外科重症监护室。”

“给谁陪床？”

“就咱们班跳楼的小蔡。”

李军又说："夜里医院电梯停了，自己爬楼上去，在六楼右手边，你千万别害怕！路上自己小心点。"李军不说还好，一说我更害怕了，我看了表是夜里一点五十分。"见到小蔡千万别害怕，人变形了很恐怖。""好了！你别说了，这大半夜想吓死我？"李军没再说，脱衣上床睡觉去了。我穿好了衣服拿了一本杂志出了宿舍，下了医工队的楼向外走去，一弯新月挂在深蓝的夜空，新月的周围是稀疏的几颗星。起风了，像是南方的海风，我径直向南方走去，身后沙沙作响，风吹动树叶的沙沙声。宿舍到南方医院约十五分钟的路程，但感觉特别远，想到李军的话，心里发怵，总感觉身后有什么跟着我。当我走过教学楼向左拐时，突然一只黑影从树丛中窜出，吓得我"啊!"尖叫一声。像是一只从家属院那边跑来的黑猫。黑猫一闪不见了，我惊魂未定继续向前走，前面又有两个像老鼠一样比老鼠大比猫小的有着黄色毛皮的东西飞快地从马路的一头窜到另一头。它的速度非常快，跑起来整个身子是弓起来形成深深的倒"U"形，可以看出它的腿强健有劲。不仅弓着身子两眼还发出绿光，难道是黄鼠狼？小时候经常听老一辈说黄鼠狼这个动物很灵异。谁要是与黄鼠狼的眼睛对视或者得罪了黄鼠狼就会变成疯子。

当惊魂未定的我来到南方医院外科大楼时，这里静悄悄的，我找到了楼梯，楼梯是黑的，怎么没有灯呢？我自己就向上爬，刚走几步灯突然亮了，吓了一跳，噢！是声控灯。我一口气爬上了六楼，在右手边看到了重症监护室几个大字，我轻轻地推门进去，灯光昏暗，没有看到护士。我按李军说的去找 13 床，进了病房，这个房间只有小蔡一个人住在这儿，我没有看清小蔡的脸，刚进门只看见她躺在床上，头上裹着厚厚的白纱布。病房的灯光很暗，可能是为了病人夜里更好地休息。我小心翼翼地走到小蔡的病床旁，走近一看，我立刻心跳加快，无形中的恐惧和害怕让我战栗，身上立马出了一身冷汗。我才明白李军说的话：见到她千万别害怕。能不害怕吗？人完全变形了，脸成了怪样，两眼冒出忧郁垂死的光，真的无法形容，又是怜悯又是害怕，好一会儿心才平静下来。小蔡不能说话，突出的厚厚的紫色的嘴唇似乎想说话。我在她的床边坐下来不知道该干什么，我又能为她做点什么呢？她双眼看着我，心里似乎看出我的不自在和恐惧。病房死一般的沉寂，我就像坐在地狱的门口。四周是黑色和窒息，诡异和阴森。

小蔡

病房里暗淡的灯光不适宜看书，我带的杂志也没打开。我看了一下小蔡，她的嘴唇干裂脱皮，我便用棉签蘸着水在她嘴唇上湿润了一下，我问她喝水吗？她用眼神表示肯定的意思，我往一个小杯子里放了两小勺蛋白粉用开水沏好，放了一会儿估计温度可以了用小勺舀着喂她喝，她慢慢地把一勺勺的白色的混合液体咽下去了。她眼神中透露出甜美的微笑和感激的神情。

那天唐明发现医工一队楼下躺着的就是小蔡，立刻向队长报告了情况。南方医院急诊科派来了救护车把小蔡拉回去抢救，急诊大夫说再晚半个小时就没命了。小蔡身上多处骨折，肝、脾破裂。校长要求南方医院不惜一切代价抢救学员的生命。南方医院出了八个科的专家给小蔡会诊，前几天小蔡还处在生命的危险阶段，随时可能出现问题，学员队派我们区队二十四小时陪护病人。至于小蔡跳楼的原因还不清楚，但是从四楼摔下来伤势严重，生命危在旦夕。

我坐在病床旁，不知道如何和小蔡交流，她说不了话，但我看得出她想和我说话，喉咙里发出模糊的声音，手在指一个方向，我顺着她手指方向看到一旁有一个小桌子，桌上放着一个本子和一支钢笔，我明白了她的意思。她想用手写字和我交流，我把本和笔放在她手中，她拿起了笔在本上写起了字。一会儿我看到她写下的话："帮我一个忙，求求你了，帮我把输液管拔了吧！太痛苦了。求求你！"我说："你别瞎想，好好活着，你要听大夫的话积极治疗，配合好大夫。"她又在本上写道："你是不是害怕承担责任？你帮我找一个刀片，我真的不想活了！求求你帮我一个忙好吗？即使治疗我也知道我活不了多久，让我早点儿走吧！"小蔡眼睛里透着哀求和深深的绝望。我对她说："你不能走，多少人为你担心，家人亲戚朋友同学，你知道吗？他们都期盼着你坚强地活下去，每一个人都相信你能挺得住，一定能挺得住。不要放弃，要有信心。"小蔡的眼睛里流出泪，我忙用纸巾帮她拭去眼泪。我问她为什么要跳楼？她写道："晚上我去厕所，一出门一个女人拉着我往楼下跳，我身不由己，无力反抗。"我问她是不是学习紧张产生了幻觉？她写道不是，她很清醒。后来，我才知道小蔡是抑郁症患者。

过了一会儿她写道：我要方便，帮我叫护士。我走出病房门口，看到护士站在那儿取东西。护士一转身看到了我，问我有事吗？我把小蔡的要求告诉了她。小蔡不能动更不能下地，方便也只能在病床上。但是需要我们协助，我一个男的不方便，但也没办法，又没有其他人可以帮忙。小蔡很不好意思，而我更尴尬，同学之间到了这个时候也顾不了那么多了。

两个小时过得很快，我给她本子上写了许多鼓励的话，还抄写了几首李白的诗给小蔡加油，激励她战胜伤痛早日康复！四点时我该回宿舍叫下一个同学接我，小蔡很喜欢我抄的诗，希望我有空常过来看看她。

小蔡经过几个月的治疗完全康复了，学校为了抢救她花了许多钱。出院前我们全班同学买了大花篮送给她，小蔡很高兴，信心十足，笑靥如花，一个漂亮的广州女孩终于站起来了！当我们夏天放假时，小蔡已出院回家了！

那个夏天我写了一首诗纪念此事：

在月色倾泻的夜晚
为你摘取一枝带露的蔷薇
在清风吹拂的路边
听你清铃般的笑语
在四月的春天
你就是新月下的画眉
在窗前鸣唱
此刻呵！
我们期待着夏季
再一次美丽的相逢
校园里的木棉花还未开放
你便在夏季的树荫下
粲然一笑

我刹那间明白
生命是朵最美的花

校园轶事（二）

一九九九年的夏天到了，又一批学员要毕业，有人去了新疆，有人去了西藏，也有人留在了广州。总之分配的地方是五花八门到处都有，真是有人欢喜有人忧。分配好了的高兴，分配不好的也得接受，军人以服从命令为天职。即使无力改变的我们也要踏上自己无法预知的路。梁实秋说得好，愿你生命从容，就要勇敢接受。“人生的路途，多少年来就这样地践踏出来了，人人都循着这路途走，你说它是蔷薇之路也好，你说它是荆棘之路也罢，反正你得乖乖地把它走完。”每个人都应好好地快乐度日，并从中发现生活的诗意。毕竟我们还年轻，毕竟生活不是一成不变的。

老生毕业情绪波动很大，为了队里的安定，毕业那几天队里的学员一律不得外出，违反者严肃处理。但是阿孟还是外出了，他的老乡毕业他送站，他去的广州东站回来时路线不熟悉所以晚了。但是他没告诉任何人他去了哪里，算是不请假外出。周六的夜里十点钟队里点名才发现阿孟不在队里。谁也不知道他去了哪里，队长吓坏了，十二点回不来就上报学校。万一出了什么事队里承担不起责任，队长发动大家认识阿孟的老乡、女朋友、男朋友的都去问一问。看看认识他的人是否知道他去了哪里，活要见人死要见尸。我想是不是和郭研爬白云山迷路了，我跑到中医二队一问郭研在宿舍。阿孟到底哪儿去了？和谁出去了？这是继尹浩病逝、小蔡跳楼之后又一个紧张事件。阿孟一向老实，从不夜不归宿，越是老实队长越害怕。天下的大事许多就是老实人干的，不鸣则已，一鸣惊人。老实人干聪明事，聪明人干傻事。如果这样推理的话阿孟今晚必回来，楼上一直没有熄灯等着阿孟回来，一秒一秒地过去了，一分一分地过去了不见阿孟的踪影。十一点过半了，十二点一到必报学校。区队长孔凡标、班长周拥军、班副吉达林陪着队长吸烟，队长焦急地在楼道里踱来踱去，一支烟吸完又点着一支。他问我：鹏飞你和王志孟最好，你猜想一下他可能去哪儿？我望了望广州满是繁星的夜空，我像是观天象地回答：他会回来的。我吐了一下口中吸入的烟，吐成三个圈向外扩散。

在我们谈话间从大门口闪进来一个人影，正是阿孟。他鬼鬼祟祟地向队部望着，看队里是否有领导值班。我们在二楼和队长一起向下看着他，他却没有看到我们。队长不让我们说话。“今天不要和阿孟说任何事，不要批评他。让他早点睡觉！”队长交代完走了。看到这一幕我们都想笑又不敢。后来队长和阿孟怎样谈话的就不得而知了。

当放完暑假回来后不久刘新球说他肚子老疼，让我陪他去南方医院看看，我想前几天我们还在一起打羽毛球和游泳，今天就出现了毛病。估计也没什么大事。我们一同去了南方医院，他去看病，我顺便到普外科去看刚做完阑尾手术的张洁。当我们在南方医院外科大楼门口会合时，阿球告诉我大夫让他住院，是肾结石，要碎石和排石。回到宿舍简单地收拾了一下，阿球就住院了。这一住院就是整整一个月，每天中午和晚上我帮阿球打饭送到医院。医院的饭贵，吃不起，学校里买饭有饭卡。每天跑八楼送饭。阿球人缘好，住院期间，有许多女同学来看他，其中一位是我认识的女文青宁莉。阿球出院时说：“凭你这一个月无怨无悔地送饭就可看出你是值得一辈子交往的朋友。”我说：“喜欢跑泌尿外科主要是这里有许多漂亮的女护士和女大夫。还得感谢这个送饭的机会，否则也不敢每天来。”友情在平淡中交往在患难中升华，再美的故事也胜不过真情与共，正如校园的木棉花红艳又不媚俗。校园里没有人不喜欢木棉，春天时一树橙红，夏天绿叶成荫，秋天枝叶萧瑟，冬天秃枝寒树，四季展现不同的风情和秀美。或许木棉花在我心中和谭妹妹的一段恋情有关，木棉花在我心中就是神圣的花。我后来写了一首诗《木棉花》：

木棉红云枝
南国曾赋诗
军校多少事
落雨起相思

我也曾给谭妹妹写过一首诗《木棉花开》：

羊城的木棉花开时
我曾答应
让你在我的诗歌里轻舞飞扬
你喜欢大海远方的颜色
做了水兵
在烟花璀璨的夜晚
你说相逢是首歌

在流星雨飘过的季节
我说
爱你不长就一生

实习

医工二队一年内接连发生多起重大事件，队长说我们队挨着护理队的楼，她们阴气太重，我们阳气不足，医工二队要搬家，搬到后一栋楼，或许换一下风水会红运当头阳气上升，鬼神不侵。这当然是玩笑之话，是学校有令让我们搬家，此楼另有安排。我们的楼上是新来的九九届专升本中药队的学员，这些学员一来不久就跑到楼下认老乡，有几个江苏的女孩就认识了我们班副吉达林。一来二去我们都熟悉了，一个小女孩非要把她姐介绍给我，当然也是开玩笑了，一下楼见到我就姐夫长姐夫短。她姐也是一个老实人，就默认了这种玩笑。这种干部学员什么风浪没见过，什么世面没经过，所以在嬉笑打闹之余也为我们枯燥的生活增添一份乐趣。

一天周末的晚上我和刘军坐在小卖部门前的石凳上喝啤酒，从小卖部里走出来一个穿干部服的女学员，挂的是文职牌。刘军问我你见过她吗？我说没有。“她好像就住在我们的楼上，长得还挺漂亮的！”刘军说。我没有理会他，也不知他说这是什么意思，还是他随便说的。他突然问我：“你敢叫她过来和我们坐坐，一起喝点儿啤酒吗？”我说：“这有什么，过来不过来是她的事，请不请是我的事。但是她如果过来必须今天你埋单。”“好的，没问题！”但是我不认识她又不知如何邀请人家，但我还是鼓起勇气跑到这位学员面前对她说：“你是九九中药的，住在医工二队的楼上，是吗?”她微笑地点了点头。

“我上下楼时见过你的。”

“你是医工二队的?”

“是的，没事过来一起坐坐喝点饮料，天这么热!”

“好的，我请你，喜欢喝什么?”

“过来坐，我来买吧!”

她坐在了我和刘军的旁边，我指着刘军向她说到这是我们队的刘军。刘军微笑地说：“你好！喜欢喝酸奶还是冰红茶?”“来瓶冰红茶吧!”“好的。”刘军说罢进了小卖部。

“你叫什么名字?”

“叫我小翟吧!”

“你从哪个部队来的?”

“北戴河疗养院。”

我也自我介绍了一下，我们聊得很投机，小翟说改天我请你俩在外面一起坐坐。我愉快地答应了。“你带工资上学比我们有钱。”“比起你们我算大款了?”后来小翟说：“你胆子挺大的，其实你根本不认识我，你只是想认识我，找个借口主动搭讪。”我笑着说：“你看出来了？为什么当时不揭穿?”“看着你也不像个坏人。不过你是我在学校认识的第一个外系的人。”后来我和这个个子不高、皮肤稍黑大眼睛的姑娘交往得很好，她开朗大方举止得体，我们有许多共同语言。这得感谢刘军的怂恿。本来打算发展为女朋友的，世事变化太快，日与月没有相随，山和水没有相恋，因为出现了谭妹妹，阿球说我太博爱。其实博爱是情商高的表现，广义指博施济众，孔丘尚仁，墨翟兼爱。当一份感情错过之后，无须后悔，更无须自怨。只需静下心来，认真地梳理片段的过往，倾听内心的声音。下一场的遇见，会有更蓝的天更美的云。感谢生命中的每一场遇见，丰富了我的人生，快乐了我的生活，诗意了我的世界。

即使毕业了小翟也给我写信，在三〇一医院实习时我还去看了她。我们聊过去聊现在聊未来，但我们都不敢去触碰心中的那份神圣的感情，谁拒绝了谁都是一种伤害，但彼此又渴望拥有对方。有的人她想做你的唯一，但她知道她不是唯一，就对一种感情产生了戒备。而有的人明知道自己不是别人的唯一却敢做自己的主，最后她拥有了自己的世界也拥有了别人的世界。

“曾因酒醉鞭名马，生怕情多累美人。”因为我们曾经年轻，心高气傲，不懂得把握每一段感情，去勇敢地接受或追求一份属于自己的感情。不站在对方的角度考虑问题，只是自己主观地评判一切，自以为是。人生错过了风景不会再重现，失去了的感情不可能再拥有。

一九九九年秋季我写下了一首诗：

秋云

读你的那一刻
秋云在天空中飘动
好喜欢
在默默无语的日子里
与你共看庭前花开花落

在没有誓言的欣赏中
分享那份甜蜜的感觉
我想
在这月光如水的夜晚
拥你入怀
一同变老
没有什么不好

一九九九年秋冬之际校园里清新明丽，阳光透过云层把明亮的光洒在草木之上增添了几分俏皮和妩媚。学校依然整齐划一，在教学楼到宿舍楼两旁摆好了木架板，上面贴满了从学生中征集来的书画作品，迎接新世纪。在通往家属楼和幼儿园那边还有一个“世纪门”，门两边写着：一片艳阳，前程似锦。跨过世纪门就进入新世纪，人们庆祝这个未来充满了希望和梦想的年代，时光不老，我们不散。

我们进入实习阶段，有去深圳的，有到桂林的，有在广州本地的，还有去别处的。我和刘军、阿球、蒋志强等留在了南方医院。我记下了《我的实习情怀》。

实习了，身子仿佛一下子生了翅膀，几年来欠下的轻松感骤然拥有。但不久就被忙碌的实习工作所代替。实习的生活，不同的人有不同的感受，我的实习生活晴朗的天空没有一丝云彩。

早晨踏着晨曦走往医院，晚上踏着月光而归。忙碌的一天倒也充实，我喜欢这样的生活，正因为喜欢心中生出了许多感悟。

实习的生活是一道风景，只要你好好珍惜，而不是走马观花，就能人人得有所获。

实习的生活是一轮明月，洒向每个人的光辉是一样的。对于欣赏它的人就能从平淡中发现它的美丽，枯燥中找到快乐，忙碌中得到充实。

实习的生活是一本日历，对于珍惜时间的人来说，日子总是太短，要学习的知识总是太多。而对于“休闲”的人日子总是太长，要学习的知识总是很少。

实习的生活是一首歌，只要合着拍，跟着节律是不会跑调的，总有动听的音符等待着你开启。

实习的生活是一列快车，只要买了票，就会有一个相应的座位。投机的人总会被查着补票，损失的永远是自己。

实习是一座桥梁，一座从理论向实践过渡的桥梁，人人都要走，但并不是人人能走好。因此我们有必要提醒未实习的或是将要实习的同学，实习并不轻松，实习要有坚实的理论基础。在校时我们要扎扎实实打好理论基础；实习并不可怕，可怕的是我对实习没有信心，丧失创造的动力。

只有我们在实习的生活中勤奋耕耘，在耕耘中点燃一腔流动的热血，噼噼啪啪，烧出一方火热的生活。生活在耕耘中变得郁郁葱葱。

一天，我们毕业时，耕耘后是一片清新的天地，一个重绽的新春。

就在实习不久蒋大叔（蒋志强）因支气管扩张而进行肺切除手术。刚开始我们帮他打饭、刮胡子，因为他满脸浓密的俄罗斯大胡子长得太快，野火烧不尽，春风吹又生。后来好多了，自己能动了，但不便外出，就让我陪着他下围棋。关于“蒋大叔”三个字是有来历的。蒋志强寒假回家过年，家人托人给他介绍了一个对象是位中学老师。家人怕老师找不到他家，让他在村口等着。蒋志强面相长得老，早上没来得及刮胡子急匆匆地穿了军大衣去了村口，双方未见过面。姑娘到了路口看见蒋志强问：大叔，蒋志强家咋走？蒋志强给姑娘指了指方向。到了蒋志强的家姑娘才知道村口穿军大衣的大叔就是蒋志强。结果可想而知，一听到这段故事我们宿舍的人就哈哈大笑。

蒋大叔自从做完手术就开始让我打听他做手术时，护理队哪几位姑娘在胸外科实习。我说宁莉和谭妹妹，他听后说：不好，全被她俩看到了。我明白他的意思，我说是宁莉给你备皮的。手术时还和大夫打过招呼，所以蒋大叔最怕见到宁莉，我对他说看都看了，手都动了，有什么不好意思的？

毕业

栀子花开时，花白似雪，沾着清凉的月光发出郁郁的芳香。与青青漫步在校园小径，兰心蕙性，别是一番情趣。

“初恋是雾，你是雾中的玫瑰，隔着轻纱看你，你让我心醉。”这是我认识青青时脱口而出的诗句。

认识青青是在一九九九年年底羊城的暖冬，刘新球带我参加宁莉生日聚会，在欢快的气氛中大家欢声笑语。“我是青青，很高兴认识你。”青青礼貌地和我打招呼。“原来你就是谭妹妹，早听宁莉和杨威说过，你的大名如雷轰顶。”

接着我说：“你叫我飞哥吧，年龄肯定比你大。”

“听说过你的大名，原来你就是传说中的飞哥？”

“是吗？像痞子蔡一样有名吗？不过我没他那么丑吧？”

“拜读过你的诗，想不到你还很幽黑（默）。”

“你也很天真无牙（邪）吗。”

寿星宁莉让每个人出个节目助助兴，青青唱了一首《在那桃花盛开的地方》，歌喉天生的纯美，像一朵雪莲花盛开在天山一角。“我五音不全，给大家讲一小段评书吧！”我说道。“却听到杨过朗声说道：‘今番良语，豪性不浅，咱们就此别过，他日江湖重逢，再当杯酒言欢。’说罢，袍袖一拂，携小龙女之手与神雕并肩下山，其时明月在天，秋风吹叶，树巅乌鸦啊啊而鸣，郭襄再也忍耐不住，眼泪夺眶而出。正是：‘秋风清，秋月明，落叶聚还散，寒鸦栖复惊，相思相见知何日，此时此刻难为情！’——《神雕侠侣》全书至此完！”

“佩服死你了，飞哥。”青青说。原来青青也是金庸迷。

“佩服的应该是金庸先生。”

“再来一段。”有人说道。

我借着酒兴当着青青说：“酒罢，问君三语，你最快乐逍遥的地方？你最喜欢人的名字？最快乐的时刻？段誉说，枯井底，污泥处，两情相悦，心意相通时和王语嫣。你呢？青青。”“在麒麟小餐厅，此时此刻和你在一起。”想不到青青出此之语，大家开始起哄了，“真是双剑合璧”。其实那刻我喜欢上了青青，正所谓一见钟情。

我知道了青青是烟台女孩，从青岛入伍后考到护理系的。临别我送给青青一首小诗：“青青子衿，悠悠我心，但为君故，沉吟至今。”

那时我在南方医院实习，日子过得忙碌而快乐。一天晚上我正在宿舍看王国维的《人间词话》，青青发来一条短信："今晚月色很美。"我马上回复："我将踏月色而来。"我和青青相约来到校园的操场，一轮温润的圆月映在南方璀璨的星空，月满西楼，四处无声，学校已放假，空荡的校园里只有路旁的芭蕉树寂寞地守候着。

"青青，给你讲一则笑话吧？"

"好啊，我喜欢听。"

"一个年轻小伙子，一次在一辆公共汽车上，停车时，不小心撞到了一位少妇的怀里，只见她杏目圆睁，柳眉倒挑，勃然大怒。小伙子马上说了一句话，少妇立即喜笑颜开，'该死的牛顿定律。'小伙子说。"

青青笑了，金铃般的笑声分外清脆，纯清如水，飘荡在操场的上空。

"以后有什么对不住你的，应该想想'该死的牛顿定律'。"

"呵呵！你在为自己犯错铺后路吧！"

"人有时犯错就是不由自主，尤其是在感情上的错误。"

"我也给你讲一个故事吧。"

"古希腊大哲学家苏格拉底让弟子挑麦穗的故事。"

"我就是你挑到的最大的一枝麦穗吧？"

"是啊，所以我欣然接受了你。"

羊城的冬天本来就不冷，此刻反而能感到一束暖流淌在心田，和青青在一起的一小时像一分钟，这或许就是爱因斯坦所说的相对论。借着月光，隐约可见不远处青黛色的白云山像顽皮的孩子用铅笔在天边画的一条曲线。

“青青，你把右手伸出来。”青青伸出了右手，我用左手掌和她的右手掌合二为一。

“你知道这是什么？”青青微微笑了一下，摆了摆头。

“这是心心相印。”

“真的吗？太好了。”青青俨然像一只欢快的小兔子，青青在我左手心写一个“您”字。“猜猜什么意思？”青青神秘地说。

我看着手心的这个字，寻思“您，你和心”，过了几分钟我发现新大陆似的说：“你在我心上。”

“你真聪明！”青青说。

“那是！”我得意地向青青耍了一个鬼脸。就在那一刻，我把青青揽入怀中，紧张慌乱地吻了青青，青青一时不知所措。“你真坏。”美好而甜蜜的初恋是如此的激动人心，七八个星天外，两三次吻唇前。

日子如手中握着的细沙，越是珍惜，流逝得越快，我们在南方医院每个科轮转，我去了 B 超室实习，青青在普外科实习，日子过得紧张而有序，只有下班时看到紫红色的惠侨楼清静而美丽，心情有一丝的放松，楼前的小湖里鱼儿自由闲散地游着，如果向湖里投一块食物，它们会聚集而来，争抢食物，偶尔看到白衣护士在楼上穿梭而过。校园里没有往日的嘈杂，路边的榕树依然翠绿着。青青和我的爱也滋润地生长着。心情像静美的秋叶在秋风中轻舞飞扬，送我一双翅膀就能飞翔，真的。

青青不时地拿来她喜欢的书让我欣赏，如余秋雨的《文化苦旅》，张爱玲的《倾城之恋》，周国平的《妞妞——一个父亲的札记》，还有《流星花园》等，我也抄给她一些小诗，如徐志摩的《再别康桥》，戴望舒的《雨巷》，余光中的《乡愁》等。

我喜欢张爱玲的经典之语，“于千万人之中遇见你所遇见的人，于千万年之中，时间的无涯的荒野里，没有早一步，也没有晚一步，刚巧赶上了，那也没有别的话可说，唯有轻轻地问一声：‘噢，你也在这里吗？’”青青像雨巷中丁香一样地结着愁怨的姑娘。而且我们都喜欢周国平的哲学和梵·高的油画，青青拿来“钢琴王子”理查德·克莱德曼的《玫瑰色的人生》《蓝色的爱》《秋日的私语》让我欣赏，对世界充满了天真的深沉的爱。充满了浪漫主义色彩和强烈、富有激情的现代气息，流畅华丽。有时感觉时间和空间在我们眼中是静止的，只有心灵间的碰撞叩击心壁。也难怪三毛说过：“爱情有若佛家的禅，不可说，不可说，一说就错。”

临近春节，气温转暖，羊城的冬天是看不到雪的，但各种鲜花却静静地开放，所以羊城也叫花城。我对青青说草原上下雪，千里冰封，万里雪飘，煞是壮观。

“那你什么时候带我去？”

“明年冬天下雪时。”

“不许反悔，一言为定，早听说大漠孤烟，黄河落日，可我没去过。”

“那你听说过白云下面马儿跑和风吹草低见牛羊了？不过那是夏季。”

“听说过，我最喜欢草原了。”

“你也可以造一个草原，只要一株苜蓿加一只蜜蜂再加一个梦。我也喜欢你生长的海边，喜欢碧海无波，水天一色，孤鹜齐飞，喜欢春江潮水连海平，海上明月共潮声。”

“那我们就在海边建一间房子，早晨在沙滩散步，夜里听潮声。”

“太浪漫了吧？”

“不喜欢吗？”

“喜欢，我喜欢水，更喜欢那种雄壮的水，‘君不见黄河之水天上来，奔流到海不复回’‘大江东去浪淘尽，千古风流人物’‘乱石穿空，惊涛拍岸，卷起千堆雪’。”

青青属羊，一月份生日，水瓶座，她就像水瓶座上一枝红玫瑰，永远让我痴迷。我属虎，十二月份生日，射手座，我和青青开玩笑“这叫羊入虎口没得救”。青青道：“不入虎穴，焉得虎子。”

在转瞬间就迎来了二〇〇〇年的春节，我们实习生在一起贴对联，包饺子，放鞭炮，尽管不能与家人团聚，但也过得很快乐很开心。春节实习生也放假七天，在这七天里我和青青逛了越秀公园，从珠江乘船去参观了黄埔军校，坐车去虎门看了当年民族英雄林则徐销烟的旧址。

正月初九也就是二月十四日是情人节，情人们竞相争购玫瑰花。那天我从早市上给青青买了两只毛茸茸的小鸭子，青青特喜欢，青青给它们取名“宝宝”和“贝贝”，把它们放在铺满玫瑰花瓣的竹篮中，在月光中我和青青带着宝宝和贝贝散步在校园，佳期如梦，月光似水。晚上临睡前我发了一条短信给青青：“爱你不长就一生。”青青回复：“最浪漫的事就是陪你一起慢慢变老。”

青青爱吃肯德基，我们常跑去梅花园旁的肯德基，要两份香辣鸡腿堡加一份大薯条和两杯加冰的可乐。青青最爱吃“草莓 ice cream”，甜在心里，笑在眉间。拿一份《羊城晚报》或《知音》杂志去看，食物和精神共享受，如果二十几岁你还不懂得享受自由，那么就是没有心灵的人。快乐的日子如天空中灿烂的烟花，短暂而美丽。寒假结束了，学生重返校园，我和青青一边忙着实习，一边忙着准备论文，常常跑到图书馆去查资料，不知不觉校园内的木棉开出红色的花，花红似火。幸福是我们对自己的承诺。快乐是上帝关心我们的证据，希望在静静沉睡的远方等着我们。

五六月的天空不时阴雨霏霏，下雨时我和青青打着红色的小雨伞跑到办公楼东边的“Happy”豆浆店里静静地坐下来喝一杯热乎乎的豆浆，在杯中加一些青色的葡萄干和粉色的小樱桃用冰糖搅拌，像我们似水年华一样丰富多彩。那刻感觉我们正一步一步走向水晶般幸福的台阶，“执子之手，与子偕老”是不是就从此刻开始？心灵的相逢，一瞬也是永恒。

“给你的是整个季节，在相识的欢乐中；给你的是整个天空，在春的芬芳中；给你的是整个世界，在我一生中。爱在哪儿？在你善睐的明眸中，在你微笑的酒窝中。”我为青青写下这首诗，在春的细雨纷飞里，在明媚的春光里青青也写给我一首诗：

“有首诗来自内心的祝福，有首歌来自心灵的呼唤，自己树立的冰雕，为谁寒露中宵，即使化为一汪清泉，也因你而晶莹剔透，因我而冰清玉洁。”

校园里的菊花飘香时，我们已临近毕业，广州的夏季很闷热，我们已穿上了短袖衫。毕业前的事情很多，每天有不同的会要参加，关于毕业后的去向，战士考学的一般要回原部队，青青回青岛，我也要回到北京。我对青青说：“毕业一年后，我会像17世纪的欧洲贵族一样穿着很绅士的衣服，突然一天在你门外带着几千枝玫瑰，向你求婚。”“哈哈，好啊，等着你来。”青青带着满脸幸福的光芒说。青青宛如一竿雨露中的绿竹，秀丽怡人，神情飘逸。

七月八日宣布毕业命令时，也正如我们预料的青青被分到青岛，我被分到了北京。离开学习了几年的母校，心里有点依依不舍，也不免有点伤感的情绪。但让我最放不下的是与青青的离别。青青对我说：“当你想我时，就望望夜晚天空中的星星，最亮的那颗就是我想你的眼睛。”我也给青青留了言：“记得青青初识，两重心字罗衣，琵琶弦上说相思，当时明月在，曾照彩云归。”

离别的列车启动时，只见青青从窗口伸出的双手在挥动，一会儿列车飞驰而过，给我留下无尽的思念和离别的惆怅，月台上的我分明已是泪流满颊了，青青走了，离开母校，离开了我。

轻轻的我走了
正如我轻轻的来
我轻轻地招手
作别西天的云彩

逝去的青春

时光如梭，几度花开，当二〇〇三年一场非典席卷全国时，我与青青分别已三年，我们的爱情像秋天田野里的稻谷到了收割的季节。因为非典推迟了相聚，我和青青分别在各自医院的发热门诊，医务人员都穿上了隔离服，戴上眼镜和口罩，我们战斗在第一线，紧张恐惧占据每个人的心，白衣天使成为消灭病魔拯救生命的一盏明灯，我和青青各自提醒对方注意安全，注意防护。每天发热病人很多，要让病人登记，量体温，化验，照片，进行筛选，隔离观察。我们都比平日要忙要累。

闲暇时，青青还从电话中颇有情致地给我讲茶道，可能来自陆羽的《茶经》，茶叶的产地、炒制方法、火候以及煮茶的水质、温度等，我说我就是智积法师能品到青青心中的一茗清香。我告诉青青人生也有三道茶：一道美若生命，二道甜似爱情，三道淡如微风。那一刻青青就如我读的《快雪时晴帖》：笔法圆转流利，圆健挺拔，风格妍媚，丰润多姿，读之如山间之明月，江上之清风，令人心旷神怡，高山尘寰，得物外之妙。

短信在拇指间传来传去："我愿把你化为手掌中春光的一缕温柔，百合花开时，让爱飘飞。"

"我想跨过彩虹之桥，从天空中下来看你。"

"期望爱如树的年轮永不老去，即使一天白发如霜。"

"把思念定格成一张老照片挂在床前，夜夜守望。"

"我住长江头，君住长江尾，日日思君不见君，共饮长江水。"

"此恨何时已，此水何时休，但愿君心似我心，定不负君相思意。"

"宠辱不惊，看庭前花开花落。"

"去留无意，观碧空云卷云舒。"

"身是菩提树，心如明镜台，时时勤拂拭，勿使惹尘埃。”

“菩提本无树，明镜亦非台，本来无一物，何处惹尘埃。”

“梁山泊和祝英台变成一对比翼双飞的蝴蝶之后怎样了?”

“幸福地生活了。”

“不对，是生了一堆毛毛虫。”

“Kiss 是动词，形容词还是名词?”

“是动词呀。”

“不对，是连词。”

“一个人被老虎穷追不舍，突然前面有一条大河，他不会游泳，但他却过去了，为什么?”

“乘船过去了。”

“是昏过去了。”

“大象的左耳朵像什么?”

“扇子。”

“像右耳朵。”

“哈哈，你真是聪慧的婉约女子。”

“是幸福的小女子。”

“大家闺秀还是小家碧玉?”

“你说呢?”

“紫红的汁液欲滴的一粒葡萄。”

“你是馋嘴小狐狸吧?”

妙语连珠是女孩最美丽的口红，这是我和青青交流的最深刻体会。

一天青青发来短信，她发热也住进了发热病房。我大脑停止转动，一片空白。冷静后我给青青打电话，青青说没事，让我放心，同时也要注意防护。我想想应该真的没事，并不是每个发热病人就是感染了非典。我也很忙，一段时间后我给青青发短信也不见回复，打电话也关机。“青青怎么样？忙吗？”我有一种不祥之兆，但我不敢想。

多方联系也没有找到青青，我只能默默地等待，当非典突如其来，迅速达到了高峰，在“白色恐怖”中，非典什么时候被扼制，说心里话我是心里没有底的，发热的病人也越来越多，被确诊为非典的病人在北京每天也达到了一百多人，上级要求控制非典是当前最大的政治任务，我们的活动范围越来越小，没有特殊事也很少去人多的地方和公共场所，公共汽车上也比往日的人少了许多，人们出去大都戴上了口罩，为了了解外面的情况，下班后我打开电视，关于非典的事占据巨大的心理空间。

“青青一定被隔离了。”我想。为什么她不和外界联系呢？是怕亲人担心还是别的原因？

七月份的时候北京非典病人已集中到小汤山医院，再后来非典基本控制，人们像往日一样有了正常的生活秩序，我们医院发热门诊依然忙碌着，依然认真地对待每名发热病人。我还在发热门诊，时时想起青青，牵挂着，思念着，青青还是没有一点消息。京城车流如龙，人来人往，我幻想着青青一天突然会从茫茫的人海中走来站在我面前，笑靥如花。慢慢地等待，寂寞地等待，青青没有来。恍惚间我记起了泰戈尔的一句诗：生如阳光般灿烂，死如秋叶般静美。

有人说青青到了另一个世界，我不信。有人说青青上研究生去了，我信。在每个月光如水的夜晚我仰望着星空，寻找着水瓶座，是否有一枝火红的玫瑰绽放，是否有颗最亮的星是青青想我的眼睛。星空中水瓶座和射手座的距离不远，而青青和我却天各一方、咫尺天涯，青青你在哪？梦里我见到十里清陂间采莲女子带来青青的消息，青青在一个神秘的地方快乐地生活着。

花开花谢，逝者如斯，桃花绿了春红，太匆匆！春华秋实，昨夜晨辰，你可听到梦中花开的声音？青青你在哪？

悄悄的我走了
正如我悄悄的来
挥一挥衣袖
不带走一片云彩。

我已听到青青的吟唱从远处水面传来，咏的正是徐志摩的《再别康桥》，那刻莲花正开。

二〇一〇年去广州参加放射年会的时候我从珠江宾馆打车去了学校，学校已改名为南方医科大学。学校变化很大，建了许多高楼，操场已变了，沿着曾经的路走到原来的学员队，楼没有变化，但现在是校卫生所了，许多学员宿舍楼还在，就是不再是学生居住的地方，改为别用了。望着熟悉的一切，心中感慨万千，我拨通了刘新球的电话，告诉他我回到了学校，阿球让我多拍几张照片发给他。站在楼下眼前的一切已物是人非，留在一个人记忆里最珍贵的原来是曾经日子中相处的纯真感情而不是陈旧的建筑。就在那刻我记起了毕业时写下的诗句：

羊城秋雨送远行，
白云山下空复情。
他年江湖若相逢，
酒杯重把唱华生。

向前进

在时光的河流中，过往的岁月流逝了，留下的是记忆的星光闪烁在河岸，河水奔腾，岁月蹉跎！正是：天若有情天亦老，月如无爱月长缺。

一幕幕的镜头无数次闪过脑海，让我记录下我及我们成长的轨迹。在南方医院实习正逢春节期间，学校里搞了许多活动，有花卉展览、有猜谜游戏，还有套鸭等。套鸭最有意思，人围着一群鸭子，从外围把手中的竹圈扔进去，如谁的竹圈套在鸭脖子上，鸭子就归谁？我和刘军、宁莉、谭妹妹等把手中的竹圈都给了阿球让他套，他胳膊长，人又瘦，我从后面抱起阿球让他专心致志地套鸭，一个多小时我们套住十只鸭。我们高兴得手舞足蹈，大呼小叫的。这十只鸭怎么养？没地方，宿舍绝对不行。后来宁莉说吃掉最合适，但没地方做。刘军说让饭店做，给他们点手工费，这个主意不错，大家一致同意，就让刘军找饭店去了。

当我们坐在饭店看着一大盆的啤酒鸭被端上餐桌时，顿时觉得人生是如此的美好，鸭肉是如此的让人垂涎。生活中洒满阳光明媚而不忧伤，天空中呈现彩云迷情而不沉沦，青春在最美的年华里绽放，爱情在最美的春天里遇见。在这个木棉花盛开的季节里我收获的不仅是纯洁如水的爱还有溢满心河的诗意和栖居在大地之上的远望，飞在青春枝头的深情鸣唱。

悠悠荡荡的云飘过白云山顶，清清爽爽的花开在梅花园，美丽动听的故事传自麒麟岗。毕业在即，心潮澎湃，我仿佛听到辽阔的大草原呼麦唱出的金属般透明清亮的高音，我仿佛体会到蒙古长调优美舒缓的旋律和雄浑壮阔的格调构成深邃的意境。这只是我的心情，当王志孟接到分到青藏之地的部队通知时，他买了一张中国地图，查找自己将要去的地方。阿孟手里拿着一张地图满校园的转悠，队长让我跟着他，阿孟碰到熟人就指着地图上的二郎山说这是他将要去的地方，《康定情歌》就创作在这儿，阿孟一提这首歌我就想到一个美丽的传说：

康定城有一卖松光的藏族姑娘名叫朵洛，长得漂亮美丽，举世无双，康定人称“松光西施”。每天早上她都要上街卖松光，康定人只要听见她叫卖松光的声音，都要打开门窗探出头来，有的是为了买松光，更多的是为了一睹“松光西施”的芳容。《康定情歌》唱的就是朵洛。这可能就是《康定情歌》最早的雏形了。后来吴文季老师被一个马夫哼唱的一首《溜溜调》旋律吸引了，经他整理、改编、加工，并将它定名为《跑马溜溜的山上》。

阿孟对我说：飞哥如果有一天你出息了，就找人把我从二郎山调出来。他语调带着伤感。我查了一下二郎山，二郎山是四川的一座名山，距离成都不算很远，也是青衣江和大渡河的分水岭。毕业两年后南京指挥学院门诊部还真要一个学影像专业的人，同事问我有同学可以推荐吗？我想到了阿孟，可是谁也联系不到他。后来阿孟在山上待习惯了，下山还不适应外面的花花世界，他在桂林实习时我的女朋友不远万里来到他身边嫁给了他，不怕偏僻不怕艰苦不怕贫穷与他相守在大山上，他们的爱情日月可以见证，大山可以明鉴。“人生自是有情痴，此事不关风和月。”

老实人办大事，阿孟老实就办了自己的大事。毕业时学校有百分之二十的人分到了新疆、西藏。我们二班的李成学主动申请去新疆支边，还立了三等功；还有我们的女文青宁莉等去了西藏。学校为这些立志献身边防的学员佩戴红花敲锣打鼓举行了送别仪式，仪式壮观感人，惊天地泣鬼神。离别也就在这如雨滴落的鼓声中悄然无声地落下帷幕。而人生的故事还继续着，我在两天后踏上了回北京的列车……

脚下的大道通向远方，通向遥远的太阳升起的地平线，一束阳光照在眼前像一盏来自天堂的灯，我的心里波澜四起，眼前光芒万丈。以前走过之路和未来将行之路在冥冥之中似乎早已安排，那束光照耀着我的人生照耀着我前行的道路，激励着我向前进，向前进，这便是奶奶的灯光。

解开语文阅读的“金钥匙”

张鹏飞作品阅读训练

提分策略　答题技巧

张鹏飞　著

非卖品

目　录

初到军校

（1）列车过了湖北、穿越湖南就到达广东省境内，我吃了些东西，观赏着窗外的风景。南方的八月，云雾缭绕，山清水秀，与北方的景色迥然不同。八月的北方艳阳高照，树木苍翠，植被稀疏平常。进入湖南后就立马觉得空气湿润。湖南地处中国中部、长江中游，属大陆性中亚热带季风湿润气候区，气候特点夏季多雨。窗外似乎刚下过一场雨，早晨较为凉爽。第一次坐火车走这么远，一切都感觉很新鲜，真想拿一本《湘行散记》踏遍湖南，看看沈从文的湘西。

（2）当火车到了广州火车站时，已是中午一点多。广州的天气分外潮热，我提着大皮箱走出火车站时已是满身大汗。广州的火车站没有想象中的好，和当年的北京站差不多，都是老站，显得很陈旧。在车站的大广场上停着几辆绿色的东风汽车，旁边有举着牌子的学员。牌子上歪歪扭扭地写着：第一军医大学新生接站处。我就上了绿色的东风汽车，这个绿色东风车在我新兵时从北京站把我拉到牛栏山炮团教导队，这个绿色的东风车在我去长春时把我拉到装甲兵技术学校，今天又将把我拉到广州同和的军医大学校园内。我每到一个新地方首先见到的就是这个熟悉的“绿蚂蚱”。绿色让我不觉得陌生。

（3）绿卡车穿过广州市区来到了同和白云山下麒麟岗，到了由叶剑英元帅题笔的第一军医大学校园内。校园道路宽广，路边树木葱茏，芭蕉叶子绿幽幽闪亮着，南方医院的大楼矗立在路边，医院门前有假山和湖水，且有高大的木棉树掩映的草地。校园内绿树成荫，花团锦簇，如入园林。车从西门进入向东走了一段路程后就向右拐弯，然后向前又行驶了一小段路后停在一栋白楼前，大门上方写着医工楼。司机告诉我沿着医工楼后的一栋栋宿舍楼继续向南，倒数第二栋一楼从最西边进入就是医工二队。随后我按司机的指向进入一楼右手第一间办公室就是报到处，由江苏口音的队长和广东普通话的教导员安排前来报到的学员，由一个年轻的女参谋负责新学员的具体工作。

（4）当天我们就分了宿舍，以宿舍为班，四个宿舍四个班，共四十余人，其中有三朵金花。四十余人组成一个区队，区队长是来自二炮（现在称“火箭军”）的小个子湖北人孔凡标。我被分到二班，班长是湖南人周拥军，班副是来自海军的江苏人吉达林。班里还有来自总后的湖南人刘新球，来自中央警卫局的武汉权，来自北空的山东人周晓东，来自重庆部队的山西人王志孟，来自兰州军区的甘肃人李成学，还有河南人李军和刘军，共十人。夜里区队长点了名，队长、教导员讲了话，讲了医工二队的优良传统和历史。医工二队一九九三年建队至今已是第四届，每届学员来自全军各部队，专业为医学影像。回到宿舍，班长、班副又讲了话，各自作了自我介绍。宿舍在二楼，上下铺，一人一个床头小柜、一张床。

（5）班会后站在二楼的阳台上我望着广州没有星星的天空发呆，心里想红十字方队的生活就这样开始了？突然一个人手夹着一支烟走到我身边问我：你来自哪儿？叫什么名字？问话的正是今天新任命的区队长孔凡标。这个人身高也就一米六多，说话带着湖北口音。我们简单地聊了几句后转身回到宿舍。

（6）回到宿舍看到刘新球端着脸盆正要去水房洗漱，“我队还有留学生？”我看到刘新球想到当时的美国总统克林顿，打卷的头发，细长的脸，络腮胡子，尖翘的下颌，美国男子迷人的微笑和智慧的目光。新的环境中新同学新交往，我不自觉地关注宿舍中每个人的一举一动，因为我要在这儿长久地学习和生活。

（7）第一周就是打扫卫生，室内屋外，宿舍楼前的草都拔得一干二净。过了几天，发了军装，戴上了红肩章。最让我紧张的是还要复考，看是不是有水货进入。数理化又考了一次，真怕考不好被退回去。复考完后真有两个人不合格被退回原部队，让我的心紧张得咚咚乱跳，我这冒牌的理科生又一次闯过鬼门关。我同时发现了刘新球、吉达林等这些数理化高手们超强的功力，高中的这些题在他们手里做起来简单得像做小学数学题。考试不是一百分就九十多分。妈呀！我怎跑到这些“武林”高手中间来了，我是鸡立鹤群。我应该去南京政治学院新闻系学习，不应该来学医。过了两天又是军体复考，又是考跑五公里，又是考单双杠，不管怎样还是通过了。这不是过五关斩六将吗？一个星期后就发书了，准备开课。军医大学开学典礼上，一批来自五湖四海的优秀青年男女聚集在一起。学校里新生们开了许多会听了许多报告，每天上下午总是集合跑步去礼堂。听报告前还要拉歌比赛，部队学员的特点就是嗓门高，拉歌时像海潮一样地把别的队压了下去。

（8）厚厚的书发了一大堆，有高等数学，还有高等物理和医用化学等，看着心里就发毛。我们宿舍的王志孟手里拿笔不停地画，两天就把高等物理翻看了一半，这不是吓人吗？又一个怪才。他嘴里还说，这么简单，两个星期就全学完了。

问题：

1. 读第（1）段画线的句子，运用了什么描写？作者将南方与北方八月的景色进行对比有何作用？

2. 结合第（1）段，作者为何说“真想拿一本《湘行散记》踏遍湖南，看看沈从文的湘西”？

3. 读第（2）段画线的句子，运用了哪种修辞方法？有何作用？

4. 请赏析下面句子中的加点词，说说有何表达效果。

妈呀！我怎跑到这些“武林”高手中间来了，我是鸡立鹤群。

5. 读最后一段画线的句子，说说运用了什么描写？有何作用？

答案：

1. 自然环境描写。作者将南方与北方八月的景色进行对比，突出南方景色秀美和湿润的特点。同时烘托作者去军校途中对外界感到新鲜和喜悦的心情。

2. 作者路过湖南，自然联想到沈从文的《湘行散记》，表达作者对沈从文笔下的湘西无比喜爱和向往之情。

3. 比喻。作者把“绿色东风汽车”比作“绿蚂蚱”，生动形象地写出汽车的颜色和特点。又因它在我新兵时从北京站把我拉到牛栏山炮团教导队，去长春时把我拉到装甲兵技术学校，今天又将把我拉到广州同和的军医大学校园，流露出作者对绿色东风汽车的熟悉和喜爱之情。

4. 作者化用了成语“鹤立鸡群”，把自己说成是“鸡立鹤群”，生动形象地写出自己在众多数理化高手中明显处于劣势，突出自己的紧张和压力。

5. 动作描写。生动形象地写出王志孟对高等物理的喜爱和独特优势，与作者对这一学科的恐惧形成鲜明的对比，流露出作者对王志孟的崇拜和赞美之情。

秋　月

（1）已是秋季的广州并没有秋季的凉爽，就在这校园的秋季我写下了来广州的第一篇文章：《此刻我心中的一轮秋》。

（2）落花时节，又一轮温润的圆月映在南方璀璨的秋空。忽而感觉，时光宛如清晨的甘露来去匆匆。难怪曹孟德说："对酒当歌，人生几何。譬如朝露，去日苦多。"中秋的满月把缕缕的月光投在了石桌上。我和好友孟在凉亭中，在静静的月光下欣赏一份如水心境，宛如淙淙的泉水流向山涧的小溪。我们相对无言。桂影摇曳，清风如许。

（3）孤独是一种享受，寂寞是一种美丽。我想：紧张、繁乱、快节奏的现代生活中，又有几人能保持一份悠闲，给自己留一份净土。现实生活中体味到的更多的是一种"闲愁"，一种"才下眉头，却上心头"的情结，谁又能从大自然中寻求一份悠闲的情趣呢？此刻的夜沉静得听不到一丝细声，只有桂花随香飘落，花香落径了。孟又说："超凡脱俗确是不易，但有点'道家'的思想也是不错的，我们不能做到朱敦儒的‘飘萧我是孤飞燕，不共红尘结怨’，辛弃疾的‘神甚放，形则眠，鸿鹄一再高举，天地睹方圆’，但我们从中领悟一种意境、胸襟、气度也是很好的。”我说，睹物生情，谁会懂这深邃的人生哲理呢？丙辰中秋苏子一篇《水调歌头·明月几时有》咏尽世间的悲欢，今天我们的一份静处，又是怎样的一种情怀呢？是谁把月宫的桂子撒向人间，还是谁把人间的桂子搬到了月宫，让月宫、人间充满馥郁的芬芳？孟说：“你是一个活在理想中的人。”

（4）突然感觉心中的那份理想在这月夜化成一颗美丽的星在辽阔无比的天空飞掠而过，打破了一份静谧。不一会儿仿佛又成为一望无际的水面漂过的一叶飞帆远去。远处飘来的筝声是《梅花三弄》还是《平湖秋月》我已分辨不清了。一只不知名的鸟鸣了一声，剪破一片风景从眼前飞过。

（5）我和孟说，记得在北方时，那轮明月是清冷透彻的，心中却是隔纱而望，多少带了点迷蒙的景象，而今南方的月是温润的，又有一层自然的薄雾。孟说：“人的追求是永无止境的。”孟的一句话让我又感觉理想生了羽翅，憩于心灵的树头，轻灵而自由。突然一位朋友的话跃然眼前了：“现代的年轻人总是带了点浮躁，不切实际。”我抬抬头，月色如水，月朗如镜了，真有一种“天阶月色凉如水，卧看牵牛织女星”的感觉。人们仰望天上的明月，总是向往天上的美好，而羡慕嫦娥能够住在月宫里，却不知月宫里的嫦娥也是时常思念着人间的一切呢。对于已拥有的东西，人们总是不满足，却老是爱向往那些未必是更美好的“幻影”，“共在人间说天上，不知天上忆人间”。

（6）遥想当年王勃年少登上洪府滕王阁，一句“孤鹜与落霞齐飞，秋水共长天一色”名扬千古，而他登上滕王阁又是怎样的心境呢？带着那“关山难越，谁悲失路之人？萍水相逢，尽是他乡之客”的悲凉抒发了“老当益壮，宁移白首之心？穷且毅坚，不坠青云之志”的豪情。永和九年，王右军与友兰亭集会，感到人生苦短，重在今日，写下了《兰亭序》“虽舍万殊，静躁不同，当其欣于所遇，暂得于己，快然自足，曾不知老之将至”。范文正公登上岳阳楼抒发了他“不以物喜，不以己悲”“先天下之忧而忧，后天下之乐而乐”的高尚情怀。

（7）今天，我们坐在凉亭下，秋风清，秋月明，又有怎样的感想呢？友不答，我觉得席勒说得好：“未来姗姗来迟，现在像箭一般飞逝，过去永远静立不动。”

（8）此时月已当头，看着看着，月中轻盈的舞女定是嫦娥了，她似乎饮了吴刚的桂花美酒，临风飘举了。她低头与我对话了。“青春的花期在生命中只开一次，愿幸福的小雀在你鼻尖筑一个快乐的小巢，愿你在绿营为生命缔织一个美丽的花篮。”当我细看她时，却不知去向了，只有皎洁的月光似袅袅的青烟扑面而来。嫦娥啊，我祈盼：“我拥有时是清澈透明的，走过时是刻骨铭心的。”

（9）<u>此刻，我心中的一轮秋月盈满如水如同天上的那一轮。</u>

问题：

1. 读第（2）段画线的句子，运用了哪种修辞方法？有何作用？

2. 结合内容，说说如何理解第（3）段开头句“孤独是一种享受，寂寞是一种美丽”？

3. 赏析第（4）段下面句子中的加点词语，说说有何表达效果？

一只不知名的鸟鸣了一声，剪破一片风景从眼前飞过。

4. 如何理解文中第（8）段画线句子的含义？

5. 联系全文说说文章结尾段的作用是什么？

答案：

1. 比喻。作者把“月光下的心境”比作“淙淙的泉水流向山涧的小溪”，生动形象地写出心境如水的特点，表达作者在异乡的中秋之夜对人生时光的感悟。

2. 在紧张、繁乱、快节奏的现代生活中，能保持一份悠闲，给自己留一份净土。在独处时，领悟一种意境、胸襟、气度，也是一种享受和美丽。

3. 作者写鸟鸣声“剪破”一片风景，用拟人手法，生动形象地写出鸟鸣声打破了自己在这美好的月夜心中的那一片风景，把自己从理想的境界中拽到现实中来。

4. 这句话的含义是：人生美好的青春年华只有一次，只希望自己在军营中努力成长，让生命之花绽放，让快乐幸福每天追随着自己。

5. 结构上：总结全文，照应开头和题目（点题，与开头相呼应）。内容上：写出自己心中美好的愿望如天上那轮圆月一样清澈透明。

从水手的信念谈起

（1）惊涛拍岸，浊浪滔天的海面上，一名年轻的水手在祖父、父亲被大海扼杀后毅然远航。是什么力量让他在死亡面前不低头呢？是信念。是对生活的信念让他成为水手，一名勇敢的水手。他说："风雨中这点痛算什么，擦干泪不要怕，至少我们还有梦。"难怪清代大学者王国维在他的《人间词话》中曾这样说："古今成大事者、大学问者，必经过三种之境界：'昨夜西风凋碧树，独上高楼，望尽天涯路。'此第一境也。'衣带渐宽终不悔，为伊消得人憔悴。'此第二境也。'众里寻他千百度，蓦然回首，那人却在灯火阑珊处。'此第三境也。"王国维把人生的信念放在第一位，可见其重要性。这说明一个人的成功与他对生活的信念有着密切的关系。

（2）人一旦树立了坚强的信念，对理想对目标的追求就会产生一种强大的动力，即主观能动性、创造性的增强。大家熟悉的《老人与海》，老人在自然面前永不屈服，他说："打败的只有自己，没有什么战胜不了的。"历史上有位叫克拉克的运动员，十九次打破世界纪录，却没有一次是在重大的比赛中，心理学家称之为“克拉克现象”。

（3）生活的信念来源于学习，来源于锻炼，来源于对生活的热爱，来源于对人生执着的追求。学习成功者怎样在艰苦的险境中坚定信念，咬定青山不放松，最后走出人生的险滩，成为生活的强者。谁都知道温室中长不出能经风雨的花朵，而那些小草却顽强地绿满大地。

（4）有则故事讲得好，一个青年因为赚不到钱而终日郁郁寡欢，对生活失去了信心。一天，一位老人对他说：“如果拿你的一根指头换一百元，你愿意吗？”青年人回答说：“不愿意。”老人又问：“如果拿你的一只手换一千元，你愿意吗？”青年人说：“不愿意。”老人又问：“拿你的青春换取白发苍苍，十万元你愿意吗？”青年人回答：“不愿意。”老人又问：“如果拿你的生命换取一百万元，你愿意吗？”青年人说：“不愿意。”老人哈哈大笑，“你现在拥有了这么大一笔财富，你还悲伤什么？”青年人有所悟地哭了。我们是否从这则故事中吸取所悟呢？

（5）诚然，生活不会总是风和日丽、一帆风顺，我们会遇到各种各样的矛盾，各种挫折和失败会使我们的成功之路布满荆棘，我们是充满自信地泰然处之，还是退避三舍、望而生畏，将直接决定我们最终能否成为强者。不经风雨想摘到鲜花的人，侥幸而投机的人，永远都不会得到幸运之神的垂青。

（6）生活中没有永远沉落的太阳，生活中也没有永恒的彩虹。人生就像大海，有时平静，有时汹涌。如果你是一名勇敢的水手，你会知道怎样驾驭人生的航船，“乘风破浪会有时，直挂云帆济沧海”。

（7）信念建立在对生活热爱的基础之上，热爱来源于对人生理想的追求。热爱生命，热爱自己，热爱别人，热爱你周围的世界，热爱你拥有的一切。朋友，当你内心永远充满希望，充满进取的信心，这个世界上又有什么不可以征服的？

（8）信念是人生的一座灯塔，指引我们航行。人活着，往往是靠一种信念支撑。当你觉得万念俱灭时，便会不知所措，整日沉浸在尘世的喧嚣中不知自己身处何方，不知自己生存的意义之所在，而当信念的种子深埋在你心深处，你会觉得这足以使整日的阳光更加灿烂。

问题：

1. 说说文章的标题有何作用？

2. 请你找出本文的中心论点。

3. 读文章第（1）段，说说有何作用？

4. 读第（4）段，运用了哪种论证方法？有何作用？

5. 读第（6）段画线的句子，运用了哪种论证方法？有何作用？

答案：

1. 标题“从水手的信念谈起”，提出本文的论述内容，激发读者的阅读兴趣。

2. 人一旦树立了坚强的信念，对理想对目标的追求就会产生一种强大的动力，即主观能动性、创造性的增强。

3. 作者列举了水手的事例和王国维的《人间词话》，充当事实论据和道理论据，在此基础上提出本文的中心论点。同时也能证明本文的中心论点。

4. 举例论证。列举青年和老人对话的事例，具体有力地证明了“生活的信念来源于学习，来源于锻炼，来源于对生活的热爱，来源于对人生执着的追求”的分论点，进而有力地证明了文章的中心论点。

5. 比喻论证、道理论证（引证）。作者把“人生”比作“大海”，把你比作“水手”，同时引用了李白的诗句，生动有力地证明了要懂得如何驾驭人生的重要性，从而使论述的道理更浅显易懂。

智抓偷羊贼

（1）一天早晨起来，家人发现大花狗躺在墙角不动，叫它也没反应，过去一看狗死了。狗怎么会死？昨天晚上还好好的。仔细观察后发现狗是吃了带毒的东西，嘴角有白色的泡沫，没有血，身上也没有被打的痕迹。谁下的毒？

（2）在羊圈的西墙角发现了两个脖子带血的羊头，羊圈里少了两只羊。这不难推断贼偷羊前把狗毒死了。接着，又在靠羊圈的墙外发现脚印和有血凝固在泥土上。

（3）前几天夜里狗总是叫，叫声很凶，出去看了看没有发现异常。贼偷羊想探道，被狗发现下不了手，于是他们想到用涂毒的肉喂狗。但是院墙很高，墙上又有玻璃尖片。他们把肉扔进院里，听不到了狗叫，在院墙外搭了梯子跳进羊圈把羊杀了，背着羊从梯子上了墙，把梯子又搭到墙外神不知鬼不觉地跑了。

（4）爸爸要报警，奶奶不让，也不让爸爸对外说羊被偷的事，和没发生一样。一天过去和往常一样，两天过去也和往常一样，三天过去依然如是。第四天夜里十二点过后奶奶让爸爸和两个叔叔躲在墙外不易被发现的角落，如果看到院子里灯亮就立刻到靠羊圈的墙外处等着，家里人在屋里等着。在将近夜里一点的时候，情况出现了，有了轻微的脚步声。奶奶不让开院里的灯。过了十分钟奶奶把院子的灯开了一下就又关了。贼见灯亮了，躲在羊圈里不动，羊也不出声，一会儿见灯熄了，等待了十几分钟开始动手，他们用麻袋包着羊头，羊发出很低的声音。他们杀了羊用麻袋背着上了墙，就在此刻几道光同时照向这两个贼，院子的灯也亮了，贼曝光于灯光之下。他们吓呆了，愣在墙上不敢动，两贼被抓。

（5）奶奶猜到贼是邻村的人，否则不可能背两只羊又提着梯子走太远。贼第一次偷走羊后肯定去村里听听反应，是否报警，第一天他们没有听到任何消息，第二天村里也没有任何人提起，第三天也有没有听到羊被偷的事。他们蓄谋已久，不可能仅仅偷两只羊，先偷两只看看反应，他们发现我家不敢声张，就又来了，谁知落在了一个小脚老太太的手里。

（6）奶奶让放了他们，他们承认了错误，赔了损失。给别人改过的机会，不要一棍子打死，让邻村上下都知道了就无法做人，他们偷羊毕竟也是一时鬼迷心窍。

问题：

1. 请你用简洁的语言概括出本文的主要事件。

2. 文章标题是“智抓偷羊贼”，结合内容，说说智都表现在哪些地方？

3. 结合全文内容说说奶奶是一个怎样的人？

4. 读文章结尾段，运用了哪种表达方式？有何作用？

5. 奶奶的做法你是否赞成？为什么？

答案：

1. 写奶奶指挥爸爸和两个叔叔智抓偷羊贼的故事。

2. （1）爸爸要报警，奶奶不让，也不让爸爸对外说羊被偷的事，和没发生一样。（2）情况出现了，有了轻微的脚步声，奶奶不让开院里的灯。（3）他们杀了羊用麻袋背着上了墙，院子的灯也亮了，贼曝光于灯光之下。（4）奶奶让放了他们，他们承认了错误，赔了损失。

3. 奶奶是一个聪明细心、有智慧、有胸怀、善良的人。（不让报警、不让开灯、等有了证据再抓贼、又放了贼。）

4. 议论。给别人改过的机会，不要一棍子打死。写出奶奶的宽容和善良。

5. 赞成或不赞成都可以，只要理由充分即可。

绿色的梦

（1）春夏之际绿色的麦芒像一束束耀眼的光穿透我的眼底，我从此铭记于心的是梦一样的绿。从小我在绿色中成长，麦地、青草、树木、蔬菜、西瓜……我对绿不陌生，我对绿太熟悉了，绿像我的影子一样跟着我。我从小在农村长大，知道为了绿色人们付出的辛苦。上高中时我向往大城市，高中毕业没有考上大学，我开始一年的复读路。我去了蒙中复读。从此以后不会再有猫叫三春的故事，从此以后不会再有宿舍中青春荷尔蒙散发出的芳香味道，从此以后不再有老猫儿发现同学身上新闻的慧眼和传奇，从此以后不再有猫眼看青春、猫眼看世界了。65班离开了我们的视线，如眼中小河静静地向远处流去，注定要成为一处风景，注定要成为一片记忆，注定要成为一条远去的河流。

（2）处在包头昆都仑区的蒙中成为我将踏入军营的必经渡口，船已停泊在黑夜灯火阑珊的港湾。上课之余趴在宿舍的床上，读着影响我一生的、在关键时刻启蒙我思想的《平凡的世界》，我仿佛就是那孙少平，走向大亚湾煤矿。我也一样和他有着求学、成长、奋斗、成熟的经历；和他一样有着纷繁的生活环境，艰辛的奋斗过程，坎坷的心路历程。坐着 5 路车，一路芬芳一路闪亮，终点站就是能见到黄衫少女的地方。

（3）我知道你要来，我就在这里等你。青春就是一个箭步，人生就是一次短跑。“瞧，又是春天了，复苏的万物就是生命的写照。从矿区望出去，山野里到处都是盛开的桃花、杏花、梨花；一片如霞的绯红，一片如玉的洁白。小河边泛出了淡淡的浅绿。”孙少平眼中的景色和我望着蒙中前面有着花开的树林似乎是一样的。少平的形象无疑将在我心中闪耀着鼓励的光芒，在每个黑暗的长夜里给我点燃前进的火炬，照亮我孤独的坚忍的灵魂。

（4）我利用课余时间读了《平凡的世界》《穆斯林的葬礼》《废都》《泰戈尔诗选》《毛泽东诗词》……还从另一位没钱花的同学手中十块钱买了至今留在身边的《古文观止》。上学清苦度日，一袋五毛钱的方便面都舍不得多吃，但是读一本喜欢的书却如吃饕餮大餐。

（5）我课余也练习钢笔行书，觉得写一手好字比穿一件漂亮的外套更令人羡慕。青春是个易伤感和冲动的季节，也是个拼搏和进取的阶段，记录着一个人如何走向成熟的时期，有着对理想生活和理想自我的执着追求，有着性格的变化和完善，有着个性的追求和渴望完美的心理。那个年代和孙少平一样渴望穿一身体面的衣服站在女生的面前，渴望自己能永远躲开别人可怕的鄙夷的目光，心敏感而羞涩，过分地在乎别人对自己的评价，自我封闭，甚至是对自己没有别人却拥有的东西有一种莫名的鄙视和恐惧。事实上，凡是经历过贫困痛苦体验的人都知道，特别是农村出来的孩子，在成长的过程之中总会有一段岁月莫名的自卑和敏感，对于自己、对于家人都有可怜的不自信，形成心理上永远也抹不掉的阴影，哪怕是今后生活条件变得再优越，那段心灵多雨的岁月也挥之不去，只是，那段忆苦思甜的记忆已成为幸福和感慨而已。

（6）那个时候我也有对爱情纯真而美好的向往和追求。“在青山绿水之间，我想牵着你的手，走过这座桥，桥上是绿叶红花，桥下是流水人家，桥的那头是青丝，桥的这头是白发。”不管是青春还是生活的环境那个时候都是绿色的，我住在天空之城，想一夜之间就会变成白龙马，奔驰在春天的大道上，身后是一阵青草和阳光夹杂着的淡淡的清香。而前方突然闪现的是黄衫少女的曼妙身姿和无所不在的倩影。

（7）生活有时会是一种意外，我也不知道为什么要参军，不仅仅是因为高考的失败，还有一种无法形容的推动力，我向往一种绿，波澜壮阔成就我的梦。凡事都有偶然的巧合，结果却又如宿命般的必然。

（8）参军入伍就是从眼前轻盈飘逸的绿色投入另外一片

汪洋神秘的绿色，那是一片梦想的天空。

问题：

1. 读第（1）段画线的句子，运用了哪种修辞手法？有何作用？

2. 结合文章内容，说说作者受哪本书的影响最大？为什么？

3. 如何理解第（3）段画线的句子？

4. 赏析下面句子中的加点词，说说有何表达效果？

上学清苦度日，一袋五毛钱的方便面都舍不得多吃，但是读一本喜欢的书却如吃饕餮大餐。

5. 联系标题和内容，说说文章结尾段有何作用？

答案：

1. 比喻。作者把“自己毕业的班级”比作“记忆中的风景和远去的河流”，生动形象地写出时间流逝之快，流露出作者对高中学习生活的怀恋。

2. 作者受《平凡的世界》的影响最大。因为作者也一样和主人公孙少平有着求学、成长、奋斗、成熟的经历；和他一样有着纷繁的生活环境，艰辛的奋斗过程，坎坷的心路历程。孙少平的形象无疑将在他心中闪耀着鼓励的光芒，在每个黑暗的长夜里给他点燃前进的火炬，照亮他孤独的坚忍的灵魂。

3. 把“青春”比作“一个箭步”，“人生”比作“一次短跑”，生动形象地写出人生的短暂，而青春更是瞬间的特点。暗含作者对青春易逝的伤感，以及珍惜青春的感念。

4. 作者把“读一本喜欢的书”比作“饕餮大餐”，与前文说“一袋五毛钱的方便面都舍不得多吃”形成对比，突出表现了作者对读书的喜爱之情。

5. 结构上：照应开头，点题。内容上：总结全文，写出作者参军后，汇入一片汪洋神秘的绿色中按捺不住的喜悦。在军队中得到了充分的锻炼。

复　读

（1）一九九四年的鹿城大街小巷传唱着周华建的《花心》，从昆都仑区的钢铁大街到青山区一宫门口再到东河区包一中的校园。

（2）歌声中迷散着伤感而忧郁的情绪，夹杂着春天里包头城中特有的烧卖的香气，还有羊杂碎上辣椒诱人的味道。鹿城的大街飘下春天第一场雪也是最后一场雪，大街的两旁熙熙攘攘，不会因春天的一场雪而停止了脚步。

（3）不伪装的青春才是精彩的青春，在青春的路上走着，路旁杨柳依依，鸟语花香。黄衫少女在回信里写道："走过去的青春无怨无悔，别试图挽留昨日的钟声而错过今天的风铃。人在年轻的时候总是懵懵懂懂，老也不能从从容容，思考留给未来。"黄衫少女还说："人很多时候往往难随自己的心愿，生活中的沟沟坎坎或许正是一道十分美丽的风景，日后回忆起来总是让人有所思、有所想，值得欣赏。经过了沧桑才算真正活过了，才能在自己的心里装进永远的故事、永远的希望。我们还年轻，还需要我们自己去拼搏去努力。”黄衫少女又说：“山不转水转，一切东西都不是一成不变的，人生的路并不是只有一条，走对走错以后才能看出来，但在选择后就一定要为之付出努力，然后寻找时机去获得最后的成功。”看到她的话，此时的她在我心中从天空落在了结实的大地上，幻象已成为真实的存在。我又看到5路车站，又看到飘雪的大街和青春的上午，看到《花心》唱响在我心中那刻的天空。

（4）时间过得有多快？蒙中的看门老头儿年三十喝酒后睡着了，醒来后已是初六的上午。老头儿说你们大年初一就开学了？春天已悄悄地走在路上，春天要来了。谁也挡不住春天的脚步，谁也挡不住春天的气息，谁也挡不住春天的芳姿。绿色将像河流一样地流过我的心田，让我想到了远方。

（5）高锰酸钾加热才能产生氧气，我的青春不加热就冒着多巴胺的芳香。

（6）蒙中上学期间，老胖常永峰二百多斤体重掉了六十斤，贾琛早晚服上三粒红色清脑胶囊缓解脑神经衰弱的症状。我一米七六的个子体重还不够一百一十斤，风大时我就紧紧地抱住路边的树。如果路过副食品商店，我就多站三分钟，一定让肉的香味充满我的鼻孔。为了有精力学习，我每天早上起来围着蒙中前面的树林跑两圈，跑步带来的后果就是早餐三个馒头一进喉咙就不翼而飞。肚子永远扁扁的，从上到下呈U形弧度。晚上实在饿得不行就多喝点儿白开水，在宿舍走廊灯下看书的同学看到我来回去厕所的身影很好奇，从灯下都跑到厕所看看有什么东西，满足一双双好奇的眼睛。

（7）我就在厕所一边撒尿一边背诵着李白的诗。

（8）尿毕大声喊道：“李白伟大！”

（9）一轮满月挂在空中。在尿液排尽的作用下睡意来袭，宿舍走廊的灯变得如梦似幻，好像浮在一个水底世界。一只只罩着的灯仿似一个个熟睡的幽灵，沐浴在校园新开的沙枣花散发出的暖香里。

问题：

1. 如何理解下面句中加点字的含义？

歌声中迷散着伤感而忧郁的情绪，夹杂着春天里包头城中特有的烧卖的香气，还有羊杂碎上辣椒诱人的味道。

2. 读第（2）段画线的句子，说说作者引用黄衫少女的话有何作用？

3. 读第（4）段画线的句子，运用了哪种修辞手法？有何作用？

4. 请你用简洁的语言概括出第（6）段的内容，并说说流露出作者什么情感？

5. 读第（6）段画线的句子，运用了哪种描写？有何作用？

答案：

1. 表面写周华建《花心》歌词里弥散的伤感和忧郁，实际流露出作者去复读时的无奈和伤感。

2. 引用黄衫少女的话，鼓励经过高考失败重新复读的自己，要勇敢面对挫折和失败，继续拼搏努力，一定会获得成功。

3. 排比。作者连用了三个否定句构成了排比，生动有力地表达了作者对美好春天的渴盼和期待，暗含作者对复读的学习生活也充满了无限憧憬和期待。

4. 叙述了作者在蒙中复读时经常挨饿的生活状况以及学习的刻苦，流露出作者对那时生活的深深怀恋。

5. 动作描写（侧面描写）。生动形象地写出作者当年复读时经常挨饿的清苦生活，流露出作者对求学时艰难生活的慨叹和青春时代的美好怀念。